Oliver Goldsmith

Der Pfarrer von Wakefield

Übersetzt von Ernst Susemihl

Oliver Goldsmith: Der Pfarrer von Wakefield

Übersetzt von Ernst Susemihl.

Berliner Ausgabe, 2018
Durchgesehener Neusatz bearbeitet und eingerichtet von Michael Holzinger

»The Vicar of Wakefield. A Tale. Supposed to Be Written by Himself«. Entstanden 1761/62, Erstdruck 1766. Hier in der Übersetzung von Ernst Susemihl, erschienen unter dem Titel »Der Landprediger von Wakefield«, Berlin, A. Hofmann und Comp., 1853. Auch erschienen unter den deutschen Titeln »Der Landpriester von Wakefield«, »Der Landprediger von Wakefield«, »Der Landpfarrer von Wakefield« und »Der Vikar von Wakefield«.

Herausgeber der Reihe: Michael Holzinger
Reihengestaltung: Viktor Harvion

Gesetzt aus der Minion Pro, 11 pt

Vorwort

Gewiss sind hundert Fehler in diesem Buche, und hundert Dinge ließen sich sagen, zu beweisen, dass es Schönheiten sind. Doch das ist nutzlos. Auch bei vielen Mängeln kann ein Buch unterhaltend sein, und dagegen sehr langweilig, ohne eine einzige Abgeschmacktheit. Der Held dieser Erzählung vereinigt die drei größten Charaktere auf Erden in sich: er ist Geistlicher, Landwirt und Familienvater. Er ist geschildert: Ebenso bereit zu lehren, als zu gehorchen, ebenso demütig im Glück, als groß im Missgeschick. Wem kann aber in diesem Zeitalter des Überflusses und der Verfeinerung ein solcher Charakter gefallen? Wer ein vornehmes Leben liebt, wird sich mit Verachtung von seinem einfachen ländlichen Herde hinwegwenden. Wer Zoten für Humor hält, wird keinen Witz in seinem harmlosen Gespräche finden; und wer gelernt über Religion zu spotten, wird den Mann verlachen, der seine vorzüglichsten Trostgründe aus dem künftigen Leben schöpft.

Oliver Goldsmith.

1. Kapitel

Schilderung der Familie von Wakefield, in der eine Familienähnlichkeit in Betreff der Gemüter und Personen herrscht

Ich war stets der Ansicht, dass der rechtschaffene Mann, wenn er sich verheiratet und eine zahlreiche Familie auferzieht, mehr Nutzen stiftet, als wenn er unverheiratet bleibt und nur von Bevölkerung redet. Kaum war ich ein Jahr im Amte, als ich auch schon, von diesem Beweggrunde bestimmt, ernstlich an meine Verheiratung zu denken begann und meine Frau wählte, gerade wie sie ihr Brautkleid, nicht nach einem glänzenden Äußern, sondern nach dauernden Eigenschaften. Um ihr Gerechtigkeit widerfahren zu lassen, muss ich sagen, dass sie eine gutmütige, betriebsame Frau war; und hinsichtlich der Bildung gab es wenig Landmädchen, die ihr darin gleichkamen. Sie konnte jedes englische Buch lesen, ohne viel zu buchstabieren. Aber im Einpökeln, Einmachen und in der Kochkunst wurde sie von keiner übertroffen. Sie rühmte sich auch einer trefflichen Erfindungsgabe im Haushalt, obgleich ich nicht bemerkte, dass wir bei all ihren Erfindungen reicher wurden.

Doch liebten wir einander innig, und unsere Zärtlichkeit nahm mit den Jahren zu. Nichts konnte uns mit der Welt oder einander entzweien. Wir hatten ein hübsches Haus, in einer anmutigen Gegend gelegen, und gute Nachbarn. Das Jahr verging bei geistigen und ländlichen Freuden, indem wir unsere reichen Nachbarn besuchten und die armen unterstützten. Wir hatten keine Glückswechsel zu fürchten, keine Beschwerden zu erdulden. All unsere Abenteuer geschahen an unserm Kamin und all unsere Auswanderungen gingen nur von dem blauen Bette zu dem braunen.

Da wir nahe an der Landstraße wohnten, hatten wir oft Besuche von Reisenden, die unsern Stachelbeerwein kosten wollten, dessen Trefflichkeit allgemein bekannt war, und ich versichere mit der Wahrhaftigkeit eines Geschichtschreibers, dass ihn, so viel ich weiß, niemand jemals tadelte. Alle unsere Vettern, selbst bis zum vierzigsten Grade, erinnerten sich ihrer Verwandtschaft, ohne den Stammbaum zu Hilfe zu nehmen, und besuchten uns häufig. Einige von ihnen erwiesen uns freilich keine große Ehre durch ihren Anspruch auf Verwandtschaft. Blinde, Lahme und Bucklige befanden sich unter ihnen. Dessenungeachtet bestand meine Frau darauf, dass sie als unser eigenes Fleisch und Blut mit uns an demselben Tische sitzen sollten. So hatten wir zwar keine reiche, aber gewöhnlich sehr glückliche Freunde um uns; denn diese Bemerkung bestätigt sich im Leben: je ärmer der Gast, desto besser ist er stets mit seiner Aufnahme zufrieden, – und wie manche Menschen die Farben einer Tulpe oder einen Schmetterlingsflügel mit Bewunderung betrachten, so war ich von Natur ein Bewunderer fröhlicher Menschengesichter. Doch wenn sich unter unsern Verwandten eine Person von schlechtem Charakter, oder ein zänkischer Gast fand, den wir gern los sein wollten, unterließ ich es nie, ihm beim Abschied einen Oberrock oder ein Paar Stiefeln, zuweilen auch wohl ein Pferd von geringem Werte zu leihen, und beständig hatte ich das Vergnügen, dass er nie wiederkam und das Geliehene zurückbrachte.

Auf diese Weise wurde das Haus von denen befreit, die uns nicht gefielen; doch konnte man nicht sagen, dass die Familie von Wakefield je einem Reisenden oder Hilfsbedürftigen die Tür gewiesen. So lebten wir mehrere Jahre in sehr glücklichem Zustande. Freilich fehlte es nicht an jenen kleinen Widerwärtigkeiten, welche die Vorsehung sendete, um den Wert ihrer Gaben zu erhöhen. Mein Obstgarten ward oft geplündert von Schulknaben und die Eierkäse meiner Frau wurden von Katzen benascht oder von den Kindern. Der Gutsherr schlief zuweilen bei den erhabensten Stellen meiner Predigt ein, oder seine Gemahlin erwiderte die tiefe Verbeugung meiner Frau mit gnädigem Kopfnicken. Doch verschmerzten wir bald den Kummer über dergleichen Vorfälle, und nach drei oder vier Tagen wunderten wir uns meistens, wie dergleichen uns nur habe beunruhigen können.

Meine Kinder, die Sprösslinge der Mäßigung, wurden nicht weichlich erzogen, und waren daher wohlgebildet und gesund: meine Söhne rüstig und lebhaft, meine Töchter schön und blühend. Wenn ich so da stand in der Mitte des kleinen Kreises, der mir in meinem Alter eine Stütze zu werden verhieß, fiel mir beständig die bekannte Geschichte des Grafen von Abensberg ein, der bei Heinrichs des Zweiten Reise durch Deutschland, als andere Höflinge mit ihren Schätzen ankamen, seine zwei und dreißig Söhne brachte und sie seinem Monarchen darbot, als das kostbarste Geschenk, welches er ihm gewähren könne. Obgleich ich nur sechs hatte, so betrachtete ich sie doch als die wertvollste Gabe, die ich meinem Vaterlande dargebracht, und hielt dasselbe demnach für meinen Schuldner. Unser ältester Sohn hieß Georg, nach seinem Onkel, der uns zehntausend Pfund hinterließ. Unser zweites Kind, ein Mädchen, beabsichtigte ich nach ihrer Tante Gretchen zu nennen; doch meine Frau, die während ihrer Schwangerschaft Romane gelesen hatte, bestand darauf, dass sie Olivia solle genannt werden. In weniger als einem Jahre hatten wir eine zweite Tochter, und nun war ich fest entschlossen, dass sie Gretchen genannt werden solle; doch eine reiche Verwandte bekam den Einfall, Patenstelle zu vertreten, und so ward das Mädchen nach ihrem Wunsche Sophie genannt. So hatten wir denn zwei romanhafte Namen in der Familie. Doch beteuere ich feierlichst, dass ich nicht dabei im Spiele war. Moses war unser nächster Sohn, und zwölf Jahre später hatten wir noch zwei Söhne.

Es würde vergebens sein, meinen Stolz zu leugnen, wenn ich mich von meinen Kindern umgeben sah; doch die Eitelkeit und Freude meiner Frau übertraf noch die meinige. Wenn unsere Gäste sagten: »Das muss wahr sein, Mistress Primrose, Sie haben die schönsten Kinder im ganzen Lande«, so pflegte sie zu antworten: »Ja, Nachbar, sie sind, wie der Himmel sie geschaffen hat – hübsch genug, wenn sie nur gut genug sind; denn schön ist, wer schön handelt.« – Und dann gebot sie den Mädchen, die Köpfe hübsch aufrecht zu tragen. Um aber nichts zu verschweigen, muss ich gestehen, dass sie wirklich sehr schön waren. Das Äußere ist für mich ein so unbedeutender Gegenstand, dass ich es kaum würde erwähnt haben, wäre nicht in der Gegend allgemein davon die Rede gewesen. Olivia, jetzt etwa achtzehn Jahre alt, besaß jene glänzende Schönheit, in welcher die Maler gewöhnlich Hebe darzustellen pflegen, heiter, lebhaft und gebietend. Sophiens Schönheit fiel nicht sogleich ins Auge; doch war ihre Wirkung oft um so sicherer, denn sie war sanft, bescheiden und anziehend. Die eine siegte beim ersten Anblick, die andere durch wiederholte Eindrücke. Der weibliche Charakter spricht sich meistens in den Gesichtszügen aus; wenigstens war dies bei meinen Töchtern der Fall. Olivia wünschte sich viele Liebhaber, Sophie wollte nur einen Einzigen fesseln. Olivia zeigte sich oft aus zu großer Gefallsucht affektiert. Sophie verbarg selbst ihre Vorzüge, aus Furcht, andere dadurch zu kränken. Die eine ergötzte mich durch ihre Munterkeit, wenn ich heiter, die andere durch ihr tiefes Gefühl, wenn ich ernst gestimmt war. Diese Eigenheiten wurden aber von beiden nicht übertrieben, und ich habe oft gesehen, wie sie einen ganzen Tag ihre Charakter gegeneinander vertauschten. Ein

Trauerkleid vermochte meine Kokette in eine Spröde umzuwandeln und ein neuer Bandbesatz ihrer jüngern Schwester mehr als gewöhnliche Lebhaftigkeit zu verleihen. Mein ältester Sohn Georg war zu Oxford gebildet, da ich ihn für ein gelehrtes Fach bestimmte. Mein zweiter Knabe Moses, der Geschäftsmann werden sollte, erhielt zu Hause eine Art von gemischter Erziehung. Doch würde es zwecklos sein, eine Schilderung der besondern Charaktere junger Leute zu entwerfen, die noch sehr wenig von der Welt gesehen hatten. Kurz eine Familienähnlichkeit herrschte in allen; oder eigentlicher gesagt, sie hatten alle nur einen Charakter, nämlich den, dass sie gleich edel, leichtgläubig, unerfahren und harmlos waren.

2. Kapitel

Familienunglück. – Der Verlust des Vermögens dient nur dazu, den Stolz der Rechtschaffenen zu vermehren

Die irdische Sorge für unsere Familie war hauptsächlich der Leitung meiner Frau übertragen; die geistigen Angelegenheiten hatte ich gänzlich unter meiner Aufsicht. Die Einkünfte meiner Stelle, die jährlich etwa fünfunddreißig Pfund Sterling betrugen, hatte ich den Waisen und Witwen der Geistlichkeit unseres Kirchsprengels überwiesen; denn da ich ein hinlängliches Vermögen besaß, so kümmerte ich mich wenig um das Zeitliche und fand ein geheimes Vergnügen daran, ohne Belohnung meine Pflicht zu tun. Ich fasste auch den Entschluss, keinen Gehilfen zu halten, mit allen Gemeindemitgliedern bekannt zu werden, die verheirateten Männer zur Mäßigung und die Junggesellen zum Ehestande zu ermuntern. So wurde es in wenig Jahren zum allgemeinen Sprichwort: es wären drei seltsame Mängel in Wakefield – dem Prediger fehle es an Hochmut, den Junggesellen an Frauen und den Bierhäusern an Gästen.

Der Ehestand war stets mein Lieblingsthema gewesen, und ich schrieb mehrere Abhandlungen, um den Nutzen und das Glück desselben zu beweisen. Doch gab es einen besonderen Satz, den ich zu verteidigen suchte. Ich behauptete mit Whiston, es sei einem Priester der englischen Kirche nicht erlaubt, nach dem Tode seiner ersten Frau eine zweite zu nehmen; oder um es in einem Worte auszudrücken, ich war stolz darauf, ein strenger Monogamist zu sein.

Schon früh ließ ich mich auf diesen wichtigen Streit ein, über den schon so viele mühsam ausgearbeitete Werke geschrieben worden. Ich ließ einige Abhandlungen über diesen Gegenstand drucken, und da sie nie in den Buchhandel kamen, tröstete ich mich damit, dass sie nur von wenigen Glücklichen gelesen worden. Einige von meinen Freunden nannten dies meine schwache Seite; doch leider hatten sie die Sache nicht wie ich zum Gegenstande langen Nachdenkens gemacht. Je mehr ich darüber nachsann, desto wichtiger erschien sie mir. Ich ging in der Entwicklung meiner Grundsätze sogar noch einen Schritt weiter als Whiston, der in der Grabschrift seiner Frau bemerkte, dass sie Wilhelm Whistons einzige Gattin gewesen. Ich schrieb eine ähnliche Grabschrift für meine noch lebende Frau, und rühmte darin ihre Klugheit, Sparsamkeit und ihren Gehorsam bis zum Tode. Diese Grabschrift wurde zierlich abgeschrieben und in einem schönen Rahmen über dem Kamingesims angebracht, wo sie manche nützliche Zwecke beförderte. Sie erinnerte meine Frau an ihre Pflicht gegen mich und mich an meine Treue gegen sie. Sie begeisterte sie zum Streben nach Ruhm und stellte ihr stets ihr Lebensende vor Augen.

Vielleicht kam es von dem häufigen Anhören der Lobreden auf den Ehestand, dass mein ältester Sohn kurz nach seinem Abgange von der Universität seine Neigung auf die Tochter eines benachbarten Geistlichen richtete, der eine hohe Würde in der Kirche bekleidete und imstande war, ihr eine bedeutende Mitgift zu geben. Vermögen war jedoch ihr geringster Vorzug. Fräulein Arabella Wilmot wurde von allen, meine beiden Töchter ausgenommen, für eine vollendete Schönheit gehalten. Ihre Jugend, Gesundheit und Unschuld wurden noch durch einen so zarten Teint und einen so seelenvollen Blick erhöht, dass selbst ältere Personen sie nicht mit Gleichgültigkeit ansehen konnten. Da Herr Wilmot wusste, dass ich meinen Sohn anständig ausstatten könne, so war er der Verbindung nicht entgegen, und beide Familien lebten in all der Eintracht, die meistens einer erwarteten Verbindung voranzugehen pflegt. Da ich aus eigener Erfahrung wusste, dass die Tage des Brautstandes die glücklichsten unseres Lebens sind, so war ich sehr geneigt, diese Periode zu verlängern, und die mannichfachen Freuden, die das junge Paar täglich miteinander genoss, schienen ihre Liebe nur noch zu vermehren. Morgens wurden wir gewöhnlich durch Musik erweckt, und an heitern Tagen ritten wir auf die Jagd. Die Stunden zwischen dem Frühstück und der Hauptmahlzeit widmeten die Damen dem Ankleiden und der Lektüre. Sie lasen gewöhnlich eine Seite und betrachteten sich dann im Spiegel, dessen Fläche, was selbst Philosophen zugeben müssen, oft höhere Schönheit zeigte, als die, welche im Buche enthalten ist. Beim Mittagsmahl übernahm meine Frau die Leitung, und da sie stets darauf bestand, alles selber vorlegen zu wollen, so teilte sie uns bei solchen Gelegenheiten zugleich die Geschichte jedes Gerichtes mit. Wenn das Mittagsessen geendet war, ließ ich gewöhnlich den Tisch wegnehmen, damit uns die Damen nicht verlassen möchten, und zuweilen gaben uns die Mädchen mit Hilfe des Musiklehrers ein angenehmes Konzert. Spazierengehen, Teetrinken, ländliche Tänze und Pfänderspiele verkürzten den übrigen Teil des Tages, ohne Hilfe der Karten, denn ich hasste jedes Glücksspiel, Trictrac ausgenommen, in welchem mein alter Freund und ich zuweilen eine Zweipfennigpartie wagten. Einen Umstand übler Vorbedeutung darf ich hier nicht übergehen, der sich ereignete, als wir das letzte Mal miteinander spielten. Mir fehlte nämlich nur noch ein Wurf von Vieren, und doch warf ich fünfmal nacheinander zwei Asse.

Einige Monate waren auf diese Weise vergangen, als wir es endlich für passend hielten, den Hochzeitstag des jungen Paares zu bestimmen, das ihn mit Sehnsucht zu erwarten schien. Weder die wichtige Geschäftigkeit meiner Frau, während der Vorbereitungen zur Hochzeit, noch die schlauen Blicke meiner Töchter will ich zu schildern wagen. Meine Aufmerksamkeit war auf einen ganz andern Gegenstand gerichtet, nämlich auf die Vollendung einer Abhandlung über mein Lieblingsthema, die ich baldigst herauszugeben gedachte. Da ich dieselbe hinsichtlich des Inhalts und Stiles als ein Meisterstück betrachtete, konnte ich mich in dem Stolze meines Herzens nicht enthalten, sie meinem alten Freunde Herrn Wilmot zu zeigen, da ich nicht zweifelte, dass er mir seine Billigung würde zuteil werden lassen. Doch erst als es schon zu spät war, entdeckte ich, dass er ein leidenschaftlicher Anhänger der entgegengesetzten Meinung sei, und zwar aus gutem Grunde, weil er eben um die vierte Frau warb. Wie sich erwarten lässt, entstand ein Streit daraus, der mit einiger Heftigkeit geführt wurde und unsere beabsichtigte Familienverbindung zu unterbrechen drohte. Doch kamen wir überein, über jenen Gegenstand am Tage vor der Hochzeit ausführlicher zu verhandeln.

Der Kampf begann mit gehörigem Mute von beiden Seiten. Er behauptete, ich sei heterodox; ich gab ihm die Beschuldigung zurück. Er entgegnete und ich erwiderte. Als der Streit am heftigsten war, ward ich von einem meiner Verwandten aus dem Zimmer gerufen, der mir mit besorgter Miene riet, den Streit wenigstens so lange einzustellen, bis die Trauung meines Sohnes geschehen sei. »Wie«, rief ich, »ich sollte die Sache der Wahrheit verlassen und zugeben, dass er ein Ehemann werde, nachdem ich ihn bereits so in die Enge getrieben, dass er nicht zurück kann? Eben so gut könnten Sie mir sagen, ich solle mein Vermögen aufgeben als diesen Streit.« – »Ihr Vermögen«, entgegnete mein Freund, »es tut mir leid, es sagen zu müssen, – ist so gut wie verloren. Der Kaufmann in der Stadt, dessen Händen Sie Ihr Geld übergaben, hat sich davon gemacht, um dem Bankrottgesetze zu entgehen, und man glaubt, dass kaum ein Schilling vom Pfunde übrig bleiben wird. Diese unangenehme Nachricht wollte ich Ihnen und der Familie erst nach der Hochzeit mitteilen. Jetzt aber möge sie dazu dienen, Ihre Hitze in dem Streite zu mäßigen; denn gewiss wird Ihre eigene Klugheit Ihnen die Notwendigkeit der Verstellung wenigstens so lange empfehlen, bis Ihr Sohn das Vermögen der jungen Dame in Händen hat.« – »Gut«, erwiderte ich, »wenn es wahr ist, was Sie sagen und ich ein Bettler bin, so soll mich das doch nicht zu einem Schurken machen, oder mich nötigen, meine Grundsätze zu verleugnen. Ich gehe sogleich, die ganze Gesellschaft mit meiner Lage bekannt zu machen. Was aber den Streitpunkt betrifft, so nehme ich jetzt sogar zurück, was ich früher dem alten Herrn zugestanden habe, und er soll jetzt durchaus kein Ehemann sein in irgendeinem Sinne des Worts.«

Es würde endlos sein, wollte ich die verschiedenen Empfindungen beider Familien bei dieser unglücklichen Nachricht schildern. Doch was die andern fühlten, war unbedeutend gegen das, was die Liebenden zu erdulden schienen. Herr Wilmot, der schon früher geneigt geschienen, die Verbindung abzubrechen, fasste bei diesem Schlage bald seinen Entschluss. Eine Tugend besaß er im vollkommensten Grade, nämlich die Klugheit – leider oft die einzige, die uns im zwei und siebzigsten Jahre noch übrig ist.

3. Kapitel

Eine Auswanderung. – Im Allgemeinen findet man, dass unser Lebensglück zuletzt von uns selber abhängt

Die einzige Hoffnung unserer Familie bestand darin, dass das Gerücht von unserm Unglück der Bosheit oder dem Missverständnisse zuzuschreiben sei. Doch erhielt ich bald einen Brief von meinem Agenten in London, der jeden einzelnen Umstand bestätigte. Für mich selber war der Verlust meines Vermögens von geringer Bedeutung. Die einzige Besorgnis, die ich empfand, galt meiner Familie, deren Erziehung nicht geeignet war, sie gegen Verachtung unempfindlich zu machen.

Fast vierzehn Tage waren vergangen, ehe ich versuchte, ihren Gram zu mildern; denn voreiliger Trost erinnert nur an den Kummer. Während dieser Zeit hatte ich auf Mittel gesonnen, uns unsern künftigen Lebensunterhalt zu verschaffen, und endlich wurde mir eine kleine Pfarre mit fünfzehn Pfund jährlicher Einkünfte in einer entfernten Gegend angeboten, wo ich wenigstens meinen Grundsätzen ungestört leben konnte. Diesen Vorschlag nahm ich freudig an und war entschlossen, mein Einkommen durch die Bewirtschaftung eines kleinen Pachtgutes zu vermehren.

Nach diesem Entschlusse war es meine nächste Sorge, die Trümmer meines Vermögens zu sammeln, und als ich alle Schulden zusammengerechnet und bezahlt hatte, blieben mir von vierzehntausend Pfund nur noch vierhundert übrig. Mein vorzüglichstes Bestreben bestand darin, den Stolz meiner Familie zu ihrer Lage herabzustimmen; denn ich wusste sehr wohl, dass Bettelstolz ein großes Elend ist. »Ihr wisst sehr wohl, meine Kinder«, rief ich, »dass unser jüngst erlebtes Missgeschick sich nicht durch unsere Klugheit vermeiden ließ; doch kann die Klugheit viel tun, die Wirkungen desselben zu mildern. Wir sind jetzt arm, meine Lieben, und die Weisheit gebietet, uns nach unserer demütigen Lage zu richten. Lasst uns daher ohne Bedauern jenen Glanz aufgeben, bei welchem viele elend sind, und unter demütigern Umständen jenen Frieden suchen, durch den alle glücklich sein können. Die Armen leben glücklich ohne unsere Hilfe; warum sollten wir nicht lernen, ohne ihre Hilfe zu leben? Nein, meine Kinder, lasst uns von diesem Augenblick an alle Ansprüche auf vornehmes Leben aufgeben. Zum

Glück besitzen wir noch genug, wenn wir weise sind, und darum wollen wir uns beim Mangel des Vermögens der Zufriedenheit zuwenden.«

Da mein ältester Sohn zum Gelehrten gebildet war, beschloss ich, ihn nach London zu schicken, wo seine Fähigkeiten ihm und uns nützlich sein konnten. Die Trennung von Freunden und Familien ist vielleicht einer von den widerwärtigsten Umständen, wovon die Armut begleitet ist. Bald kam der Tag, wo wir uns trennen sollten. Nachdem mein Sohn von seiner Mutter und den Übrigen unter Tränen und Küssen Abschied genommen hatte, bat er mich um meinen Segen. Ich erteilte ihm denselben von ganzem Herzen, und dieser, nebst fünf Guineen, war das ganze Erbteil, welches ich ihm mitgeben konnte. »Du gehst zu Fuß nach London, mein Sohn«, rief ich, »auf dieselbe Weise wie Hooker, dein großer Vorfahr, einst dorthin wanderte. Empfange von mir dasselbe Pferd, welches ihm einst der gute Bischof Jewel gab – diesen Stab, und dazu dies Buch. Es wird dich trösten auf deinem Wege. Diese zwei Zeilen allein sind eine Million wert: »Ich bin jung gewesen und alt geworden; doch habe ich nie den Gerechten verlassen oder seine Kinder nach Brot gehen sehen.« – Dies möge dein Trost sein auf dem Wege. Geh, mein Sohn! Welches auch dein Los sein möge, lass dich jedes Jahr einmal bei mir sehen; behalte ein gutes Herz und lebe wohl.« Da er Redlichkeit und Ehrgefühl besaß, so war ich nicht besorgt, ihn nackend auf das Amphitheater des Lebens hinauszustoßen, denn ich wusste, dass er siegend oder besiegt eine gute Rolle spielen werde.

Seine Abreise war nur die Vorbereitung zu der unsrigen, welche einige Tage später erfolgte. Der Abschied von einer Gegend, wo wir so manche Stunden der Ruhe genossen hatten, war nicht ohne Tränen, die auch die größte Standhaftigkeit nicht hätte unterdrücken können. Eine Reise von siebzig Meilen erfüllte überdies eine Familie mit banger Besorgnis, die nie über zehn von der Heimat entfernt gewesen war, und das Wehklagen der Armen, die uns mehrere Meilen begleiteten, trug nur dazu bei, dieselbe zu erhöhen. Die erste Tagereise brachte uns glücklich unserm künftigen Aufenthaltsorte um dreißig Meilen näher, und wir brachten die Nacht in einer schlechten Schenke eines Dorfes an der Landstraße zu. Als man uns ein Zimmer angewiesen hatte, bat ich den Wirt, meiner Gewohnheit nach, uns Gesellschaft zu leisten, was er gern tat, da das, was er trank, am nächsten Morgen mit auf meine Rechnung kam. Er kannte die ganze Gegend, wohin ich reiste, besonders den Gutsbesitzer Thornhill, meinen künftigen Gutsherrn, der einige Meilen von dem Orte wohnte. Diesen Herrn schilderte er als einen Mann, der wenig mehr von der Welt wissen wollte, als ihre Freuden, und der besonders wegen seiner Verehrung des schönen Geschlechts berüchtigt sei. Er bemerkte, noch habe keine Tugend seinen Künsten und seiner Beharrlichkeit widerstehen können, und schwerlich sei im Umkreise von zehn Meilen eine Pachterstochter zu finden, bei der er nicht glücklich und zugleich treulos gewesen. Dieser Bericht, der mich einigermaßen beunruhigte, brachte eine durchaus verschiedene Wirkung auf meine Töchter hervor, deren Gesichter sich bei der Erwartung eines nahen Triumphes zu erheitern schienen. Auch meine Frau war nicht weniger erfreut über diese zu erwartende Gelegenheit und vertraute fest den Reizen und der Tugend ihrer Töchter. Während unsere Gedanken auf diese Weise beschäftigt waren, trat die Wirtin ins Zimmer, um ihrem Manne zu sagen, dass der fremde Herr, welcher zwei Tage im Hause gewohnt, kein Geld habe, um die Rechnung zu bezahlen. »Kein Geld!« versetze der Wirt. »Das kann nicht möglich sein, denn noch gestern bezahlte er dem Büttel drei Guineen, um den alten Soldaten zu schonen, der wegen Hundediebstahls durch das Dorf sollte gepeitscht werden.« Doch die Wirtin blieb bei ihrer Behauptung, und er wollte das Zimmer verlassen, indem er schwur, er wolle auf die eine oder die andere Weise zu seinem Gelde kommen, als ich den Wirt bat, mich mit einem Fremden bekannt zu machen, der so viel Großmut gezeigt habe. Er willigte ein und führte einen Herrn ins Zimmer, der etwa dreißig Jahre alt zu sein schien und dessen Rock ehemals mit Tressen besetzt gewesen war. Er war wohlgebaut und seine Züge gaben zu erkennen, dass er viel nachgedacht habe. Er war etwas kurz und trocken in seiner Anrede, und die gewöhnlichen Höflichkeitsformeln schien er entweder nicht zu kennen oder zu verachten. Als der Wirt das Zimmer verlassen hatte, konnte ich nicht umhin, dem Fremden mein Bedauern auszusprechen, einen Mann von Stande in solcher Lage zu sehen, und bot ihm meine Börse an, um die augenblickliche Forderung zu befriedigen. »Ich nehme sie von ganzem Herzen an«, erwiderte er, »und freue mich, dass die Unbesonnenheit, womit ich kürzlich alles Geld weggab, welches ich bei mir hatte, mich jetzt überzeugt, dass es noch wohlwollende Menschen in der Welt gibt. Ich muss indes vorher bitten, mir den Namen und Wohnort meines Wohltäters zu nennen, um ihm so bald als möglich das Geld zurückzahlen zu können.« Ich erteilte ihm vollständige Auskunft darüber, nannte ihm nicht nur meinen Namen und erzählte ihm mein jüngst erlebtes Missgeschick, sondern deutete ihm auch den Ort an, wohin ich mich begeben wollte. »Das trifft sich ja glücklicher, als ich hätte hoffen können«, rief er. »Auch ich gehe jenen Weg, nachdem ich hier zwei Tage durch den Austritt des Flusses aufgehalten worden bin. Morgen wird er hoffentlich zu passieren sein.« Ich versicherte ihm, dass es mir großes Vergnügen machen werde, in seiner Gesellschaft zu reisen, und auf das vereinte Bitten meiner Frau und Töchter ließ er sich bewegen, an unserm Abendessen Teil zu nehmen. Die Unterhaltung des Fremden war so angenehm und belehrend, dass ich wünschte, sie länger zu genießen. Doch es war hohe Zeit, sich zur Ruhe zu begeben und sich zu den Beschwerlichkeiten des folgenden Tages zu stärken.

Am nächsten Morgen machten wir uns alle zusammen auf den Weg. Meine Familie war zu Pferde, während Herr Burchell, unser neuer Reisegefährte, auf dem Fußsteige neben der Landstraße einherging. Er bemerkte lächelnd, da wir so schlecht beritten wären, so würde es nicht großmütig von ihm sein, wollte er uns hinter sich lassen. Da das Wasser sich noch nicht ganz verlaufen hatte, waren wir genötigt, einen Wegweiser zu nehmen, welcher vorauftrabte, während Herr Burchell und ich den Nachtrab bildeten. Wir verkürzten uns die Zeit unterwegs durch philosophische Disputationen, worin er sehr erfahren zu sein schien. Was mich aber am meisten in Erstaunen setzte, war, dass er, obgleich ein Geldborger, seine Ansichten mit solcher Hartnäckigkeit verteidigte, als wäre er mein Patron gewesen. Hin und wieder teilte er mir auch mit, wem die verschiedenen Landsitze gehörten, an denen uns der Weg vorüberführte. »Jenes«, rief er, indem er auf ein prächtiges Haus zeigte, welches in einiger Entfernung lag, »gehört einem Herrn Thornhill, der ein großes Vermögen besitzt, doch gänzlich von dem Willen seines Onkels, des Sir William Thornhill, abhängig ist, der sich mit Wenigem begnügt, seinem Neffen das Übrige lässt und meistens in London wohnt.« – »Was«, rief ich, »ist mein junger Gutsherr der Neffe eines Mannes, dessen Tugenden, Edelmut und Sonderbarkeiten so allgemein bekannt sind? Ich habe diesen Sir William Thornhill oft als einen der edelsten, aber zu gleicher Zeit sonderbarsten Männer im ganzen Königreiche schildern hören, – als einen Mann von unbegrenzter Wohltätigkeit.« – »Vielleicht übertreibt er sie zu sehr«, versetzte Herr Burchell, »wenigstens tat er es in seiner Jugend; denn seine Leidenschaften waren damals mächtig, und da alle sich zur Tugend hinneigten, so führten sie ihn oft zu romantischen Extremen. Schon früh strebte er nach den Verdiensten des Kriegers und des Gelehrten, zeichnete sich bald in der Armee aus und erwarb sich einigen Ruf unter den Gebildeten. Schmeichelei folgt stets den Ehrgeizigen, denn die allein finden das höchste Vergnügen an der Schmeichelei. Er war von einer Menge umgeben, die ihm bloß eine Seite ihres Charakters zeigte, so dass das Privatinteresse sich in eine unbegrenzte Teilnahme für andere verlor. Er liebte das ganze Menschengeschlecht; denn der Reichtum hinderte ihn, die Erfahrung zu machen, dass es auch Schurken gibt. Ärzte erzählen uns von einer Krankheit, die den ganzen Körper so äußerst reizbar macht, dass er bei der leisesten Berührung Schmerz empfindet. Was einige körperlich erlitten, fühlte dieser Mann in seiner Seele. Das geringste Ungemach, entweder wirklich oder erdichtet, berührte ihn schmerzlich, und seine Seele wurde beim Anblick fremder Leiden tief ergriffen. Da er so sehr geneigt war, zu helfen, so ist nicht zu verwundern, dass viele seine Hilfe suchten. Seine Verschwendung begann seinen Reichtum zu vermindern, aber nicht seine Gutmütigkeit, welche im Gegenteil zunahm, so wie der andere dahin schwand. Er wurde sorgloser, je ärmer er wurde, und obgleich er wie ein verständiger Mann redete, handelte er doch wie ein Tor. Noch immer von Zudringlichen umgeben und nicht mehr imstande, jeden an ihn gerichteten Wunsch zu befriedigen, gab er Versprechungen statt baren Geldes; denn dies war alles, was er noch zu geben hatte, und ihm fehlte der Mut, jemanden durch eine abschlägliche Antwort zu kränken. So zog er sich eine Menge von Hilfsbedürftigen auf den Hals; zwar wusste er, dass er täuschte, aber doch wünschte er ihnen zu helfen. Eine Zeit lang hingen sie ihm an und verließen ihn dann mit verdienten Vorwürfen und Verachtung. Aber auch sich selbst wurde er ebenso verächtlich, wie er den andern geworden war. Sein Gemüt bedurfte ihrer Schmeicheleien, und als diese Stütze hinweggenommen war, konnte er an dem Beifall seines Herzens kein Vergnügen finden welches er nicht zu achten gelernt hatte. Die Welt erschien ihm jetzt in einem ganz andern Lichte. Die Schmeicheleien seiner Freunde begannen zu einfachem Beifalle zusammenzuschrumpfen. Der Beifall nahm bald die freundschaftlichere Gestalt des Rates an, und wenn der Rat verworfen wurde, so gab es Vorwürfe. Jetzt sah er ein, dass Freunde, die nur seine Freigebigkeit um ihn versammelt, geringen Wert hätten; er überzeugte sich, dass der Mensch sein Herz hingeben muss, um das eines andern zu gewinnen. Ich fand jetzt, dass – ich vergesse, was ich sagen wollte: kurz, mein Herr, er beschloss, sich selbst zu achten, und entwarf einen Plan, sein gesunkenes Vermögen wiederherzustellen. Zu diesem Zweck durchwanderte er nach seiner Weise als Sonderling ganz Europa zu Fuß, und jetzt, ehe er noch sein dreißigstes Jahr erreicht, sind seine Vermögensumstände besser als je. Gegenwärtig verteilt er seine Wohltaten verständiger und gemäßigter als früher; doch ist er in Bezug auf seinen Charakter noch immer ein Sonderling, der an überspannter Tugend das höchste Vergnügen findet.«

Meine Aufmerksamkeit war durch Herrn Burchells Erzählung so gefesselt worden, dass ich kaum auf den Weg vor mich hinblickte, bis wir plötzlich durch einen Hilferuf meiner Familie aufgeschreckt wurden. Als ich mich umsah, erblickte ich meine jüngste Tochter mitten in dem reißenden Strome. Sie war vom Pferde geschleudert worden und rang mit den Wellen. Schon zweimal war sie untergesunken, und ich konnte mich nicht schnell genug besinnen, um ihr zu Hilfe zu eilen. Meine Bestürzung war zu groß, um auf Mittel zu ihrer Rettung denken zu können. Gewiss wäre sie umgekommen, hätte sich nicht mein Reisegefährte beim Anblick ihrer Gefahr in die Flut gestürzt und sie mit einiger Schwierigkeit glücklich an das entgegengesetzte Ufer getragen. Der übrige Teil der Familie, der den Fluss etwas weiter hinaufgeritten war, kam wohlbehalten hinüber, wo wir jetzt unsern Dank mit dem der Geretteten vereinigten. Ihre Erkenntlichkeit lässt sich mehr fühlen als beschreiben. Sie dankte ihrem Retter mehr durch Blicke als Worte und hielt sich noch immer an seinen Arm, als habe sie noch fernern Beistand von ihm zu erwarten. Auch meine Frau hoffte einst das Vergnügen zu haben, eine solche Güte in ihrem Hause zu vergelten.

Nachdem wir im nächsten Wirtshaus ausgeruht und ein Mittagsessen eingenommen hatten, nahm Herr Burchell von uns Abschied, da sein Weg ihn nach einer andern Richtung führte. Unterwegs äußerte meine Frau, der Fremde habe ihr außerordentlich gefallen, und versicherte, wenn Geburt und Vermögen ihn berechtigten, sich mit einer Familie wie die unsere zu verbinden, so wüsste sie niemanden, der ihr geeigneter dazu erschiene. Ich konnte nicht umhin, zu lächeln, als sie in so vornehmem Tone sprach; doch missfielen mir niemals dergleichen harmlose Täuschungen, die nur dazu beitrugen, uns für den Augenblick glücklicher zu machen.

4. Kapitel

Ein Beweis, dass selbst die demütigste Lage ein Glück gewähren kann, welches nicht von den Umständen, sondern von der Gemütsbeschaffenheit abhängt

Unser Zufluchtsort lag in einer von Pächtern bewohnten Gegend, die ihre Felder selbst pflügten und von Überfluss und Armut gleich weit entfernt waren. Da sie sich fast alle Lebensbedürfnisse selbst erwarben, so besuchten sie selten die benachbarten Marktflecken und Städte, um Luxusartikel zu holen. Fern von der verfeinerten Welt bewahrten sie noch die ursprüngliche Einfachheit der Sitten, und mäßig von Natur, wussten sie kaum, dass Enthaltsamkeit eine Tugend sei. Sie arbeiteten mit fröhlichen Mute an Werktagen; doch die Feiertage waren der Ruhe und dem Vergnügen geweiht. Sie sangen noch ihre alten Weihnachtslieder, schickten einander Liebesbänder am Valentinstage, aßen Pfannkuchen um Fastnacht, zeigten ihren Witz am ersten April und knackten am Michaelisabend gewissenhaft Nüsse auf. Von unserer Ankunft benachrichtigt, zogen sämtliche Bewohner des Ortes in ihrem Sonntagsstaate ihrem neuen Prediger entgegen. Pfeifer und Trommelschläger gingen voran. Auch hatten sie zu unserem Empfange ein Festmahl bereit, zu dem wir uns fröhlich niedersetzten; und wenn es der Unterhaltung an Witz fehlte, so wurde desto mehr gelacht.

Unsere kleine Wohnung lag am Abhange eines Hügels und war an der hintern Seite durch ein schönes Gebüsch geschützt. Vor dem Hause plätscherte ein Bach und auf der einen Seite befand sich eine Wiese, auf der andern ein Rasenplatz. Meine Pachtung bestand aus zwanzig Morgen vortrefflichen Bodens, welche mein Vorgänger mir für hundert Pfund abgetreten hatte. Nichts übertraf die Zierlichkeit meiner kleinen Gehege mit ihren Ulmen und Hecken, die einen unbeschreiblich schönen Anblick gewährten. Mein Haus bestand aus einem Stockwerk und war mit Rohr gedeckt, welches ihm ein sehr zierliches Ansehen gab. Von innen waren die Wände weiß abgesetzt, und meine Töchter übernahmen es, sie mit selbstgezeichneten Bildern zu schmücken. Da uns dasselbe Zimmer als Küche und Wohnstube dienen musste, so war es nur um so wärmer darin. Da es sehr zierlich gehalten wurde, und die Schüsseln, Teller und das Kupfergerät wohlgescheuert in langen Reihen auf dem Gesimse aufgestellt war, so fiel das Ganze sehr gut ins Auge, und man vergaß darüber den Mangel einer reichen Ausschmückung. Außerdem hatten wir noch drei andere Gemächer – eins für meine Frau und mich, ein anderes dicht neben uns für unsere beiden Töchter und ein drittes mit zwei Betten für die übrigen Kinder.

Die kleine Republik, der ich Gesetze vorschrieb, war auf folgende Weise eingerichtet. Mit Sonnenaufgang versammelten wir uns alle in dem gemeinschaftlichen Zimmer, wo die Magd vorher das Feuer angezündet hatte. Nachdem wir einander mit anständiger Feierlichkeit gegrüßt hatten – denn ich hielt es für zweckmäßig, einige mechanische Formen der guten Erziehung aufrecht zu erhalten, ohne welche die Freiheit beständig die Freundschaft zerstört, – brachten wir dem Wesen unsere Dankbarkeit dar, welches uns einen neuen Tag geschenkt. Nach Erfüllung dieser Pflicht ging ich mit meinem Sohn an unsere gewöhnliche Arbeit außer dem Hause, während meine Frau und Töchter mit der Bereitung des Frühstücks beschäftigt waren, welches stets zur bestimmten Zeit in Bereitschaft stand. Zu diesem Mahle bestimmte ich eine halbe Stunde, zum Mittagsessen jedoch eine ganze, die unter harmlosen Scherzen zwischen meiner Frau und meinen Töchtern und in philosophischen Gesprächen zwischen mir und meinem Sohne vergingen.

Da wir mit der Sonne aufstanden, so arbeiteten wir niemals bis nach Untergang derselben, sondern kehrten zu der Familie zurück, die uns zu Hause erwartete, wo lächelnde Blicke, ein zierlicher Herd und ein behagliches Feuer zu unserm Empfang bereit waren. Auch fehlte es uns nicht an Gästen. Zuweilen machte uns der Pächter Flamborough, unser geschwätziger Nachbar, oft auch der blinde Pfeifer einen Besuch, um unsern Stachelbeerwein zu kosten, dessen Rezept und guter Ruf nicht verloren gegangen war. Diese harmlosen Leute waren in mehrfacher Hinsicht angenehme Gesellschafter. Denn während der eine spielte, sang der andere irgendeine hübsche Ballade, wie »Hannchen Armstrongs Abschied«, oder »Barbara Allens Grausamkeit.« Der Abend ward beschlossen wie wir den Morgen begonnen hatten. Meine jüngsten Kinder mussten die für den Tag aufgegebenen Lektionen lesen, und wer am lautesten, deutlichsten und am besten las, erhielt einen halben Pfennig, um ihn am Sonntag in die Armenbüchse zu werfen.

Wenn der Sonntag kam, so ging es an ein Putzen, dem alle meine Edikte gegen den Aufwand nicht Einhalt tun konnten. So fest ich auch glaubte, durch meine Predigten gegen den Hochmut die Eitelkeit meiner Töchter besiegt zu haben, so fand ich doch, dass sie insgeheim noch immer ihrer alten Putzsucht ergeben waren. Noch immer liebten sie Spitzen, Bänder und Korallen; selbst meine Frau behielt eine Vorliebe für ihren karmesinroten seidenen Mantel, weil ich einst geäußert, dass er sie gut kleide.

Besonders am ersten Sonntag ärgerte mich ihr Benehmen. Am Abend zuvor hatte ich meinen Töchtern gesagt, sie möchten sich am nächsten Morgen bei guter Zeit ankleiden, denn ich mochte immer gern früher als die Gemeinde in der Kirche sein. Sie gehorchten pünktlich meinem Befehl; doch als wir uns zum Frühstück einfanden, kamen meine Frau und Töchter, völlig in ihrem frühern Glanz gekleidet, das Haar mit Pomade bedeckt, die Gesichter mit Schönpflästerchen beklebt, die langen Schleppen hinten in einen Wulst zusammengebunden, der bei jeder Bewegung rauschte. Ich musste über ihre Eitelkeit lächeln, besonders über die meiner Frau, der ich doch mehr Klugheit zugetraut hatte. In dieser Verlegenheit wusste ich keinen andern Ausweg, als meinem Sohn mit wichtiger Miene zu befehlen, er möge die Kutsche vorfahren lassen. Die Mädchen erstaunten über diesen Befehl, ich aber wiederholte ihn mit noch mehr Nachdruck. »Das ist offenbar dein Scherz, lieber Mann!« rief meine Frau. »Wir können sehr gut zu Fuße gehen und bedürfen keiner Kutsche.« – »Du irrst, mein Kind«, erwiderte ich, »wir bedürfen einer Kutsche; denn wenn wir in diesem Aufzuge in die Kirche gehen, so werden die Gassenjungen hinter uns her schreien.« – »Ich habe wirklich immer geglaubt«, versetzte meine Frau, »mein Karl sähe seine Kinder gern zierlich und sauber vor ihm erscheinen.« – »Ihr mögt so zierlich und sauber sein, wie Ihr wollt«, unterbrach ich sie, »und Ihr werdet mir nur um so mehr gefallen. Das aber ist nicht Zierlichkeit, sondern Flitterstaat. Diese Manschetten, Spitzen und Schönpflästerchen werden uns nur bei den Frauen unserer Nachbarn verhaßt machen. Nein, meine Kinder«, setzte ich ernsthafter hinzu, »diese Kleider könnten etwas kürzer geschnitten sein; denn solcher Putz ist für uns höchst unpassend, da wir kaum die Mittel haben, uns anständig zu kleiden. Auch weiß ich nicht, ob ein solcher Prunk und Flitterstaat sich selbst für reiche Leute schickt, wenn wir nach einer mäßigen Berechnung erwägen, wie viel Arme mit dem Überflusse dieses eitlen Tandes könnten gekleidet werden.«

Diese Vorstellung brachte die geeignete Wirkung hervor. Mit großer Fassung zeigten sie sich sogleich bereit, ihren Anzug zu verändern, und am nächsten Tage sah ich mit Vergnügen, wie meine Töchter aus eigenem Antriebe beschäftigt waren, aus ihren Schleppen Sonntagswestchen für Richard und Wilhelm, meine beiden kleinsten Knaben, zu machen; und was noch das Beste dabei war, die Kleider schienen durch diese Verkürzung sogar gewonnen zu haben.

5. Kapitel

Die Einführung einer neuen und vornehmen Bekanntschaft. Worauf wir die größte Hoffnung setzten, das schlägt meistens am ersten fehl

In geringer Entfernung vom Hause hatte mein Vorgänger eine Rasenbank angelegt, von Hagedorn und Geißblatthecken beschattet. Wenn das Wetter schön und unsere Arbeit früh geendet war, saßen wir hier gewöhnlich bei einander und erfreuten uns der weiten Aussicht in der Abendstille. Hier tranken wir zuweilen Tee, der jetzt zu einer Festlichkeit geworden war und uns neue Freuden gewährte, da wir ihn nur selten genossen; auch geschahen die Vorbereitungen dazu mit großer Feierlichkeit und Geschäftigkeit. Bei diesen Gelegenheiten mussten unsere beiden Jüngsten immer etwas vorlesen, und nachdem wir getrunken, bekamen auch sie ihren Anteil. Um unsern Ergötzlichkeiten Mannichfaltigkeit zu geben, sangen die Mädchen zuweilen zur Gitarre, und während sie ein kleines Konzert aufführten, ging ich mit meiner Frau am Rande des Feldes dahin, der mit blauen Glockenblumen und Tausendschön geschmückt war, redeten dabei mit Entzücken von unsern Kindern und sogen den erquickenden Hauch ein, der uns Gesundheit und liebliche Töne zuwehte.

Auf diese Weise fingen wir an zu begreifen, dass jede Lebenslage ihre eigenen Freuden zu gewähren vermag. Jeder Morgen weckte uns zu neuer Arbeit, doch belohnte uns der Abend durch heitere Erholung.

Zu Anfang des Herbstes an einem Feiertage, wo wir stets jede Arbeit einstellten, führte ich meine Familie zu unserm gewöhnlichen Vergnügungsplatze hinaus. Unsere jungen Damen begannen ihr Konzert. So beschäftigt, sahen wir plötzlich, etwa zwanzig Schritte vor uns, einen

Hirsch in großen Sätzen vorüberspringen. Sein Keuchen schien zu verraten, dass er von Jägern verfolgt sei. Wir hatten nicht lange Zeit, über die Not des armen Tieres Betrachtungen anzustellen, denn in einiger Entfernung bemerkten wir Hunde und Reiter, die denselben Weg einschlugen, den der Hirsch genommen. Ich wollte sogleich mit meiner Familie nach Hause zurückkehren, doch Neugierde oder Überraschung, oder irgendein anderer mir unbekannter Beweggrund hielten meine Frau und Töchter auf ihren Sitzen festgebannt. Der voranreitende Jäger sprengte pfeilschnell an uns vorüber. Ihm folgten vier oder fünf andere, die ebenso große Eile zu haben schienen. Zuletzt kam ein junger Herr von vornehmerem Ansehen als die Übrigen. Er betrachtete uns eine Weile, und statt der Jagd zu folgen, hielt er plötzlich still, gab sein Pferd an einen Diener ab, der ihn begleitete, und näherte sich uns mit nachlässig vornehmer Miene. Er schien keiner Einführung zu bedürfen, sondern begrüßte meine Töchter wie einer, der sich im Voraus eines freundlichen Empfanges versichert hält. Doch sie hatten früh die Kunst gelernt, jede Anmaßung durch einen stolzen Blick zurückzuweisen. Hierauf sagte er uns, er heiße Thornhill und sei der Besitzer des Landgutes, welches in geringer Entfernung von uns lag. Er machte einen nochmaligen Versuch, die weiblichen Mitglieder der Familie zu umarmen, und so groß war die Macht des Reichtums und der schönen Kleider, dass er nicht zum zweiten Mal einen Abschlag erhielt. Da sein Benehmen zwar selbstgefällig, aber doch ungezwungen war, so wurden wir bald vertrauter miteinander, und als er musikalische Instrumente bemerkte, bat er, ihn mit einem Liede zu erfreuen. Da ich so ungleiche Bekanntschaften nicht billigte, winkte ich meinen Töchtern zu, nicht ihre Zustimmung zu geben. Doch durch einen Wink ihrer Mutter wurde der meinige aufgehoben, und sie sangen nun mit heiterer Miene ein Lieblingslied von Dryden. Herr Thornhill schien sehr erfreut über die Wahl und Ausführung und nahm dann selber die Gitarre zur Hand. Er spielte nur mittelmäßig, doch meine älteste Tochter gab ihm seinen frühern Beifall mit Interessen zurück, indem sie versicherte, seine Töne wären lauter, als selbst die ihres Musiklehrers. Bei diesem Komplimente verbeugte er sich und sie verneigte sich darauf ebenfalls. Er rühmte ihren Geschmack und sie seine Fertigkeit: ein Jahrhundert hätte sie nicht vertrauter machen können. Die zärtliche Mutter, gleichfalls überglücklich, bestand darauf, dass der Gutsherr eintreten und ein Glas von ihrem Stachelbeerwein kosten möge. Die ganze Familie schien es darauf anzulegen, ihm zu gefallen. Meine Töchter waren bemüht, ihn mit Gegenständen zu unterhalten, die sie für modern hielten, während Moses einige Fragen über die alten Klassiker an ihn richtete und das Vergnügen hatte, ausgelacht zu werden. Meine beiden jüngsten Knaben waren nicht weniger geschäftig und schmiegten sich dicht an den Fremden. Nur mit vieler Mühe konnte ich sie abhalten, mit ihren schmutzigen Fingern seine Rocktressen zu betasten, oder seine Taschen aufzuknöpfen, um zu sehen, was darin sei. Gegen Abend nahm er Abschied, nachdem er zuvor um die Erlaubnis gebeten, seinen Besuch wiederholen zu dürfen, was ihm als unserm Gutsherrn gern bewilligt wurde.

Sobald er fort war, berief meine Frau eine Ratsversammlung, um über die Erlebnisse des Tages zu verhandeln. Sie war der Meinung, dies sei ein höchst glückliches Ereignis, denn sie habe schon viel seltsamere Dinge erlebt, die endlich eingetroffen wären. Sie hoffte noch den Tag zu erleben, wo wir wieder den Kopf hoch tragen würden, gleich den vornehmsten Leuten, und beteuerte zum Schluss: sie sehe doch wahrlich nicht ein, warum die beiden Fräulein Wrinklers so reiche Partien machen sollten und ihre Kinder nicht. Da der letzte Ausspruch gegen mich gerichtet war, so erklärte ich, dass ich ebenso wenig den Grund einsähe, warum Frau Sipkins zehntausend Pfund in der Lotterie gewonnen habe, während uns eine Niete zugefallen. »Wahrhaftig, Karl«, rief meine Frau, »das ist deine alte Art, mich und die Mädchen zu kränken, wenn wir einmal guter Laune sind. Sag' mir, liebe Sophie, was denkst du von unserm neuen Gast? Hältst du ihn nicht für sehr gutmütig?« – »O gewiss, liebe Mutter«, erwiderte sie. »Mich dünkt auch, er weiß über alles zu sprechen und ist nie in Verlegenheit. Je unbedeutender der Gegenstand, desto mehr weiß er darüber zu sagen.« – »Ja«, rief Olivia, »für einen Mann mag er gut genug sein, wenn er mir auch nicht gerade besonders gefällt. Er ist zu unverschämt und zudringlich, und die Gitarre spielt er ganz abscheulich.« Die beiden letzten Aussprüche deutete ich umgekehrt. Ich sah, dass Sophie ihn innerlich ebenso verachtete, wie Olivia ihn im Stillen bewunderte. »Was für eine Meinung Ihr auch von ihm haben mögt, meine Kinder«, rief ich, »so muss ich Euch doch aufrichtig gestehen, dass er mich nicht sehr für sich eingenommen hat. Ungleiche Freundschaft endet immer mit Abneigung; auch schien er bei all seiner Höflichkeit sich des Abstandes zwischen ihm und uns deutlich bewusst zu sein. Lasst uns lieber Gesellschaft wählen, die unserm Stande angemessen ist. Es gibt keinen verächtlichern Mann, als einen Glücksjäger, und ich sehe nicht ein, warum Mädchen, die nach einer reichen Heirat streben, nicht ebenso verächtlich sein sollten. Auch wenn es nach Wunsch geht, müssen wir alle verächtlich werden, mögen nun seine Absichten ehrenvoll sein oder nicht. Mich schaudert bei dem Gedanken an das Letztere. Freilich habe ich wegen der Aufführung meiner Kinder nichts zu besorgen; doch glaube ich seines Charakters wegen Furcht hegen zu müssen.« Ich würde noch weiter geredet haben, doch wurde ich durch einen Diener des Gutsherrn unterbrochen, der uns nebst seiner Empfehlung ein Stück Wildpret schickte und uns sagen ließ, dass er an einem der nächsten Tage mit uns zu speisen wünsche. Dieses willkommene Geschenk sprach mächtiger zu seinen Gunsten, als irgendetwas, was ich gegen ihn hätte sagen können. Ich schwieg daher und begnügte mich damit, sie auf die Gefahr aufmerksam gemacht zu haben, indem ich es ihrer eigenen Klugheit überließ, sie zu vermeiden. Die Tugend, die stets bewacht sein muss, ist der Schildwache kaum wert.

6. Kapitel

Die Glückseligkeit am ländlichen Kamine

Da der Streit mit einiger Wärme war geführt worden, wurde einstimmig beschlossen, dass wir einen Teil des Wildprets zum Abendessen haben sollten, und meine Töchter übernahmen die Zubereitung desselben mit großer Freudigkeit. »Es tut mir leid«, rief ich, »dass wir keine Nachbarn oder Freunde haben, um an diesem guten Mahle Teil zu nehmen. Bei Festen dieser Art gewährt die Gastfreundschaft einen doppelten Genuss.« – »Meiner Treu«, rief meine Frau, »hier kömmt unser guter Freund, Herr Burchell, der unsere Sophie errettete und dich beim Disputieren überwand.« – »Mich beim Disputieren überwand, mein Kind!« rief ich. »Da irrst du, meine Liebe. Ich glaube, es gibt nur Wenige, die dazu imstande sind. Ich bestreite dir niemals deine Geschicklichkeit, eine gute Gänsepastete zu bereiten, darum bitte ich, mir das Disputieren zu überlassen.« Während ich sprach, trat der arme Herr Burchell ins Haus und wurde von allen mit herzlichen Händedrücken begrüßt, während der kleine Richard ihm dienstfertig einen Stuhl darbot.

Aus zwei Gründen war mir die Freundschaft des armen Mannes angenehm; weil ich wusste, dass er der meinigen bedurfte, und mich zugleich überzeugt hielt, dass er nach Kräften dienstfertig sei. Er war in der Gegend als ein armer Herr bekannt, der in seiner Jugend nicht habe gut tun wollen, obgleich er noch nicht dreißig Jahr alt war. Zuweilen sprach er sehr verständig; doch am meisten liebte er den Umgang mit Kindern, welche er harmlose kleine Menschen zu nennen pflegte. Er machte sich dadurch bei ihnen beliebt, dass er ihnen Balladen vorsang und Geschichten erzählte, und selten ging er aus, ohne etwas für sie mitzubringen, entweder ein Stück Pfefferkuchen, oder eine Pfennigspfeife. Meistens kam er einmal im Jahr auf einige Tage in unsere Gegend und lebte von der Gastfreundschaft der Nachbarn. Er setzte sich mit uns zum Abendessen, und meine Frau war nicht karg mit ihrem Stachelbeerwein. Jeder trug etwas zur Unterhaltung bei; er sang uns alte Volkslieder und gab den Kindern die Geschichte vom Bocke von Beverland und vom geduldigen Gretchen, die Abenteuer des Katzenfells und die Geschichte von dem Zimmer der schönen Rosamunde zum Besten. Unser Haushahn, der stets um elf Uhr krähte, sagte uns, dass es jetzt Zeit sei, sich zur Ruhe zu begeben; doch zeigte sich eine unvorhergesehene Schwierigkeit, wie wir unsern Gast unterbringen sollten. Alle unsere Betten waren schon besetzt, und es war zu spät, ihn ins nächste Wirtshaus zu senden. In dieser Verlegenheit bot ihm der kleine Richard seinen Teil des Bettes an, wenn sein Bruder Moses ihn mit in das seinige nehmen wollte. »Und ich«, rief Wilhelm, »will Herrn Burchell meinen Teil des Bettes überlassen, wenn meine Schwestern mir einen Platz in dem ihrigen einräumen wollen.« – »Wohl getan, meine Kinder«, rief ich, »Gastfreundschaft ist eine der ersten Christenpflichten. Das Tier sucht seine Höhle und der Vogel fliegt in sein Nest; doch der hilflose Mensch kann nur bei seinen Nebenmenschen einen Zufluchtsort finden. Der größte Fremdling auf dieser Welt war der, welcher gekommen war, sie zu erlösen. Er hatte nie ein Obdach, gleichsam als wollte er sehen, wie viel Gastfreundschaft noch unter den Menschen vorhanden sei. Liebe Debora«, sagte ich zu meiner Frau, »gib diesen Knaben ein Stück Zucker, und Richard das größte, weil er zuerst gesprochen.«

Früh am nächsten Morgen forderte ich meine Familie auf, mir beim Einbringen des Grummets behilflich zu sein, und da unser Gast seinen Beistand anbot, wurde er mit in unsere Zahl aufgenommen. Unsere

Arbeit ging leicht vonstatten; wir breiteten die Schwade zum Trocknen aus; ich ging voran und die Übrigen folgten in gehöriger Ordnung. Dabei entging es mir nicht, dass Herr Burchell lebhaft bemüht war, meiner Tochter Sophie bei ihrer Arbeit zu helfen. Wenn er mit seiner eigenen fertig war, teilte er die ihrige und begann ein vertrauliches Gespräch. Doch ich hatte eine zu gute Meinung von Sophiens Verstande, und war zu sehr von ihrem Ehrgefühl überzeugt, um wegen eines Mannes von zerrütteten Vermögensumständen irgend Unruhe zu empfinden. Als wir unser Tagewerk vollendet hatten, luden wir Herrn Burchell wieder ein, die Nacht bei uns zu bleiben; doch diesmal lehnte er es ab, weil er den Abend noch einen Nachbar besuchen wollte, dessen Knaben er eine Pfeife mitzubringen versprochen. Als er fort war, kam das Gespräch beim Abendessen auf unsern unglücklichen Gast. »Welch ein auffallendes Beispiel«, sagte ich, »liefert dieser arme Mann von dem Elende, welches einem leichtsinnigen und ausschweifenden Jünglinge folgt! Es fehlt ihm keineswegs an Verstand, doch um so unbegreiflicher ist seine frühere Torheit. Der arme verlassene Mann! Wo sind jetzt die lustigen Brüder, die Schmeichler, die er sonst begeisterte und beherrschte? Vielleicht gegangen, um dem verborgenen Kuppler aufzuwarten, der durch seine Verschwendung reich geworden. Einst rühmten sie ihn und jetzt preisen sie den Kuppler; ihr früheres Entzücken über seinen Witz ist jetzt in bittern Spott über seine Torheit verwandelt. Er ist arm, und vielleicht verdient er seine Armut, denn er besitzt weder das Ehrgefühl, sich unabhängig zu machen, noch die Geschicklichkeit, nützlich zu sein.« Von geheimen Beweggründen bestimmt, sprach ich diese Bemerkung vielleicht mit zu großer Härte aus, und Sophie erklärte sich mit Milde dagegen. »Welches auch sein früheres Betragen gewesen sein mag, lieber Vater, jetzt wenigstens sollte ihn seine Lage vor Tadel schützen. Seine gegenwärtige Armut ist eine hinlängliche Strafe für seine frühere Torheit, und ich habe meinen lieben Vater selber sagen hören, wir müssten niemals einem Opfer einen unnötigen Schlag versetzen, über dem die Vorsehung ihre Geißel schwingt.« – »Du hast Recht, Sophie«, rief mein Sohn Moses, »und ein alter Dichter stellt uns sehr schön ein so boshaftes Betragen in dem Versuche des Bauern dar, der den Marsias schinden will, nachdem ihm schon ein anderer die Haut völlig abgezogen. Übrigens weiß ich nicht, ob die Lage dieses armen Mannes so übel ist, wie der Vater sie darstellt. Wir müssen die Gefühle anderer nicht nach dem beurteilen, was wir empfinden würden, wenn wir an ihrer Stelle wären. So dunkel auch die Wohnung des Maulwurfs unsern Augen erscheint, so findet doch das Tier selber seinen Aufenthaltsort hell genug. In Wahrheit erscheint mir des Mannes Gemüt zu seiner Lage zu passen, denn ich habe selten jemanden vergnügter gesehen, als er heute war, da er sich mit dir unterhielt.« Dies war ohne alle Absicht gesagt, doch errötete Sophie darüber und war bemüht, es unter einem erzwungenen Lächeln zu verbergen, indem sie versicherte, wenig auf das geachtet zu haben, was er gesagt; doch meinte sie, er möge ehemals wohl ein recht feiner Herr gewesen sein. Die Bereitwilligkeit, womit sie sich zu verteidigen suchte, und ihr Erröten waren Symptome, die mir nicht sonderlich gefielen; doch ließ ich meinen Verdacht nicht laut werden.

Da wir am nächsten Tage unsern Gutsherrn erwarteten, beschäftigte sich meine Frau mit der Zubereitung einer Wildpretpastete. Moses las, wahrend ich die Kleinen unterrichtete, und meine Töchter schienen ebenso beschäftigt wie die Übrigen, und ich bemerkte, dass sie eine ziemliche Zeit etwas am Feuer kochten. Anfangs glaubte ich, sie wären ihrer Mutter behilflich; doch der kleine Richard sagte mir heimlich, sie kochten Schönheitswasser für ihre Gesichter. Gegen Schönheitswasser aller Art hatte ich von jeher eine natürliche Abneigung, denn ich wusste, dass es den Teint verdirbt, statt ihn zu verschönern. Ich rückte daher mit meinem Sessel langsam zum Feuer hin, ergriff das Schüreisen, tat, als wollte ich das Feuer anschüren und stieß plötzlich wie durch Zufall das ganze Gebräu um, und es war zu spät, ein neues zu kochen.

7. Kapitel

Beschreibung eines Witzlings aus der Stadt. Die albernsten Bursche können einige Abende belustigen

Als der Morgen kam, wo wir unsern jungen Gutsherrn bewirten sollten, lässt sich leicht denken, dass alle Vorräte erschöpft wurden, um uns ein Ansehen zu geben. Auch kann man sich vorstellen, dass meine Frau und Töchter bei dieser Gelegenheit ihr buntestes Gefieder ausbreiteten. Herr Thornhill kam mit ein Paar Freunden und seinem Kaplan, der zugleich das Geschäft hatte, seine Kampfhähne zu füttern. Seine zahlreiche Dienerschaft wollte er aus Höflichkeit in das nächste Wirtshaus schicken, doch meine Frau bestand in der Freude ihres Herzens darauf, sie alle zu bewirten, infolge dessen, beiläufig gesagt, sich die Familie drei Wochen nachher mit schmalen Bissen behelfen musste. Da Herr Burchell uns am Tage vorher einen Wink gegeben, Thornhill habe dem Fräulein Arabella Wilmot, der früheren Geliebten meines Georg, einen Heiratsantrag gemacht, so tat dies der Herzlichkeit seines Empfanges großen Eintrag. Doch ein Zufall half uns aus der Verlegenheit; denn als einer aus der Gesellschaft zufällig ihren Namen nannte, beteuerte Herr Thornhill mit einem Eide, er kenne nichts Abgeschmackteres, als diese Vogelscheuche eine Schönheit zu nennen. »Man soll mich braun und blau schlagen«, fuhr er fort, »wenn ich mir nicht ebenso gern beim Schein einer Lampe ein Dämchen unter St. Dunstans Glocke wählen will.« Hiebei lachte er und wir lachten mit. Die Scherze reicher Leute sind ja immer witzig. Olivia konnte nicht umhin, mir leise, doch hörbar genug, zuzuflüstern, dass er einen reichen Schatz von Laune besitze.

Nach Tische brachte ich meinen gewöhnlichen Toast auf die Kirche aus, worauf mir der Kaplan erwiderte: die Kirche sei die einzige Geliebte seines Herzens. »Hören Sie, Frank«, sagte der Gutsherr mit seiner gewöhnlichen Leichtfertigkeit, »seien Sie einmal ehrlich, gesetzt, Ihre gegenwärtige Geliebte, die Kirche, stände im bischöflichen Gewande auf der einen Seite von Ihnen und Fräulein Sophie ohne Gewand auf der andern, für welche würden Sie sich entscheiden?« – »Gewiss für beide, rief der Kaplan. – »Recht so, Frank!« rief der Gutsherr. »Möge ich an diesem Glase ersticken, wenn ein hübsches Mädchen nicht mehr wert ist, als die ganze Priesterschaft auf der Welt! Was sind ihre Zehnten, ihre Ränke und Kniffe anders, als Betrug, als schändlicher Betrug? Ich kann es beweisen! – »Ich wollte, Sie täten es«, rief mein Sohn Moses, »und ich glaube imstande zu sein, Sie widerlegen zu können.« – »Sehr gern!« erwiderte der Gutsherr, der seinen Scherz mit ihm treiben wollte und den andern zuwinkte, dass es einen Spaß geben würde. »Wollen Sie den Gegenstand kaltblütig erörtern, so bin ich bereit, die Forderung anzunehmen. Vorher aber erklären Sie sich; sind Sie für die analogische oder dialogische Beweisführung?« – »Ich bin für die vernunftmäßige Beweisführung«, rief Moses, überglücklich, dass er Gelegenheit habe, zu diskutieren. »Gut«, sagte der Gutsherr. »Fürs Erste werden Sie hoffentlich nicht leugnen, dass alles, was ist, ist. Wenn Sie mir das nicht zugeben, kann ich nicht weiter gehen.« – »Ei nun«, entgegnete Moses, »das kann ich wohl zugeben und es für mich anwenden.«

– »So hoffe ich auch«, versetzte der andere, »Sie werden mir zugeben, dass ein Teil kleiner ist, als das Ganze.« – »Auch zugegeben«, antwortete Moses; »es ist nicht mehr als recht und billig.« – »Hoffentlich werden Sie nicht leugnen, sagte der Gutsherr, dass die Winkel eines Dreiecks zwei rechten gleich sind?« – »Nichts kann klarer sein«, erwiderte dieser, mit wichtiger Miene um sich blickend. – »Vortrefflich!« rief der Gutsherr, indem er sehr rasch sprach; »die Prämissen wären also festgestellt, und ich gehe zu der Bemerkung über, dass die Verkettung von Selbstexistenzen, fortschreitend in gegenseitigem Doppelverhältnisse, notwendig einen problematischen Dialog hervorbringt, der gewissermaßen, beweist, dass die Essenz der Spiritualität auf das zweite Prädikat bezogen werden muss.« – »Halt, halt«, rief der andere, »das leugne ich. Glauben Sie, ich werde mich solchen heterodoxen Lehrsätzen bereitwillig fügen?« – »Was«, rief der Gutsherr heftig aus, »nicht fügen! Beantworten Sie mir eine einzige einfache Frage. Glauben Sie, dass Aristoteles Recht hat, wenn er sagt: reative Sätze seien relativ?« – »Ohne Zweifel«, versetzte der andere. – »Wenn das ist«, rief der Gutsherr, so antworten Sie mir bestimmt auf meine Frage: halten Sie die analytische Untersuchung des ersten Teils meines Enthymemas für unzulänglich *secundum quoad* oder *quoad minus?* Geben Sie Ihre Gründe an – geben Sie ohne Umschweife Ihre Gründe an!« – »Ich muss gestehen«, erwiderte Moses, »ich verstehe die Bedeutung Ihres Raisonnements nicht recht. Wenn es auf eine einfache Proposition zurückgeführt würde, glaube ich darauf antworten zu können.« – »O mein Herr«, versetzte der Gutsherr, »ich bin Ihr gehorsamster Diener. Ich sehe schon, ich soll Sie nicht bloß mit Argumenten, sondern auch überdies noch mit Verstand versehen. Nein, mein Herr, dagegen muss ich protestieren; Sie sind mir zu hartköpfig.« Jetzt brach ein Gelächter aus auf Kosten des armen Moses, der in der Gruppe von fröhlichen Gesichtern eine traurige Figur spielte und während der ganzen Unterhaltung kein Wort sprach.

Die ganze Sache erregte mein Missfallen, doch brachte sie auf Olivia eine ganz verschiedene Wirkung hervor. Sie hielt das für Witz und Laune, was bloßer Gedächtniskram war. Thornhill erschien ihr als ein Mann von feiner Bildung, und wer den mächtigen Reiz kennt, den eine hübsche Gestalt, schöne Kleider und Vermögen solchen Menschen verleihen, der wird es ihr leicht verzeihen. Ungeachtet seiner wirklichen Unwissenheit sprach Herr Thornhill mit großer Leichtigkeit und konnte sich über gewöhnliche Gegenstände der Unterhaltung sehr geläufig ausdrücken. Man darf sich daher nicht wundern, wenn er durch diese Eigenschaften die Zuneigung eines Mädchens gewann, die sich vermöge ihrer Erziehung selber nach dem äußern Scheine beurteilte und folglich auch den Wert anderer darnach schätzte.

Als unser junger Gutsherr sich entfernt hatte, stritten wir nochmals über seine Verdienste. Da seine Blicke und seine Unterhaltung beständig an Olivia gerichtet waren, so konnte es nicht länger zweifelhaft sein, dass sie es war, die ihn veranlasste, uns zu besuchen. Auch schien sie die unschuldige Neckerei ihres Bruders und ihrer Schwester nicht übel zu nehmen. Selbst Debora schien den Ruhm des Tages zu teilen und frohlockte über den Sieg ihrer Tochter, als wäre es ihr eigener. »Und nun, mein Lieber«, rief sie mir zu, »will ich offen bekennen, dass ich meinen Töchtern geraten habe, unsern Gutsherrn in seinen Bewerbungen aufzumuntern. Ich habe von jeher einen gewissen Ehrgeiz gehabt, und nun siehst du wohl, dass ich Recht hatte; denn wer weiß, wie das endet?« – »Ach ja, wer kann das wissen!« antwortete ich mit einem tiefen Seufzer. »Mir gefällt diese Sache nicht. Weit lieber wäre mir ein armer und redlicher Mann, als dieser feine Herr mit seinem Reichtum und Unglauben; denn wenn er, wie ich argwöhne, ein Freidenker ist, so soll er nimmer eins von meinen Kindern bekommen.«

»Darin bist du gewiss zu strenge, lieber Vater«, rief Moses; »der Himmel wird ihn nicht nach dem richten, was er denkt, sondern nach dem, was er tut. Jeder Mensch hat tausend lasterhafte Gedanken, die in ihm aufsteigen, ohne dass er die Macht hat, sie zu unterdrücken. Vielleicht ist es diesem Herrn unwillkürlich, frei über Religion zu denken. Gesetzt, seine Meinungen sind irrig, so verhält er sich doch völlig passiv bei seinen Irrtümern und ist nicht mehr zu tadeln, als der Kommandant einer Stadt ohne Mauern, der sie dem eindringenden Feinde zu überlassen genötigt ist.«

»Sehr wahr, mein Sohn«, rief ich; »doch wenn der Kommandant den Feind dorthin einladet, so ist er mit Recht strafbar, und dies ist stets der Fall bei denen, die sich dem Irrtum ergeben. Das Vergehen liegt nicht in der Billigung der Beweise, die sie sehen, sondern darin, dass sie blind sind für so viele Beweise, die sich ihnen darbieten. Wenn unsere irrigen Meinungen auch in ihrem Ursprünge unwillkürlich sind, so verdienen wir doch, wenn wir sie mit Vorsatz oder aus Leichtsinn angenommen haben, Strafe für unsere Vergehungen oder Verachtung wegen unserer Torheit.«

Nun mischte sich meine Frau in das Gespräch, doch ohne sich auf Gründe einzulassen. Sie bemerkte, dass mehrere sehr verständige Leute unter unsern Bekannten Freidenker und doch sehr gute Ehemänner wären; auch kenne sie einige verständige Mädchen, die Geschick genug hätten, ihre Männer zu bekehren. »Und wer weiß, mein Lieber«, setzte sie hinzu, »was unsere Olivia vermag? Das Mädchen weiß über jeden Gegenstand zu reden, und meiner Ansicht nach ist sie nicht unerfahren in Glaubensstreitigkeiten.«

»Aber meine Liebe«, rief ich, »von welchen Glaubensstreitigkeiten kann sie denn etwas gelesen haben? Ich besinne mich nicht, dass ich ihr dergleichen Bücher in die Hand gegeben. Du schlägst ihr Verdienst in der Tat zu hoch an.« – »Nein, lieber Vater«, versetzte Olivia, »das ist nicht der Fall. Ich habe viel über Glaubensstreitigkeiten gelesen. Ich las die Disputation zwischen Thwackum und Square, auch die zwischen Robinson Crusoe und Freitag dem Wilden, und gegenwärtig lese ich den Kontrovers in dem Geistlichen Liebhaber.« – »Ei«, rief ich, »das ist ja ein wackeres Mädchen! Ich sehe wohl, du bist trefflich geeignet, Freigeister zu bekehren; so geh denn nun und hilf deiner Mutter den Stachelbeerkuchen backen.«

8. Kapitel

Eine Liebschaft, die wenig Glück verheißt, doch aber großes herbeiführen kann

Am nächsten Morgen besuchte uns Herr Burchell wieder, obgleich es mir aus gewissen Gründen missfiel, dass er sich so häufig einstellte. Doch konnte ich ihm meine Gesellschaft und mein Kaminfeuer nicht versagen. Seine Arbeit brachte freilich mehr ein, als seine Bewirtung kostete, denn er arbeitete nach besten Kräften mit uns und war auf der Wiese oder beim Heuschober stets der Erste. Außerdem hatte er immer etwas Unterhaltendes zu erzählen, wodurch uns die Arbeit erleichtert wurde. Er war zugleich so ausgelassen und doch wieder so verständig, dass ich ihn lieben, über ihn lachen und ihn bemitleiden musste. Das Einzige, was mir missfiel, war, dass er Neigung zu meiner Tochter verriet. Er pflegte sie im Scherze seine kleine Braut zu nennen, und wenn er den beiden Mädchen Bänder kaufte, so war Sophiens Band gewiss immer das schönste. Ich wusste nicht, wie es geschah, doch schien er jeden Tag liebenswürdiger zu werden. Sein Witz verfeinerte sich und sein einfaches Wesen nahm einen Anflug von höherer Weisheit an.

Unsere Familie nahm das Mittagsessen auf dem Felde ein, und wir saßen oder lagerten uns vielmehr um ein einfaches Mahl. Unser Tischtuch war über einen Heuhaufen gebreitet, und Burchells Heiterkeit würzte den Schmaus. Unsere Freude zu erhöhen, antworteten zwei Amseln einander von den gegenüberstehenden Hecken aus. Das zutrauliche Rotkehlchen kam und pickte die Brotkrumen aus unsern Händen und jeder Ton erschien nur als das Echo der Ruhe und Zufriedenheit. »Immer wenn ich so dasitze«, sagte Sophie, »muss ich an die beiden Liebenden denken, die einander umarmend vom Blitze getroffen wurden, wie es uns Herr Gay so zart geschildert hat. Es liegt etwas so Rührendes in der Beschreibung, dass ich sie hundertmal mit stets neuem Entzücken gelesen habe. – »Meiner Ansicht nach«, versetzte mein Sohn, »stehen die feinsten Züge dieser Schilderung tief unter Ovids Gedicht: Acis und Galathea. Der römische Dichter versteht die Anwendung des Kontrastes besser, und auf der künstlichen Anwendung dieser Redefigur beruht alle Wirkung des Pathetischen.« – »Es ist merkwürdig«, bemerkte Herr Burchell, »dass die beiden erwähnten Dichter dazu beigetragen haben, einen falschen Geschmack in ihrem Vaterlande einzuführen, indem sie ihre Verse mit Beiwörtern überluden. Männer von geringeren Talenten fanden es bequem, ihre Fehler nachzuahmen, und die englische Poesie, gleich der in der letzten Periode des römischen Reiches, ist nichts weiter, als ein Zusammenstellen üppiger Bilder ohne Plan und Zusammenhang, eine Reihe von Beiwörtern, die gut klingen, aber keinen Sinn geben. Doch indem ich andere tadle, halten Sie es vielleicht für billig, mein Fräulein, jenen eine Gelegenheit zur Vergeltung zu gewähren; und in der Tat machte ich nur diese Bemerkung, um die Gelegenheit zu haben, der Gesellschaft eine Ballade vorzutragen, die, welches auch sonst ihre Fehler sein mögen, doch, wie ich glaube, von den eben erwähnten frei ist.«

Ballade

Hervor, du guter Eremit,
Führ' mich durchs öde Tal,
Dorthin, wo jene Kerze glüht
Mit gastfreundlichem Strahl.

Verirrt und einsam wandr' ich hier
Mit matten Schritten fort.
Die Wildnis breitet aus vor mir
Sich endlos hier und dort.

Zurück! ruft da der Eremit,
Folg' nicht dem Schein, mein Sohn;
Denn jenes Irrlicht treulos flieht
Und spricht dem Wandrer Hohn.

Des Mangels heimatlosem Kind
Ist offen meine Tür;
Und wenn auch schmal die Bissen sind,
Teil' sie doch gern mit dir.

So tritt denn aus dem finstern Tal
In meine Klause ein;
Mein Binsenbett und nüchtern Mahl,
Segen und Ruh' sind dein.

Kein Lamm, das frei das Tal durchstreift,
Führ' ich zur Schlachtbank hin;
Der mich mit Wohltat überhäuft,
Lehrt Mitleid meinem Sinn.

Von jenes Hügels Abhang her
Hol' ich, was mir gebricht;
Die Tasche ist von Früchten schwer.
Dem Quell fehlt Wasser nicht.

Komm, Pilger, schlage in den Wind
Die Sorgen schwer und bang;
Nur wenig braucht ein Menschenkind,
Und was es braucht, nicht lang. –

Mild wie vom Himmel Tau sich senkt
Erschallt des Klausners Wort;
Der scheue Pilger schweigend lenkt
Den Schritt zum sichern Ort.

Tief in verborgener Wildnis lag
Das kleine Häuschen dort,
War Armen Schutz in Not und Plag',
Wandrern ein Zufluchtsort.

Nicht reiche Schätze bietet hier
Das niedre Hüttchen dar;
Die Klinke schließt die schmale Tür,
Empfängt ein harmlos Paar.

Jetzt, wo der Städter bunte Schar
Zum Schmause eilt in Hast,
Beut einen Sitz der Klausner dar
Am Herd dem stillen Gast.

Der Früchte kargen Vorrat er
Ihm heiter lächelnd beut,
Und bei der Sagen froher Lehr'
Entfliehet rasch die Zeit.

Die Katze auch ihr Teil begehrt
Und schmiegt sich an ihn dicht.
Das Heimchen zirpet unter'm Herd,
Die Motte schwirrt ums Licht.

Doch weder Munterkeit noch Scherz
Stimmt heiter seinen Sinn;

Der Kummer drücket schwer sein Herz,
In Tränen fließt er hin.

Der Eremit bemerkt sein Weh,
Sich gleichen Weh's bewusst:
Woher, Unglücklicher, gesteh.
Die Sorgen deiner Brust?

Weil man dich, in die Welt verbannt,
Aus bessrer Wohnung trieb?
Weil deine Freundschaft man verkannt.
Verachtet deine Lieb'?

Die Freuden, ach! die's Glück verleiht.
Vergänglich, eitel sind;
Und die sie schätzen sind noch weit,
Weit eiteler, mein Kind.

Und Freundschaft ist ein leerer Schall,
Der in den Schlaf dich singt,
Dem Reichen folget überall,
Dem Armen Tränen bringt.

Und noch viel leerer ist die Lieb',
Der heut'gen Schönen Scherz;
Nur in der Taube Nest sie blieb,
Sonst floh sie jedes Herz.

Drum trotze, lieber Sohn, der Not,
Veracht' das Weib, er spricht;
Doch plötzlich steigt ein hohes Rot
In seines Gasts Gesicht.

Dem hocherstaunten Blicke bot
Manch neuer Reiz sich dar.
Die Wange glüht wie Morgenrot,
Gleich wechselnd und gleich klar.

In holder Scham senkt sich der Blick,
Die Brust sich bebend hebt.
Und vor dem Klausner flieht zurück
Ein Mädchen, reizbelebt.

Verzeiht der Fremden, flehend bat
Die Trostlose, verzeiht.
Dass diese Schwell' mein Fuß betrat.
Der Heiligkeit geweiht.

Habt Mitleid mit dem armen Kind.
Das Lieb' zum Wandern trieb,
Dem Ruh und Glück entschwunden sind
Und nur Verzweiflung blieb.

Mein Vater wohnte an der Tyne,
Ein mächt'ger Lord war er,
Und all sein Land und Gut war mein.
Nicht Kinder hatt' er mehr.

Mich seinen Armen zu entzieh'n,
Kam eine Freierschar;
Gar manchen Reiz sie mir verlieh'n,
Erdichtet oder wahr.

Ein feiler Haufe immerdar
Mit Gaben Handel trieb;
Auch unter ihnen Edwin war.
Doch sprach er nie von Lieb'.

Nicht reich war er und hochgeehrt
Und kam in simplem Kleid;
Doch seine Weisheit und sein Wert
Waren nur mir geweiht.

Und sang er mir in freier Luft
Ein Liebeslied, verlieh

Sein Hauch dem Winde süßen Duft,
Dem Haine Melodie.

Die Knosp', erblüht im Morgenlicht,
Des Taues heller Schein,
Sie waren doch bei weitem nicht
Wie seine Seel' so rein.

Der Tau, die Blüte an dem Baum
Sind schön, doch dauernd nie;
So schön war er, doch war ich kaum
Mehr wandelbar, als sie.

Mit leichtem Herzen übte ich
Die Kunst der Eitelkeit,
Und rührt auch seine Liebe mich.
Ergötzt' mich doch sein Leid.

Von Spott verletzet ließ er mich
Mit meinem Stolz allein;
In Einsamkeit begab er sich,
Soll dort gestorben sein.

Mein ist der Schmerz und mein die Schuld,
Mein Leben zahlt dafür;
Ich such' den Ort, wo in Geduld
Sein Herz gebrochen hier.

Verzweiflungsvoll berg' ich mich dann,
Leg' mich zum Sterben hin;
So hat für mich Edwin getan,
Und so tu' ich für ihn. –

Bei Gott nicht! ruft der Eremit,
Der an die Brust sie drückt.
Die Schöne bebt zurück und sieht
Edwin vor sich, beglückt.

Komm, Angelina, holdes Lieb,
Geliebte, siehe hier,
Dein lang verlorner Edwin blieb
Der Liebe treu und dir.

So halt' ich fest dich an mein Herz
Gedrückt und bleib' bei dir! –
Uns niemals trennen – ist's kein Scherz –
Mein Leben bleibet mir? –

Von jetzt an trennen wir uns nicht.
Wir teilen Freud' und Schmerz;
Der Seufzer, der dein Herz einst bricht.
Der bricht auch Edwins Herz.

Während er diese Ballade vortrug, schien sich in Sophiens Beifall eine gewisse Zärtlichkeit zu mischen. Unsere Ruhe wurde aber plötzlich durch den Knall einer Flinte gestört, die dicht neben uns abgefeuert wurde, und sogleich sahen wir einen Mann durch die Hecke springen, um den getroffenen Vogel aufzuheben. Dieser Jäger war der Kaplan des Gutsherrn, der eine von den Amseln geschossen hatte, die uns eben noch so sehr ergötzten. Ein so lauter und naher Schuss erschreckte meine Töchter, und ich bemerkte, dass Sophie sich furchtsam in Herrn Burchells Arme geworfen hatte. Der Kaplan kam näher, bat um Verzeihung, uns beunruhigt zu haben, indem er versicherte, er habe nicht gewusst, dass wir so nahe wären. Er setzte sich demnach zu meiner jüngsten Tochter und bot ihr nach Jägersitte an, was er an dem Morgen geschossen hatte. Sie war im Begriff, es zurückzuweisen; doch ein geheimer Wink von ihrer Mutter bestimmte sie, ihren Missgriff zu verbessern, und sie nahm das Geschenk an, obgleich es mit einigem Widerwillen geschah. Wie gewöhnlich, äußerte meine Frau ihren Triumph in einem Flüstern, indem sie bemerkte, Sophie habe an dem Kaplan ebenso gut eine Eroberung gemacht, wie ihre Schwester an dem Gutsherrn. Ich vermutete indes mit größerer Wahrscheinlichkeit, dass ihre Neigung auf einen ganz andern Gegenstand gerichtet sei. Der Kaplan hatte den Auftrag, uns zu melden, dass Herr Thornhill für Musik und Erfrischungen gesorgt habe, und Willens sei, den jungen Damen an dem Abend auf dem Rasenplatze vor unserer Tür einen Ball bei

Mondschein zu geben. »Auch kann ich nicht leugnen«, setzte er hinzu, »dass ich ein Interesse dabei habe, der erste Überbringer dieser Botschaft zu sein, da ich erwarte, dass Fräulein Sophie mir als Belohnung dafür die Ehre erzeigen wird, mit mir zu tanzen.« Meine Tochter antwortete, sie würde nichts dagegen einzuwenden haben, wenn es mit Ehren geschehen könne. »Aber hier ist ein Herr«, fuhr sie fort, indem sie Burchell anblickte, »der mein Gehilfe bei unserer Tagesarbeit war, und es ist wohl recht und billig, dass er auch an dem Vergnügen Teil habe.« Herr Burchell dankte für ihre Freundlichkeit, trat aber dem Kaplan sein Recht ab und äußerte, er müsse den Abend noch fünf Meilen wandern, da er in der Gegend zum Erntefeste eingeladen sei. Seine Weigerung schien mir etwas seltsam; auch konnte ich nicht begreifen, wie ein so verständiges Mädchen, wie meine jüngste Tochter, einen Mann von zerrütteten Vermögensumständen einem andern vorziehen könne, der weit bessere Aussichten hatte. Doch so wie die Männer das Verdienst der Frauen am richtigsten zu beurteilen vermögen, so sind oft auch die Damen die geeignetsten Richterinnen über uns. Beide Geschlechter scheinen bestimmt zu sein, einander auszukundschaften, und sind daher mit den verschiedenen Fähigkeiten zur gegenseitigen Beobachtung ausgestattet.

9. Kapitel

Zwei sehr vornehme Damen treten auf. Vornehme Kleidung scheint auch stets vornehme Bildung anzudeuten

Herr Burchell hatte uns kaum verlassen und Sophie eingewilligt, mit dem Kaplan zu tanzen, als meine Kleinen gelaufen kamen, uns zu sagen, dass der Gutsherr mit einer großen Gesellschaft angekommen sei. Bei unserer Rückkehr fanden wir unsern Gutsherrn mit einigen Herren und zwei reich gekleideten jungen Frauenzimmern, die er uns als sehr vornehme und modische Damen aus der Stadt vorstellte. Wir hatten nicht Stühle genug für die ganze Gesellschaft, und Herr Thornhill machte sogleich den Vorschlag, jeder Herr solle sich auf den Schoß seiner Dame setzen. Dagegen widersetzte ich mich aber bestimmt, ungeachtet der missbilligenden Blicke meiner Frau. Moses wurde demnach abgeschickt, um ein Paar Stühle zu borgen; und da es auch an Damen fehlte, um die Paare zum Contretanz vollzählig zu machen, so begleiteten ihn die beiden Herren, um noch einige Tänzerinnen anzuwerben. Bald war für Stühle und Tänzerinnen gesorgt. Die Herren kehrten mit den rotwangigen Töchtern meines Nachbars Flamborough zurück, welche große rote Bandschleifen im Haar trugen. Ein unglücklicher Umstand war indessen nicht berücksichtigt worden. Obgleich die beiden Fräulein Flamborough für die besten Tänzerinnen im ganzen Kirchspiel galten, und sich trefflich beim Schleifer und Kehraus herumzuschwenken wussten, so war ihnen der Contretanz doch völlig unbekannt. Dies setzte uns anfangs in einige Verlegenheit, doch nach einigem Zurechtweisen und Hin- und Herschieben ging es mit ihnen ganz lustig vorwärts. Unsere Musik bestand in zwei Geigen, einer Pfeife und einer Handtrommel. Der Mond schien hell. Herr Thornhill und meine älteste Tochter eröffneten den Ball zum großen Ergötzen der Zuschauer, denn als die Nachbarn hörten, was vorging, versammelten sie sich scharenweise um uns. Meine Tochter bewegte sich mit so vieler Anmut und Lebhaftigkeit, dass meine Frau den Stolz ihres Herzens nicht bergen konnte. Sie versicherte, die Kleine tanze zwar recht artig, doch jeder Schritt sei ihrer Mutter abgestohlen. Die Damen aus der Stadt bemühten sich vergebens, mit gleicher Leichtigkeit zu tanzen. Sie schwebten, zappelten, schmachteten und trippelten, doch ohne vorwärts zu kommen. Die Zuschauer meinten zwar, dies sei jetzt Mode, doch Nachbar Flamborough bemerkte, die Bewegung von Fräulein Olivias Füßen stimme so genau mit der Musik überein, wie das Echo. Als der Tanz etwa eine Stunde gewährt hatte, gaben die beiden vornehmen Damen, aus Furcht, sich zu erkälten, das Zeichen zum Aufbruch. Die eine drückte ihre Empfindungen, wie mir es schien, auf etwas rohe Weise aus, indem sie bemerkte, dass sie ganz von Schweiß durchnässt sei. Als wir ins Haus zurückkehrten, fanden wir ein treffliches Abendessen von kalter Küche, welches Herr Thornhill hatte anrichten lassen. Die Unterhaltung war jetzt noch gezwungener, als vorhin. Die beiden Damen stellten meine Töchter gänzlich in den Schatten, denn sie redeten nur von vornehmem Leben und vornehmer Gesellschaft, nebst andern modischen Gegenständen, so wie von Gemälden, vom Geschmack, von Shakespeare und von der Harmonika. Freilich verletzten sie uns mehr als einmal dadurch, dass sie einen Fluch ausstießen, doch das erschien mir als das sicherste Kennzeichen ihres hohen Standes, obgleich man mir später gesagt hat, dass das Fluchen durchaus nicht an der Mode ist. Ihr Staat warf jedoch einen Schleier über alle Rohheiten ihrer Unterhaltung. Meine Töchter schienen ihre höhere Bildung mit Neid zu betrachten, und alles, was unschicklich erschien, wurde der höheren Lebensart zugeschrieben. Die Herablassung der Damen übertraf indes noch ihre übrigen Vorzüge. Die eine äußerte, Fräulein Olivia würde unendlich gewinnen, wenn sie etwas mehr von der großen Welt sähe. Die andere fügte hinzu: »Ein einziger Winter in London würde aus Ihrer kleinen Sophie ein ganz anderes Wesen machen.« Meine Frau gab beiden ihren wärmsten Beifall zu erkennen und fügte hinzu, sie habe keinen sehnlicheren Wunsch, als ihren Töchtern die Politur eines einzigen Winters zu verschaffen. Ich aber konnte nicht umhin, darauf zu erwidern, dass ihre Bildung bereits über ihre Vermögensumstände hinausgehe. Eine größere Verfeinerung würde aber nur dazu dienen, ihre Armut lächerlich zu machen und ihnen Geschmack an Vergnügungen beizubringen, auf die sie keine Ansprüche hätten. – »Welches Vergnügen«, rief Herr Thornhill, »sollten nicht die verdienen, in deren Macht es steht, so großes zu gewähren? – Was mich betrifft«, fuhr er fort, »mein Vermögen ist sehr beträchtlich. Liebe, Freiheit und Genuss sind die Grundsätze meines Lebens; doch ich will verdammt sein, wenn ich meiner reizenden Olivia nicht sogleich mein halbes Vermögen abtrete, im Fall es ihr Freude macht! Die einzige Gunst, um die ich bitten würde, wäre, mich selbst dem Geschenke beifügen zu dürfen.« Ich war nicht so unbekannt mit der Welt, um nicht einzusehen, dass dies Modegeschwätz die Frechheit eines höchst schändlichen Antrages umhüllen sollte; doch war ich bemüht, meinen Zorn zu unterdrücken. »Mein Herr«, rief ich, »der Familie, die Sie jetzt mit ihrer Gegenwart zu beehren sich herablassen, ist ein ebenso seines Ehrgefühl eingeflößt, wie Sie es selber besitzen. Jeder Versuch, dasselbe zu verletzen, dürfte von gefährlichen Folgen sein. Ehre, mein Herr, ist jetzt unser einziger Besitz, und dieses letzte Kleinod müssen wir deshalb um so sorgfältiger bewahren.« Bald reute mich die Hitze, womit ich gesprochen, denn der junge Herr ergriff meine Hand, und beteuerte, er lobe meinen Mut, wenn er auch meinen Verdacht missbilligen müsse. »In Betreff Ihrer jetzigen Anspielung«, fuhr er fort, »muss ich erklären, dass nichts meinem Herzen fremder ist, als ein solcher Gedanke. Nein, bei allem, was verführen kann! Die Tugend, die eine regelmäßige Belagerung erfordert, war niemals nach meinem Geschmack, denn alle meine Eroberungen mache ich durch einen einzigen kühnen Schlag.«

Die beiden Damen, die sich bisher gestellt hatten, als beachteten sie unser Gespräch nicht, schienen äußerst entrüstet über diesen letzten Zug von Ausgelassenheit und begannen ein sehr verständiges und ernsthaftes Gespräch über den Wert der Tugend, woran meine Frau, der Kaplan und ich nach und nach Teil nahmen. Auch Thornhill wurde zu dem Geständnis gebracht, dass er Neue über seine frühern Ausschweifungen empfinde. Wir redeten von den Freuden der Mäßigkeit und von der heitern Ruhe einer Seele, die von keiner Schuld befleckt ist. Diese Unterhaltung war mir so angenehm, dass meine Kleinen länger als gewöhnlich da bleiben durften, um sich an diesem moralischen Gespräche zu erbauen. Herr Thornhill ging sogar noch weiter als ich und fragte, ob ich etwas dagegen habe, das Gebet zu sprechen. Ich nahm diesen Vorschlag freudig an und so wurde der Abend angenehm hingebracht, bis die Gesellschaft aufzubrechen begann. Die Damen schienen sich sehr ungern von meinen Töchtern zu trennen, die sie lieb gewonnen hatten, und baten, dass sie sie nach Hause begleiten möchten. Der Gutsherr unterstützte diesen Vorschlag, meine Frau ebenfalls, und die Mädchen sahen mich bittend an. In dieser Verlegenheit brachte ich einige Entschuldigungen vor, die meine Töchter schnell beseitigten. Endlich sah ich mich genötigt, eine bestimmte abschlägliche Antwort zu geben, und dafür hatte ich am folgenden Tage nichts als finstere Gesichter und einsilbige Antworten.

10. Kapitel

Die Familie will sich vornehmen Personen gleichstellen. Das Elend der Armen, wenn sie mehr scheinen wollen, als ihre Umstände erlauben

Jetzt fing ich an einzusehen, dass meine langen und mühsamen Ermahnungen hinsichtlich der Mäßigkeit, Einfachheit und Zufriedenheit durchaus unbeachtet blieben. Die Aufmerksamkeit, die uns vor Kurzem von vornehmen Personen gezollt worden, weckte den Stolz, welchen ich eingeschläfert, aber nicht gänzlich beseitigt hatte. Unsere Fenster waren wieder wie früher mit Schönheitswassern für Gesicht und Hals besetzt. Außer dem Hause fürchtete man die Sonne als Feindin des schönen Teints und in der Wohnung selbst das Feuer als Verderber desselben. Meine Frau behauptete, das frühe Aufstehen schade den Augen ihrer Töchter und von der Arbeit nach dem Mittagessen bekämen sie rote Nasen. Sie wollte mich auch überreden, dass ihre Hände niemals weißer wären, als wenn sie nichts täten. Statt Georgs Hemden fertig zu nähen, waren sie nun beschäftigt, ihren alten Florkleidern einen neuen Schnitt zu geben oder auf Seidenzeug zu sticken. Die armen Fräulein Flamborough, ihre ehemaligen muntern Gespielinnen, wurden als gemeine Bekanntschaften vernachlässigt, und das ganze Gespräch drehte sich nun um den Ton der großen Welt und vornehme Gesellschaften, um Malerei und seinen Geschmack, um Shakespeare und die Harmonika.

Alles dies wäre indessen noch zu ertragen gewesen, wäre nicht eine wahrsagende Zigeunerin gekommen, um uns auf den Gipfel des Hochmutes zu erheben. Sobald sich die braungelbe Sibylle zeigte, kamen meine Töchter zu mir gelaufen, und baten jede um einen Schilling, um ihr Silber in die Hand geben zu können. In Wahrheit war ich dessen müde, immer verständig zu handeln, und konnte nicht umhin, ihre Bitte zu erfüllen, weil ich sie gern froh sehen wollte. Ich gab also jeder einen Schilling, obgleich ich zur Ehre der Familie bemerken muss, dass sie niemals ohne Geld waren, denn meine Frau sorgte auf großmütige Weise dafür, dass sie stets eine Guinee in der Tasche hatten, doch mit dem strengen Befehl, sie nie zu wechseln. Nachdem sie sich eine Zeit lang mit der Wahrsagerin eingeschlossen hatten, verkündeten mir ihre Blicke, als sie wieder sichtbar wurden, dass sie ihnen etwas Großes prophezeit habe. »Nun, Mädchen«, sagte ich, »wie ist es euch ergangen? Sage mir, Livy, hat dir die Wahrsagerin etwas prophezeit, das einen Pfennig wert ist?« – »Gewiss, lieber Vater«, sagte das Mädchen, »ich glaube, sie hat es mit dem Bösen zu tun, denn sie behauptet bestimmt, ehe noch ein Jahr verginge, würde ich einen Squire heiraten.« – »Und nun, Sophie, was für ein Ehemann ist dir bestimmt?« – »Ich soll einen Lord bekommen, bald nachdem meine Schwester den Squire geheiratet hat.« – »Wie«, rief ich, »ist das alles, was Ihr für Eure zwei Schillinge haben sollt? Nur einen Lord und einen Squire für zwei Schillinge! Ihr Närrchen, ich hätte Euch einen Prinzen und einen Nabob für das halbe Geld versprochen.«

Ihre Neugierde hatte aber sehr ernstliche Folgen. Jetzt begannen wir zu glauben, wir wären von den Sternen zu etwas Höherem bestimmt, und schwelgten schon in dem Vorgefühl unserer künftigen Größe.

Es ist tausendmal gesagt worden, und ich wiederhole es noch einmal, dass die Stunden, die wir unter frohen Aussichten hinbringen, glücklicher sind als die, welche vom Genuss gekrönt werden. Im ersten Fall bereiten wir das Gericht nach unserm eigenen Geschmack; im zweiten bereitet es die Natur für uns. Es ist unmöglich, die ganze Reihe lieblicher Träume zu wiederholen, an denen wir uns erfreuten. Wir sahen unsere Vermögensumstände wieder günstiger sich gestalten, und das ganze Kirchspiel behauptete, der Gutsherr sei in meine Tochter verliebt, und so wurde sie es wirklich in ihn, indem man sie gleichsam in diese Liebe hineinschwatzte. Während dieser angenehmen Zeit hatte meine Frau die glücklichsten Träume von der Welt, die sie uns jeden Morgen gewissenhaft mit großer Feierlichkeit und Genauigkeit erzählte. In einer Nacht hatte sie einen Sarg und übers Kreuz gelegte Gebeine gesehen, welches eine nahe Hochzeit andeuten sollte. Ein andermal hatte sie die Taschen ihrer Töchter mit Kupfergeld angefüllt gesehen: ein gewisses Zeichen, dass sie bald voll Gold sein würden. Auch die Mädchen selber hatten Vorbedeutungen: sie fühlten seltsame Küsse auf den Lippen; sie sahen Ringe in den Lichtern; Geldbörsen sprangen aus dem Feuer und Liebesbänder zeigten sich auf dem Boden jeder Teetasse.

Am Ende der Woche erhielten wir eine Karte von den Londoner Damen, auf welcher sie nebst vielen Empfehlungen die Hoffnung aussprachen, unsere ganze Familie nächsten Sonntag in der Kirche zu sehen. Den ganzen Sonnabend Morgen bemerkte ich, wie meine Frau und Töchter heimlich miteinander zu Rate gingen und mich zuweilen anblickten, als wären sie mit einem geheimen Komplott beschäftigt. Aufrichtig gesagt, hegte ich großen Verdacht, dass irgendein törichter Plan im Werk sei, am nächsten Tage mit Glanz zu erscheinen. Am Abend begannen sie ihre Operationen auf sehr regelmäßige Weise, und meine Frau übernahm es, die Belagerung zu leiten. Nach dem Tee, als ich guter Laune zu sein schien, begann sie folgendermaßen: »Ich glaube, lieber Karl, wir werden morgen eine stattliche Versammlung in unserer Kirche haben.« – »Das mag wohl sein, meine Liebe«, entgegnete ich; »doch mache dir darum keine Sorgen, du sollst eine Predigt hören, die Versammlung mag nun sein, von welcher Art sie will.« – »Das weiß ich wohl«, erwiderte sie; »ich dachte aber, mein Lieber, wir müssten dort so anständig als möglich erscheinen, denn wer weiß, was sich ereignen kann.« – »Deine Vorsicht ist sehr lobenswert. Anstand und schickliches Betragen in der Kirche macht mir immer Freude. Man muss dort anständig und demütig, heiter und ruhigen Herzens sein.« – »Ja, das weiß ich wohl«, rief sie; »doch ich meine, wir müssen auf die anständigste Weise dorthin gehen und nicht wie der Pöbel um uns her.« – »Du hast ganz Recht, meine Liebe«, erwiderte ich, »und ich wollte dir eben dasselbe anempfehlen. Die anständigste Weise, in die Kirche zu gehen, ist die, dass man sich dort so früh als möglich einfindet, damit man Zeit hat, sich zu sammeln, ehe der Gottesdienst beginnt.« – »Ei ja, lieber Karl«, fiel sie ein, »das ist alles sehr wahr, doch nicht das, was ich sagen wollte. Ich meine, wir sollten auf eine schickliche Weise hingehen. Du weißt, die Kirche ist zwei Meilen entfernt, und ich versichere dir, es würde mir höchst unangenehm sein, wenn ich sehen müsste, wie meine Töchter ganz rot und erhitzt sich zu dem Kirchenstuhle schleppten, als hätten sie ein Wettrennen mitgemacht, um den Preis zu gewinnen. Mein Vorschlag wäre also dieser: da sind unsere beiden Ackergäule, das Hengstfüllen, welches schon seit neun Jahren in unserer Familie ist, und sein Kumpan Brombeere. Beide haben den ganzen Monat nichts getan, als dagestanden und gefressen. Warum sollten sie nicht ebenso gut wie wir etwas tun? Und wenn Moses sie ein wenig aufgestutzt und gestriegelt hat, so werden sie eine ganz erträgliche Figur spielen.«

Gegen diesen Vorschlag machte ich die Einwendung, dass es zwanzigmal schicklicher sein würde, zu gehen, als zu einer so armseligen Reiterei seine Zuflucht zu nehmen, da Brombeere auf dem einen Auge blind sei und dem Hengstfüllen der Schweif fehle. Überdies wären sie nicht zugeritten, hätten allerlei böse Mucken, und es sei nur ein Sattel und ein Reitkissen im ganzen Hause, vorhanden. Doch alle diese Einwürfe wurden beseitigt, so dass ich nachzugeben genötigt war. Am nächsten Morgen waren sie sehr geschäftig, alle nötigen Materialien zu der Expedition zusammenzubringen; doch als ich fand, dass lange Zeit dazu erforderlich sein würde, so ging ich in die Kirche voran, und sie versprachen, mir bald zu folgen. Ich wartete beinahe eine Stunde am Kanzelpulte auf ihre Ankunft; doch als sie nicht kamen, sah ich mich genötigt, den Gottesdienst zu beginnen, und war während desselben in nicht geringer Unruhe wegen ihrer Abwesenheit. Meine Unruhe wurde nicht vermindert, als am Ende der Predigt meine Familie noch immer nicht kam. Ich ging auf dem Fahrwege wieder zurück, der fünf Meilen betrug, während der Fußweg nur zwei ausmachte. Als ich etwa die Hälfte des Weges zurückgelegt hatte, sah ich die Prozession mit langsamen Schritten auf die Kirche zukommen: mein Sohn, meine Frau und die beiden Kleinen auf einem Pferde und meine beiden Töchter auf dem andern. Ich fragte nach der Ursache ihrer Zögerung, bemerkte aber schon in ihren Blicken, dass ihnen unterwegs tausend Unfälle begegnet seien. Die Pferde hatten sich anfangs nicht von der Tür entfernen wollen, bis Herr Burchell so gütig gewesen, sie mit seinem Stocke etwa zweihundert Schritt fortzutreiben. Dann war der Gurt an dem Sattelkissen meiner Frau gerissen und man hatte Halt machen müssen, um ihn wieder herzustellen, ehe man die Reise fortsetzen konnte. Darauf war es einem von den Pferden eingefallen, still zu stehen, und weder Schläge noch Liebkosungen hatten es zum Weitergehen bewegen können. Eben hatte es diesen Einfall aufgegeben, als sie mir begegneten. Da ich sah, dass sich alle wohl befanden, muss ich gestehen, dass ihre Beschämung mir nicht sehr zu Herzen ging, denn ich hatte jetzt Gelegenheit zu einem künftigen Triumph, und ich glaubte auch, meine Töchter würden sich diesen Vorfall zur Lehre dienen lassen.

11. Kapitel

Die Familie ist noch immer entschlossen, den Kopf hoch zu tragen

Da am nächsten Tage Michaelis war, wurden wir zu Flamboroughs eingeladen, um Nüsse zu brennen und Pfänder zu spielen. Unsere jüngste Kränkung hatte uns ein wenig gedemütigt, sonst hätten wir eine solche Einladung vielleicht mit Verachtung zurückgewiesen; doch diesmal erlaubten wir es uns, vergnügt zu sein. Der Gänsebraten und die Klöße unseres ehrlichen Nachbarn waren sehr gut, und das Apfelbier selbst nach dem Urteile meiner Frau, die eine Kennerin war, ganz vortrefflich. Seine Art, Anekdoten zu erzählen, war freilich nicht ganz so gut. Sie waren sehr langweilig, betrafen fast immer ihn selber, und wir hatten schon zehnmal vorher darüber gelacht; doch waren wir gefällig genug, noch einmal darüber zu lachen.

Herr Burchell, der auch von der Gesellschaft war, liebte unschuldige Vergnügungen sehr und ermunterte die jungen Bursche und Mädchen zum Blindekuhspiele. Auch meine Frau ließ sich überreden, an der Ergötzlichkeit Teil zu nehmen, und es gewährte mir Vergnügen, zu denken, dass sie noch nicht zu alt dazu sei. Mittlerweile sahen ich und mein Nachbar dem Spiele zu, lachten über jeden Spaß und rühmten unsere eigene Gewandtheit in unsern jungen Tagen. Dann folgten Handschmisse, Fragen und Antworten, und endlich setzten sich alle auf den Boden, um den Pantoffel zu haschen. Für jeden, der nicht mit diesem altertümlichen Zeitvertreibe bekannt ist, mag die Bemerkung nötig sein, dass sich die Gesellschaft bei diesem Spiele im Kreise auf den Boden setzt, mit Ausnahme einer Person, die in der Mitte stehenbleibt und einen Pantoffel haschen muss, den die Gesellschaft einander unter den Knien wie ein Weberschiff zuschiebt. Da die Dame, welche in der Mitte steht, unmöglich die ganze Gesellschaft auf einmal übersehen kann, so liegt die große Schönheit des Spiels darin, ihr mit dem Absatze des Pantoffels einen Schlag auf den Teil des Körpers zu versetzen, der am wenigsten zur Verteidigung geeignet ist. Auf diese Weise war meine älteste Tochter eingeschlossen und erhielt Püffe von allen Seiten. Sehr aufgeregt und erhitzt, rief sie, man solle ehrlich spielen, mit einer Stimme, die einen Bänkelsänger hätte betäuben können. Da – o Scham über Scham! – trat niemand anders ins Zimmer, als unsre beiden vornehmen Bekannten aus der Stadt, Lady Blarney und Fräulein Caroline Wilhelmine Amalie Skeggs! Jede Beschreibung würde dürftig ausfallen, darum ist es unnötig, diese neue Kränkung zu schildern. – Tod und Hölle! Von so vornehmen Damen in so gemeiner Stellung überrascht zu werden! Was konnte auch ein so gemeines Spiel, welches Herr Flamborough vorgeschlagen, Besseres zur Folge haben. Einen Augenblick schienen wir wie in den Boden gewurzelt, oder als wären wir vor Schreck in Stein verwandelt.

Die beiden Damen hatten uns in unserm Hause besuchen wollen. Da sie uns nicht gefunden, kamen sie hierher, sehr begierig, zu erfahren, weshalb wir gestern nicht in die Kirche gekommen. Olivia nahm das Wort und sprach den ganzen Bericht in diesen kurzen Worten aus: »Unsere Pferde warfen uns ab!« Die Damen schienen bei dieser Nachricht sehr betroffen; doch als sie hörten, dass niemand beschädigt worden, zeigten sie sich sehr erfreut. Als sie hierauf hörten, dass wir beinahe vor Schrecken gestorben, zeigten sie sich unendlich bekümmert; doch als ihnen gesagt ward, wir hätten eine sehr gute Nacht gehabt, war es ihnen wieder außerordentlich angenehm. Nichts übertraf ihre Artigkeit gegen meine Töchter. Ihre Freundschaftsversicherungen am letzten Abend waren warm gewesen, doch jetzt waren sie glühend. Sie äußerten den lebhaften Wunsch, diese Bekanntschaft fortsetzen zu können. Lady Blarney schloss sich besonders an Olivia an; Fräulein Caroline Wilhelmine Amalie Skeggs – ich setze gern den ganzen Namen her – zeigte eine größere Zuneigung zu ihrer Schwester. Sie teilten sich in die Unterhaltung, während meine Töchter stumm da saßen und ihre erhabene Bildung bewunderten. Da jedoch jeder Leser, wie bettelhaft er auch selber sein mag, doch auf Gespräche aus der großen Welt versessen ist, nebst Anekdoten von Lords und Ladies und Rittern des Hosenbandordens, so muss ich mir die Erlaubnis nehmen, den Schluss des gegenwärtigen Gesprächs mitzuteilen.

»Alles, was ich von der Sache weiß«, rief Fräulein Skeggs, »ist, dass sie wahr oder auch nicht wahr sein mag. So viel aber kann ich Ihrer Herrlichkeit versichern, dass die ganze Assemblée erstaunte. Mylord wechselte die Farbe und Mylady wurde ohnmächtig; Sir Tomkyn aber zog den Degen und schwur, er wolle ihr bis auf den letzten Blutstropfen angehören.«

»Ja«, versetzte die Lady, »so viel kann ich versichern, dass die Herzogin mir keine Silbe von der Sache sagte, und ich glaube, Ihre Hoheit hat kein Geheimnis vor mir. Darauf können Sie sich gewiss verlassen, dass Mylord am nächsten Morgen seinen Kammerdiener dreimal zurief: Therningham! Therningham! Therningham! Bringe mir meinen Hosenbandorden.«

Vorher aber hätte ich das unhöfliche Benehmen des Herrn Burchell erwähnen sollen, der während dieser Unterhaltung mit dem Gesicht nach dem Feuer gewendet da saß und am Schluss jedes Satzes »Unsinn!« ausrief, welcher Ausdruck uns allen sehr missfiel und den Aufschwung der Unterhaltung etwas dämpfte.

»Überdies, meine liebe Skeggs«, fuhr die Lady fort, »steht davon nichts in der Abschrift des Gedichts, welches Doktor Burgock bei dieser Gelegenheit machte.« – »Unsinn!«

»Dies setzt mich in Erstaunen«, rief Fräulein Skeggs, »denn er lässt selten etwas aus, da er nur zu seinem Vergnügen schreibt. Würden nicht Ihre Herrlichkeit die Güte haben, mir das Gedicht zu zeigen?« – »Unsinn!«

»Mein liebes Wesen«, versetzte die Lady, »glauben Sie, ich führe dergleichen Dinge bei mir? Obgleich sie gewiss sehr schön sind und ich darüber urteilen zu können glaube, so weiß ich doch, was mir gefällt und was nicht. In der Tat bewunderte ich stets die sämtlichen kleinen Gedichte des Doktor Burgock; denn außer dem, was er und unsere liebe Gräfin am Hannover Square schreiben, kommt jetzt nur das gemeinste Zeug zu Tage. Keine Spur von seinem Ton ist darin zu finden.« – »Unsinn!«

»Ihre Herrlichkeit sollten Ihre eigenen Aufsätze in dem Damenmagazine ausnehmen«, sagte die andere. Sie werden mir hoffentlich zugeben, dass kein schlechter Ton darin herrscht. Werden wir nicht noch einige erhalten?« – »Unsinn!«

»Ach meine Liebe«, sagte die Lady, »Sie wissen ja, meine Vorleserin und Gesellschafterin hat mich verlassen, um sich mit dem Capitain Roach zu verheiraten, und meine armen Augen erlauben es mir nicht, selber zu schreiben, so dass ich mich schon seit einiger Zeit nach einer andern umsehe. Eine geeignete Person dazu ist nicht leicht zu finden, und freilich ist dreißig Pfund aufs Jahr nur ein kleiner Gehalt für ein wohlerzogenes Mädchen von gutem Ruf, welches lesen und schreiben kann und sich in Gesellschaft zu benehmen weiß. Doch die Stadtklatscherinnen kann ich durchaus nicht leiden.« – »Unsinn!«

»Das weiß ich aus Erfahrung«, rief Fräulein Skeggs, denn von den drei Gesellschafterinnen, die ich in diesem letzten halben Jahre hatte, weigerte sich die eine, den Tag nur eine Stunde weiße Wäsche zu nähen; die andere hielt fünfundzwanzig Guineen jährlich für einen zu kleinen Gehalt, und die dritte musste ich fortschicken, weil ich den Verdacht hegte, als habe sie eine Liebschaft mit dem Kaplan. Tugend, meine teure Lady Blarney, Tugend ist doch das Höchste, aber wo ist die zu finden?« – »Unsinn!«

Schon lange hatte meine Frau alle Aufmerksamkeit auf dieses Gespräch gerichtet; der letztere Teil desselben hatte sie aber besonders interessiert. Dreißig Pfund und fünfundzwanzig Guineen aufs Jahr betrugen nach englischem Gelde sechsundfünfzig Pfund fünf Schillinge. Das ließ sich gewissermaßen spielend verdienen und konnte unserer Familie leicht zugute kommen. Sie beobachtete mich einen Augenblick, um zu sehen, ob ich damit übereinstimme, und ehrlich gestanden, die beiden Stellen schienen mir für unsere Töchter sehr geeignet. Hatte überdies der Gutsherr redliche Absichten auf meine älteste Tochter, so war dies der Weg, sie auf jede Weise für ihren künftigen Stand zu bilden. Meine Frau war daher entschlossen, sich diesen Vorteil nicht durch Schüchternheit rauben zu lassen, und übernahm es, für die Familie das Wort zuführen. »Ich hoffe«, rief sie, »Ihre Herrlichkeit werden meine Dreistigkeit verzeihen. Freilich haben wir kein Recht, auf solche Gunst

Anspruch zu machen, aber doch ist es ein natürlicher Wunsch von mir, meine Kinder in der Welt vorwärts zu bringen. Ich darf wohl behaupten, dass meine beiden Töchter eine ganz hübsche Bildung und Fähigkeit besitzen; wenigstens findet man sie auf dem Lande nicht besser. Sie können lesen, schreiben und rechnen; verstehen sich auf ihre Nadel, sind im Seidesticken, im Säumen, Kreuzstich und allen Arten des Weißnähens erfahren, können Spitzen klöppeln und Busenstreifen verfertigen. Sie verstehen ein wenig Musik, können Kinderkleider zuschneiden und sticken auf Marli. Auch kann meine Älteste Silhouetten ausschneiden, und die Jüngste besitzt ein sehr hübsches Talent, aus der Karte wahrzusagen.« – »Unsinn!«

Als sie dieses Meisterstück der Beredtsamkeit geendet hatte, sahen sich die beiden Damen eine Weile schweigend an, mit zweifelhaften und bedenklichen Mienen. Endlich ließ sich Fräulein Caroline Wilhelmine Amalie Skeggs zu der Bemerkung herab, so viel sie nach einer so flüchtigen Bekanntschaft beurteilen könne, schienen ihr die jungen Damen zu einer solchen Stelle sehr geeignet. »Aber dergleichen, Madame«, sagte sie zu meiner Frau, »erfordert eine genaue Prüfung der Charaktere und eine längere gegenseitige Bekanntschaft. Nicht dass ich im Geringsten die Tugend, Klugheit und Besonnenheit der jungen Damen bezweifelte; doch muss man bei dergleichen Dingen die Form beobachten, Madame, die Form!« – »Unsinn!«

Meine Frau billigte diese Vorsichtsmaßregel sehr und äußerte, dass sie selber gern vorsichtig zu Werke gehe. Hinsichtlich des Rufs ihrer Kinder berief sie sich auf das Urteil der ganzen Nachbarschaft. Die Lady hielt dies aber für unnötig und bemerkte, dass die Empfehlung ihres Vetters Thornhill ihr schon genüge. Und darauf stützten wir denn unser Gesuch.

12. Kapitel

Das Schicksal scheint entschlossen, die Familie von Wakefield zu demütigen. Kränkungen sind oft schmerzlicher, als wirkliches Unglück

Als wir nach Hause zurückkamen, verging der Abend mit Entwürfen zu künftigen Eroberungen. Debora wendete ihren Scharfsinn an, um zu erraten, welche von den beiden Mädchen die beste Stelle bekommen und die meiste Gelegenheit haben werde, in vornehme Gesellschaft zu kommen. Die einzige Schwierigkeit, die sich unserer Erhöhung entgegenstellte, war, die Empfehlung des Gutsherrn zu erhalten; doch er hatte uns bereits so viele Proben seiner Freundschaft gegeben, dass wir nicht mehr daran zweifeln konnten. Noch im Bette setzte meine Frau diesen Gegenstand fort: »Wahrhaftig, lieber Karl, unter uns gesagt, glaube ich, wir haben heute sehr gute Geschäfte gemacht.« – »Ziemlich gut«, rief ich, weil ich nicht wusste, was ich sagen sollte. – »Was, nur ziemlich gut?« erwiderte sie; »ich glaube, es ist sehr gut. Gewiss werden die Mädchen in der Stadt vornehme Bekanntschaften machen. Ich halte mich überzeugt, dass London der einzige Ort in der Welt ist, wo alle Arten von Ehemännern zu finden sind. Und außerdem, mein Lieber, ereignen sich oft noch weit seltsamere Dinge. Wenn schon Damen von Stande so für meine Töchter eingenommen sind, wie werden es erst Herren von Stande sein! Unter uns gesagt, ich muss gestehen, dass mir Lady Blarney außerordentlich gefällt. Sie ist äußerst höflich und verbindlich. Gleichwohl besitzt Fräulein Caroline Wilhelmine Amalie Skeggs mein ganzes Herz. Als von Stellen in London die Rede war, hast du da wohl bemerkt, wie ich sie festhielt? Sage mir, mein Lieber, habe ich da nicht gut für meine Kinder gesorgt?« – »Ja«, erwiderte ich, da ich nicht wusste, was ich von der Sache denken sollte, »möge der Himmel nur geben, dass sich beide heute über drei Monate besser dabei befinden!« Dies war eine von den Bemerkungen, die ich zu machen pflegte, um meiner Frau einen hohen Begriff von meiner Klugheit beizubringen. Ging es den Mädchen gut, so war ein frommer Wunsch erfüllt; begegnete ihnen dagegen etwas Widerwärtiges, so konnten meine Worte für eine Prophezeiung gelten. Diese ganze Unterhaltung war indes nur eine Vorbereitung aus einen andern Plan, was ich gleich anfangs befürchtet hatte. Es war von nichts Geringerem die Rede – da wir nun doch einmal den Kopf in der Welt etwas höher tragen zu können glaubten – als unser Hengstfüllen, das schon gar zu alt war, auf dem benachbarten Pferdemarkte zu verkaufen und uns ein Pferd anzuschaffen, welches nach Umständen ein Paar Personen tragen könne und sich auf dem Wege nach der Kirche oder bei Besuchen einigermaßen gut ausnehme. Dem widersetzte ich mich anfangs standhaft, doch es half mir nichts; je mehr ich nachgab, desto festern Fuß fasste meine

Gegnerin, bis endlich beschlossen ward, uns von dem Hengstfüllen zu trennen.

Da der Jahrmarkt gerade am folgenden Tage Statt fand, war es meine Absicht, mich selber dorthin zu begeben; doch meine Frau überredete mich, ich hätte mich erkältet, und sie war nicht zu bewegen, mich fortzulassen. »Nein, mein Lieber«, sagte sie, »unser Moses ist ein gescheiter Bursche und kann mit vielem Vorteil kaufen und verkaufen. Er hat ja immer alle unsere großen Einkäufe besorgt. Er steht immer da und dingt so lange, bis er einen guten Handel abgeschlossen hat.«

Da ich selber eine gute Meinung von der Klugheit meines Sohnes hatte, so war ich nicht abgeneigt, ihm dieses Geschäft zu übertragen. Am nächsten Morgen sah ich seine Schwestern sehr geschäftig, Moses zum Jahrmarkt auszustaffieren. Sie kräuselten sein Haar, bürsteten seine Schnallen und stutzten seinen Hut mit Nadeln auf. Als die Toilette beendet war, hatten wir endlich das Vergnügen, ihn das Hengstfüllen besteigen zu sehen. Er hielt eine große Schachtel vor sich, worin er Gewürz mitbringen sollte. Sein Rock, aus dem Zeuge gemacht, welches man Donner und Blitz nennt, war ihm zwar etwas zu kurz geworden, aber doch noch zu gut, um ihn ganz abzulegen. Seine Weste war grasgrün, und seine Schwestern hatten ihm das Haar mit einem breiten schwarzen Bande in einen Zopf zusammengebunden. Wir folgten ihm alle einige Schritte und riefen ihm nach: »Glück auf den Weg! Glück auf den Weg!« bis wir ihn nicht mehr sehen konnten.

Kaum war er fort, als Herrn Thornhills Kellermeister kam, um uns seinen Glückwunsch abzustatten. Er hätte gehört, sagte er, wie sein Herr in sehr lobenden Ausdrücken von uns gesprochen. Das Glück kam nicht allein. Ein anderer Bedienter aus demselben Hause brachte meinen Töchtern eine Karte, worauf die beiden Damen geschrieben hatten, Herr Thornhill habe ihnen so befriedigende Nachrichten über uns alle mitgeteilt, dass sie nach einigen anderwärtigen Erkundigungen gänzlich zufriedengestellt zu sein hofften. »Ja«, rief meine Frau, »ich sehe jetzt ein, dass es keine leichte Sache ist, in vornehmen Familien Zutritt zu erhalten. Hat man aber einmal Zutritt, so kann man sich, wie Moses sagt, ruhig schlafen legen.« Dieses Witzwort, denn dafür hielt sie es, wurde von meinen Töchtern durch munteres und lautes Lachen bekräftigt. Kurz ihre Freude über diese Nachricht war so groß, dass sie in die Tasche griff und dem Boten sieben und einen halben Pence gab.

Der heutige Tag sollte zu Besuchen bestimmt sein. Bald darauf kam Herr Burchell, der auf dem Jahrmarkt gewesen war. Er brachte meinen Kleinen ein Alphabet von Pfefferkuchen mit, welches meine Frau aufbewahrte, um es ihnen nach und nach buchstabenweise zu geben. Auch meinen Töchtern hatte er ein Paar Büchschen mitgebracht, um darin Oblaten, Schnupftabak, Schönpflästerchen oder auch Geld aufzubewahren, wenn sie welches bekamen. Meine Frau hielt von jeher viel auf einen Geldbeutel von Wieselfell, der, wie sie meinte, Glück bringe; doch das nur beiläufig. Noch immer hegten wir eine gewisse Achtung für Herrn Burchell, obgleich uns vor Kurzem sein rohes Benehmen sehr missfallen hatte. Auch konnten wir jetzt nicht umhin, ihm unser Glück mitzuteilen und ihn um seinen Rat zu bitten; denn so selten wir auch fremden Rat befolgten, so waren wir doch stets bereit, danach zu fragen. Als er das Billet von den beiden Damen gelesen, schüttelte er den Kopf und äußerte, eine Sache der Art verlange die größte Vorsicht. Dieses Misstrauen schien meine Frau sehr zu verdrießen. »Ich habe noch nie daran gezweifelt, mein Herr«, sagte sie, »dass Sie stets bereit sind, mir und meinen Töchtern entgegen zu sein. Sie raten größere Vorsicht an, als nötig ist, und wenn wir wieder eines guten Rates bedürfen, so werden wir uns schon an Leute wenden, die selber davon Gebrauch gemacht haben.« – »Von welcher Art auch mein Benehmen gewesen sein mag, Madame«, versetzte er, »so ist davon doch jetzt nicht die Rede. Hätte ich auch selber nicht ganz guten Rat befolgt, so kann ich ihn doch mit gutem Gewissen denen geben, die ihn verlangen.« Da ich befürchtete, diese Antwort möchte aus eine Weise erwidert werden, die das durch Beleidigung ersetzte, was ihr an Witz mangelte, so gab ich dem Gespräch eine andere Wendung, indem ich meine Verwunderung aussprach, dass Moses noch nicht vom Jahrmarkt zurück sei, da doch die Nacht schon angebrochen. »Sei unbesorgt um unsern Sohn«, rief meine Frau. »Er weiß schon, was er tut, darauf kannst du dich verlassen. Er wird seine Henne nicht am regnichten Tage verkaufen, dafür stehe ich dir. Ich bin erstaunt über die Einkäufe, die er schon gemacht. Davon will ich dir eine hübsche Geschichte erzählen, dass du vor Lachen bersten sollst. Aber – so wahr ich lebe! Da kommt Moses ohne Pferd und die Schachtel auf dem Rücken.«

Während sie redete, kam Moses langsam daher gegangen, unter der Last der Gewürzschachtel schwitzend, die er wie ein Hausierer über die Schultern gehängt hatte. – »Willkommen, willkommen, Moses!

Nun, mein Junge, was hast du uns vom Jahrmarkt mitgebracht?« – »Ich habe mich selber mitgebracht!« rief Moses, indem er mit schlauem Blicke die Schachtel auf den Tisch setzte. »Ei, Moses«, rief meine Frau, »das wissen wir; aber wo ist das Pferd?« – »Hab's verkauft«, sagte Moses, »für drei Pfund fünf Schillinge und zwei Pence.« – »Bravo, mein guter Sohn!« erwiderte sie. »Ich wusste schon, dass du ihnen einen Bart machen würdest. Unter uns gesagt, drei Pfund fünf Schillinge und zwei Pence ist kein übler Tagelohn. Nun so gib es her.« – »Ich habe kein Geld mitgebracht«, rief Moses. »Ich habe alles für Waren ausgelegt, und hier sind sie.« Mit diesen Worten zog er ein Packet aus dem Busen. »Hier sind sie! Zwölf Dutzend grüne Brillen mit silbernen Einfassungen und in Chagrinfutteralen.« – »Zwölf Dutzend grüne Brillen!« wiederholte meine Frau mit matter Stimme. »Und du hast das Hengstfüllen hingegeben und bringst uns nichts weiter zurück, als Zwölf Dutzend lumpige grüne Brillen!« – »Liebe Mutter«, erwiderte der Jüngling, »so höre doch nur Vernunft an. Ich erhielt sie um einen Spottpreis, sonst hätte ich sie nicht gekauft. Die silbernen Einfassungen allein sind doppelt so viel wert.« – »Zum Henker mit deinen silbernen Einfassungen!« rief meine Frau leidenschaftlich aus. Ich möchte darauf schwören, nicht das halbe Geld bekommen wir wieder, wenn wir sie nach dem Werte des alten Silbers, fünf Schilling die Unze, verkaufen.« – »Mache dir keine Sorge wegen des Verkaufs der silbernen Einfassung«, rief ich, »denn es ist nichts weiter als Kupfer, nur ein wenig übersilbert.« – »Was«, rief meine Frau, »kein Silber? Die Einfassung kein Silber?« – »So wenig Silber«, versetzte ich, »wie deine Bratpfanne.« – »So haben wir also unser Hengstfüllen hingegeben«, rief sie, »und nichts dafür erhalten, als zwölf Dutzend grüne Brillen mit kupfernen Einfassungen in Chagrinfutteralen! Der Henker hole eine solche Betrügerei! Der Dummkopf hat sich anführen lassen! Er hätte seine Leute besser kennen sollen!« – »Da hast du Unrecht, meine Liebe«, erwiderte ich, »er hätte sie gar nicht kennen sollen.« – »Zum Henker mit dem Einfaltspinsel!« erwiderte sie. »Mir solches Zeug zu bringen! Wenn ich sie hätte, wollte ich sie gleich ins Feuer werfen!« – »Darin hast du wieder Unrecht, meine Liebe«, rief ich. »Wenn sie auch nur in Kupfer gefasst sind, so wollen wir sie doch aufbewahren; denn kupferne Brillen find doch besser als gar nichts.«

Jetzt war auch dem unglücklichen Moses ein Licht aufgegangen. Er sah ein, dass er von einem listigen Gauner betrogen worden, der ihn seinem Äußern nach für gute Beute musste gehalten haben. Ich fragte ihn nun nach den nähern Umständen bei dem Betruge. Er hatte das Pferd verkauft und war auf dem Markt umhergegangen, ein anderes zu suchen. Ein Mann von ehrwürdigem Aussehen, hatte ihn unter dem Vorwande, dass er eins zu verkaufen habe, in ein Zelt geführt. »Hier trafen wir einen andern sehr gut gekleideten Mann«, fuhr Moses fort, »der zwanzig Pfund auf die Brillen geborgt haben wollte. Er gebrauche notwendig Geld, sagte er, und wolle sie um ein Drittel des Wertes losschlagen. Der erste Herr, der sich sehr freundschaftlich gegen mich stellte, flüsterte mir zu, ich möchte sie kaufen und ein so gutes Anerbieten nicht von mir weisen. Ich schickte zu Herrn Flamborough, den sie ebenso listig wie mich beschwatzten, und so ließen wir uns endlich bewegen, die vierundzwanzig Dutzend gemeinschaftlich zu kaufen.«

13. Kapitel

Herr Burchell zeigt sich als einen Feind, indem er es wagt, uns unangenehme Ratschläge zu erteilen

Unsere Familie hatte jetzt verschiedene Versuche gemacht, vornehm zu erscheinen; doch mancher unvorhergesehene Unfall vereitelte die kaum entworfenen Pläne. Aus jeder Täuschung suchte ich Vorteil zu ziehen, indem ich bemüht war, in dem Maße ihren Verstand aufzuklären, wie ihr Ehrgeiz gekränkt wurde. »Ihr seht, meine Kinder«, sagte ich, »wie wenig man durch den Versuch gewinnt, die Welt zu täuschen, indem man sich Vornehmern gleichzustellen sucht. Wer arm ist und nur mit den Reichen umgehen will, wird von denen gehasst, die er vermeidet, und von denen verachtet, welchen er sich aufdrängt. Ungleiche Verbindungen gereichen immer den Schwächern zum Nachteil. Die Reichen haben das Vergnügen und die Armen nur die daraus entspringenden Beschwerden. Komm, Richard, mein Junge, und erzähle einmal zu Nutz und Frommen der Gesellschaft das Märchen, welches du heute gelesen.«

»Es war einmal ein Riese und ein Zwerg«, erzählte der Knabe. »Die waren gute Freunde und hielten sich zueinander. Sie machten einen Vertrag, sie wollten einander nie verlassen und zusammen auf Abenteuer ausziehen. Das erste Gefecht bestanden sie mit zwei Sarazenen, und der Zwerg, welcher sehr mutig war, versetzte dem Kämpfer einen heftigen Schlag. Der tat aber dem Sarazenen wenig Schaden, er schwang vielmehr sein Schwert und hieb dem armen Zwerge einen Arm ab. Dieser war jetzt in trauriger Lage; doch der Riese kam ihm zu Hilfe. Im Augenblick lagen die beiden Sarazenen tot am Boden und in seiner Wut schnitt der Zwerg dem Toten den Kopf ab. Dann zogen sie auf ein anderes Abenteuer aus, und zwar gegen drei blutdürstige Satyrn, welche ein klagendes Mädchen entführten. Der Zwerg war diesmal nicht so wütend, wie früher; doch tat er den ersten Hieb, den sein Gegner so heftig erwiderte, dass er ihm ein Auge ausschlug. Aber der Riese kam gleich herzu, und wären sie nicht entflohen, so hätte er sie gewiss alle getötet. Alle waren erfreut über diesen Sieg, und das gerettete Mädchen verliebte sich in den Riesen und heiratete ihn. Dann zogen sie in weite Ferne, ich weiß nicht wie weit, bis sie eine Räuberbande trafen. Diesmal war der Riese voran, doch der Zwerg blieb nicht weit hinter ihm zurück. Der Kampf war hitzig und währte lange. Wohin der Riese kam, da stürzte alles vor ihm nieder; doch der Zwerg war mehrmals nahe daran, getötet zu werden. Endlich aber entschied sich der Sieg für die beiden Abenteurer; doch der Zwerg hatte ein Bein verloren. Nun fehlte dem Zwerge ein Arm, ein Bein und ein Auge, während der Riese gar nicht verwundet worden war. Darauf rief er seinem kleinen Begleiter zu: »Mein kleiner Held, dies ist ein glorreiches Spiel! Nur noch einen Sieg und wir haben uns ewigen Ruhm erkauft.« – »Nein«, ruft der Zwerg, der indessen klüger geworden ist, »nein! Ich sage mich los und will nicht weiter kämpfen; denn ich sehe wohl, dass du bei jedem Gefechte Ehre und Lohn davon trägst, während alle Schläge mich treffen.«

Ich war im Begriff, einige moralische Betrachtungen über das Märchen anzustellen, als meine Aufmerksamkeit davon abgezogen wurde durch einen lebhaften Streit zwischen meiner Frau und Herrn Burchell über die beabsichtigte Reise unserer Töchter nach London. Meine Frau verteidigte hartnäckig die Vorteile, die daraus entspringen würden. Herr Burchell riet ihr dagegen mit großem Eifer davon ab; ich aber hielt mich neutral. Sein gegenwärtiges Abraten schien nur eine Fortsetzung von dem zu sein, welches am Morgen so übel aufgenommen worden. Der Streit wurde heftig, weil die arme Debora, statt Gründe anzugeben, nur lauter sprach und sich endlich genötigt sah, ihre Niederlage hinter ein Geschrei zu verbergen. Der Schluss ihrer Rede war uns allen indes sehr missfällig. Sie kenne Leute, sagte sie, welche geheime Gründe zu dem hätten, was sie anrieten; sie aber wünsche, dass solche Leute inskünftige ihr Haus meiden möchten. – »Madame«, rief Burchell mit großer Ruhe, die sie nur noch mehr aufbrachte, »hinsichtlich der geheimen Gründe haben Sie Recht. Ich habe geheime Gründe, die ich nicht erwähne, weil Sie nicht imstande sind, mir auf die zu antworten, woraus ich kein Geheimnis mache. Doch ich finde, dass meine Besuche hier lästig werden; daher will ich jetzt gehen und komme vielleicht noch einmal wieder, um auf immer Abschied zu nehmen, wenn ich diese Gegend verlasse.« Mit diesen Worten nahm er seinen Hut, und selbst Sophie, deren Blicke ihm seine Übereilung vorzuwerfen schienen, vermochte ihn nicht zurück zu halten.

Als er fort war, sahen wir einander mehrere Minuten mit Bestürzung an. Da meine Frau wusste, dass sie die Veranlassung sei, war sie bemüht, ihre Verlegenheit hinter einem erzwungenen Lächeln und einer zuverlässigen Miene zu verbergen, worüber ich sie zur Rede stellte. »Wie, Frau«, rief ich, »muss man so Freunde behandeln? Vergilt man so ihr Wohlwollen? Glaube mir, meine Liebe, dies waren die härtesten Worte und für mich die unangenehmsten, die je über deine Lippen gekommen.« – »Warum hat er mich auch so gereizt?« versetzte sie; doch ich weiß sehr gut, was ihn zu seinen Ratschlägen bewogen hat. Er wollte meine Töchter verhindern, in die Stadt zu gehen, damit er hier zu Hause die Gesellschaft meiner jüngsten Tochter haben könne. Was aber auch geschieht, sie soll sich wenigstens bessern Umgang wählen, als den mit einem so gemeinen Menschen wie er.« – »Gemein nennst du ihn, meine Liebe?« erwiderte ich. »Vielleicht irren wir uns in dem Charakter dieses Mannes, denn bei mehreren Gelegenheiten habe ich ihn als einen der gebildetsten Männer kennengelernt. Sage mir, liebe Sophie, gab er dir je heimliche Beweise seiner Zuneigung?« – »Seine Unterhaltung mit mir«, erwiderte meine Tochter, »war stets verständig, bescheiden und angenehm. Sonst ist nichts vorgekommen. Freilich erinnere ich mich, dass er einst sagte, er habe noch kein Frauenzimmer gekannt, das die Verdienste eines Mannes, der arm scheine, zu schätzen wisse.« – »Das ist die gewöhnliche Ausrede aller Unglücklichen oder Müßiggänger, mein Kind«, versetzte ich. »Hoffentlich aber hast du gelernt, wie man solche Männer beurteilen muss, und begreifst wohl, wie töricht es sein würde, von einem Manne, der so schlecht mit dem Seinigen Haus gehalten hat, Glück zu erwarten. Ich und deine Mutter haben jetzt bessere Aussichten für dich. Der nächste Winter, den du wahrscheinlich in London zubringen wirst, wird dir Gelegenheit verschaffen, eine klügere Wahl zu treffen.«

Ich wage nicht zu bestimmen, welche Betrachtungen Sophie bei dieser Gelegenheit anstellte; im Grunde aber war es mir nicht unlieb, einen Gast los zu werden, der mich zu vielen Besorgnissen veranlasst hatte. Die Vernachlässigung der Gastfreundschaft fiel mir zwar aufs Gewissen; doch beschwichtigte ich diese Mahnung durch einige Scheingründe, die mich beruhigten und mit mir selbst aussöhnten. Die Qual, die das Gewissen einem Menschen verursacht, der bereits unrecht gehandelt hat, ist bald überwunden. Das Gewissen ist feig, und wenn es nicht stark genug ist, das Unrecht zu vermeiden, so ist es selten so gerecht, sich selber anzuklagen.

14. Kapitel

Neue Kränkungen oder ein Beweis, dass scheinbares Unglück zum wahren Segen werden kann

Die Reise meiner Töchter nach London war nun beschlossen, nachdem Herr Thornhill uns das freundliche Versprechen gegeben, ihre Aufführung selber zu überwachen und uns schriftlich davon zu benachrichtigen. Durchaus nötig erschien es indes, dass ihre äußere Erscheinung der Größe ihrer Erwartungen entsprechen müsse, was nicht ohne Kosten geschehen konnte. Wir verhandelten daher in voller Ratsversammlung über die Mittel, wie man am leichtesten Geld auftreiben könne, oder, deutlicher gesagt, wir überlegten, was wir am füglichsten verkaufen könnten. Diese Beratung war bald geendet. Wir fanden, dass das noch übrige Pferd ohne seinen Kumpan zum Pfluge unbrauchbar und ebenso untauglich zum Reiten sei, da es nur ein Auge hatte. Demnach wurde beschlossen, es zu dem oben erwähnten Zwecke auf dem benachbarten Jahrmarkte zu verkaufen. Um einen neuen Betrug zu vermeiden, sollte ich selber damit hinreiten. Es war das erste kaufmännische Geschäft in meinem Leben; dennoch zweifelte ich keinesweges, es rühmlich auszuführen. Die Meinung, die man von seiner eigenen Klugheit hegt, richtet sich meistens nach dem Umgange, und da sich die meinige größtenteils auf meine Familie beschränkte, so hatte ich keinen unvorteilhaften Begriff von meiner Weltklugheit. Doch als ich mich am folgenden Morgen auf die Reise begeben wollte und schon einige Schritte von der Tür entfernt war, flüsterte mir meine Frau noch warnend zu, ich möge ja die Augen recht auftun.

Als ich auf dem Jahrmarkt ankam, ließ ich mein Pferd bald Schritt, bald Trab und Galopp gehen; doch währte es lange, ehe jemand darauf bot. Endlich kam ein Käufer, der das Pferd von allen Seiten prüfte, sich aber nicht auf den Handel einlassen wollte, als er bemerkte, dass es auf einem Auge blind sei. Ein Zweiter, der indes gekommen war, behauptete, es habe den Spat, und sagte, er wolle es nicht für den Tagelohn haben, den er ausgeben müsse, um es nach Hause zu treiben. Ein Dritter bemerkte Windgallen und wollte nicht darauf bieten. Ein Vierter sah ihm an den Augen an, dass es Würmer habe, und ein Fünfter wunderte sich, was zum Henker ich mit einer blinden, spatigen, wundgedrückten Mähre auf dem Markte wolle, die zu nichts tauge, als zum Futter für die Hunde. Jetzt begann ich selber mit innerlicher Verachtung auf das arme Tier herabzublicken und schämte mich fast, wenn sich ein Käufer näherte. Denn wenn ich auch nicht alles glaubte, was die Leute mir sagten, so schien mir doch die Zahl der Zeugen einen starken Beweis zu geben, dass sie Recht hatten, wie denn auch der heilige Gregor in seinem Buche über die guten Werke dieselbe Ansicht ausspricht.

Als ich in dieser verdrießlichen Lage war, näherte sich mir ein alter Bekannter und Amtskollege, der ebenfalls auf dem Markte Geschäfte hatte. Er drückte mir die Hand und machte mir den Vorschlag, in ein Wirtshaus zu gehen, um ein Glas zu trinken. Ich stimmte bereitwillig bei und wir traten in ein Bierhaus, wo man uns in eine kleine Hinterstube brachte, und wo niemand weiter als ein ehrwürdiger alter Mann über einem großen Buche saß, worin er aufmerksam las. Nie in meinem Leben habe ich eine Gestalt gesehen, die mich mehr zu ihrem Vorteil eingenommen hätte. Silbergraue Locken umschatteten seine Stirn, und sein munteres Greisenalter schien eine Folge der Gesundheit und des Wohlwollens. Seine Gegenwart störte aber keinesweges unsere Unterhaltung. Mein Freund und ich teilten einander unsere beiderseitigen Schicksale mit, redeten von der Whiston'schen Kontroverse, von meiner letzten Flugschrift, von der Antwort des Archidiakonus und von dem harten Lose, welches mir zugefallen. Bald wurde aber unsere Aufmerksamkeit auf einen jungen Mann gelenkt, der ins Zimmer trat und den

Greis mit Ehrfurcht, aber leise anredete. »Keine Entschuldigung, mein Sohn!« erwiderte der Alte. »Gutes tun ist eine Pflicht, die wir allen unsern Mitmenschen schuldig sind. Nimm dies! Ich wünschte, es wäre mehr. Doch fünf Pfund werden dich aus deiner Verlegenheit retten, und sie stehen dir zu Diensten.« Der bescheidene junge Mann vergoss Tränen der Dankbarkeit, obgleich sein Dankgefühl kaum dem meinigen glich. Ich hätte den guten alten Mann in meine Arme drücken mögen, so sehr gefiel mir sein Wohlwollen. Er fuhr fort zu lesen, und wir begannen wieder unsere Unterhaltung, bis es meinem Freunde nach einiger Zeit einfiel, dass er noch Geschäfte auf dem Markte habe. Er versprach indes, bald zurück zu sein und setzte hinzu, es sei stets sein Wunsch, die Gesellschaft des Doktor Primrose so lange als möglich zu genießen. Als der alte Herr meinen Namen nennen hörte, schien er mich eine Zeit lang aufmerksam zu betrachten, und als mein Freund sich entfernt hatte, fragte er sehr ehrerbietig, ob ich vielleicht mit dem großen Primrose verwandt sei, dem tapfern Monogamisten, dem starken Bollwerke der Kirche. Nie empfand mein Herz ein höheres Entzücken, als in diesem Augenblick. »Mein Herr«, erwiderte ich, »der Beifall eines so wackern Mannes, wofür ich Sie unbedenklich halte, vermehrt noch die Freude meines Herzens, die Ihre Wohltätigkeit bereits geweckt hat. Ja, mein Herr, Sie sehen hier vor sich den Doktor Primrose, den Monogamisten, den Sie groß zu nennen belieben. Sie sehen hier den unglücklichen Geistlichen vor sich, der so lange – und wenn ich es sagen darf – so siegreich die Deuterogamie des Zeitalters bekämpft hat.« – »Mein Herr«, rief der Fremde, wie von Ehrfurcht ergriffen, »ich fürchte, ich bin allzu zudringlich gewesen. Doch verzeihen Sie meiner Neugierde; verzeihen Sie – – »Mein Herr«, unterbrach ich ihn, indem ich seine Hand ergriff, »Sie sind so weit entfernt, mir durch ihre Zudringlichkeit zu missfallen, dass ich Sie bitte, meine Freundschaft anzunehmen, da Sie sich bereits meine Achtung erworben.« – »Ich nehme dieses Anerbieten dankbar an«, versetzte er, indem er mir die Hand drückte; »Du ruhmvoller Pfeiler unerschütterlicher Orthodoxie! Und so sehe ich denn« – – Hier unterbrach ich ihn; denn wenn ich auch als Schriftsteller eine ziemliche Portion Schmeichelei verdauen konnte, so erlaubte mir doch meine Bescheidenheit nicht, noch mehr davon anzunehmen. Vielleicht nie haben Liebende in einem Romane schneller einen Herzensbund geschlossen. Wir redeten über verschiedene Gegenstände. Anfangs hielt ich ihn mehr für fromm, als für gelehrt, und begann schon zu glauben, dass er alles menschliche Wissen wie Spreu verachte. Doch dadurch sank er nicht in meiner Achtung; denn seit einiger Zeit hatte ich mir selber eine solche Meinung angeeignet. Ich nahm daher Gelegenheit, zu bemerken, dass die Welt im Allgemeinen anfange, eine tadelnswerte Gleichgültigkeit zu verraten, und sich zu sehr den menschlichen Spekulationen hingebe. – »Gewiss, mein Herr«, erwiderte er, als hätte er sein ganzes Wissen bis zu diesem Augenblick aufgespart, »gewiss, mein Herr, liegt die Welt in der Kindheit, und doch hat die Kosmogonie, oder die Schöpfung der Welt, die Philosophen aller Jahrhunderte in Verwirrung gesetzt. Welches Gemisch von Meinungen haben sie nicht zu Tage gebracht über die Schöpfung der Welt? Sanchuniathon, Manetho, Berosus und Ocellus Lucanus, alle haben sich vergeblich bemüht. Der letztere hat folgende Worte: ἄναρχον ἄρα καὶ ἀτελεύτητον τὸ πᾶν; das heißt: alle Dinge haben weder Anfang noch Ende. So sagt auch Manetho, der etwa um die Zeit Nebuchadon Assers lebte. Asser ist ein syrisches Wort, und ein gewöhnlicher Beiname der Könige jenes Landes, wie Teglat Phael Asser, Nabon Asser etc. Dieser Manetho, sage ich, machte ebenso widersinnige Konjekturen; denn wir Pflegen gemeinhin zu sagen: ἐκ τοῦ βιβλίου κυβερνήτης, welches bedeutet: aus Büchern wird die Welt nicht klüger; so wollte er auch untersuchen – doch ich bitte um Verzeihung, mein Herr – ich bin von meinem eigentlichen Gegenstande abgekommen.« – Das war er auch wirklich; denn ich konnte durchaus nicht begreifen, was die Schöpfung der Welt mit dem Gegenstande zu tun habe, über den wir redeten. Doch reichte es mir hin, zu zeigen, dass er ein Gelehrter sei, und ich achtete ihn deshalb nur um so mehr. Ich beschloss, ihn auf die Probe zu stellen; doch war er zu mild und höflich, um nach dem Siege zu ringen. Sobald ich eine Bemerkung machte, die einer Herausforderung zum Streite glich, so schüttelte er lächelnd den Kopf und schwieg, woraus ich schloss, dass er gewiss sehr vieles sagen könne, wenn er nur wolle. Das Gespräch lenkte sich nun von den Gegenständen des Altertums zu den Geschäften, die uns beide auf den Markt geführt. Ich sagte ihm, das meinige bestehe im Verkaufe eines Pferdes, und glücklicherweise wollte er gerade eins für einen seiner Pächter kaufen. Mein Ross wurde sogleich vorgeführt, und wir schlossen den Handel ab. Es fehlte nichts weiter als die Zahlung. Er zog nun eine Banknote von dreißig Pfund hervor und bat mich, ihm herauszugeben. Da ich nicht dazu imstande war, rief er seinen Diener, der in einer ganz hübschen Livrée erschien.

»Hier, Abraham«, sagte er, »wechsele mir Gold dafür ein. Geh zum Nachbar Jackson, oder zu irgendeinem andern.« Als der Bediente sich entfernt hatte, hielt er mir eine pathetische Rede über den großen Mangel an Silbergeld. Ich klagte indessen über den großen Mangel an Gold, und als Abraham zurückkehrte, waren wir miteinander darüber einverstanden, dass Geld noch nie so schwer aufzutreiben gewesen, wie jetzt. Abraham sagte, er sei auf dem ganzen Markt umhergelaufen, ohne jemanden zu finden, der ihm habe wechseln wollen, obgleich er eine halbe Krone Agio geboten. Dies war uns sehr unangenehm; doch der alte Herr fragte mich, nachdem er ein wenig nachgedacht, ob ich in meiner Gegend nicht einen gewissen Salomo Flamborough kenne? Ich antwortete, er sei mein nächster Nachbar. »Wenn das der Fall ist«, sagte er, »so werden wir schon mit unserm Handel fertig werden. Ich gebe Ihnen einen Wechsel auf ihn, zahlbar nach Sicht, und ich brauche Ihnen kaum zu sagen, dass er ein reicher Mann ist, wie es kaum einen im Umkreise von fünf Meilen gibt. Der ehrliche Salomo und ich sind seit vielen Jahren miteinander bekannt. Ich denke noch immer daran, wie ich ihn einst mit drei Sprüngen besiegte; er konnte aber besser auf einem Beine hüpfen, als ich.« – Ein Wechsel auf meinen Nachbar war so gut wie bares Geld, denn von seiner Zahlungsfähigkeit war ich vollkommen überzeugt. Der Wechsel ward unterzeichnet und mir eingehändigt, und darauf trabte Jenkinson, der alte Herr, sein Diener Abraham und mein Pferd, die alte Brombeere, wohlgemut davon.

Als ich nun Zeit zur Überlegung hatte, begann ich darüber nachzudenken, dass ich vielleicht Unrecht getan habe, einen Wechsel von einem Fremden anzunehmen. Ich beschloss daher, dem Käufer nachzueilen und mir das Meinige zurückgeben zu lassen; doch dazu war es jetzt zu spät. Ich eilte also nach Hause, um die Wechselzahlung so bald als möglich von meinem Freunde zu erhalten. Mein ehrlicher Nachbar saß vor seiner Tür und rauchte sein Pfeifchen. Als ich ihm sagte, ich hätte einen kleinen Wechsel auf ihn, las er das Papier zweimal durch. »Hoffentlich können Sie den Namen lesen«, sagte ich. – »Ephraim Jenkinson.« – »Ja«, entgegnete er; der Name ist deutlich genug geschrieben, auch kenne ich den Herrn. Er ist der größte Schurke unter der Sonne, derselbe Spitzbube, der uns die Brillen verkauft hat. War es nicht ein Mann von ehrwürdigem Ansehen, mit grauem Haar und ohne Klappen über den Rocktaschen? Und schwatzte er nicht Langes und Breites von Griechisch, von der Kosmogonie und von der Schöpfung der Welt?« – Ich antwortete mit einem tiefen Seufzer. »Ja, ja«, fuhr er fort, »das ist die einzige Gelehrsamkeit, die er besitzt, und die kramt er stets aus, wenn er einen Gelehrten trifft. Doch ich kenne den Schurken und will schon seiner habhaft werden.«

Obgleich ich schon hinlänglich gedemütigt war, so stand mir doch noch das Schwerste bevor, nämlich meiner Frau und meinen Töchtern vor Augen zu treten. Kein Knabe, der die Schule geschwänzt, kann sich mehr vor seinem Lehrer fürchten, als ich mich scheute, nach Hause zurückzukehren. Ich beschloss indes, der Wut meiner Familie dadurch zuvorzukommen, dass ich mich selber zuerst aufgebracht zeigte. Aber ach, als ich eintrat, fand ich meine Familie keinesweges zum Kampfe geneigt. Meine Frau und Töchter schwammen in Tränen. Herr Thornhill war an dem Tage da gewesen und hatte ihnen die Nachricht gebracht, dass aus der Reise nichts werde. Die beiden Damen hätten von einer verleumderischen Person Nachrichten über uns gehört, die sie bestimmt, sogleich nach London zurückzukehren. Er könne weder die Absicht entdecken, noch auch den Urheber der Verleumdung; welcher Art dieselbe aber auch sein möge, und wer sie ihnen mitgeteilt habe, so fuhr er doch fort, unserer Familie seine Freundschaft und seinen Schutz zuzusichern. Daher ertrugen sie mein Ungemach mit großer Fassung, da dasselbe in Vergleich mit dem ihrigen als unbedeutend erschien. Doch was uns am meisten in Verlegenheit setzte, war, wer so niederträchtig sein können, den Ruf einer so harmlosen Familie, wie die unsrige, zu beflecken – die zu demütig war, um Neid zu erwecken, und zu anspruchslos, um Widerwillen zu erregen.

15. Kapitel

Herrn Burchells Niederträchtigkeit wird auf einmal entdeckt. Die Torheit überklug sein zu wollen

Der Abend und ein Teil des folgenden Tages wurden mit den fruchtlosen Bemühungen hingebracht, unsere Feinde zu entdecken. Fast keine Familie in der Nachbarschaft entging unserm Verdachte, und jeder von uns hatte Gründe für seine Meinung, die er selber am besten kennen musste. Mitten in dieser Verlegenheit brachte einer von unsern kleinen Knaben, der vor der Tür gespielt, eine Brieftasche, die er auf dem Rasenplatze gefunden. Wir sahen sogleich, dass sie Herrn Burchell gehöre, bei dem wir sie gesehen hatten, und als wir sie näher untersuchten, fanden wir verschiedene Andeutungen über mancherlei Dinge darin. Was aber besonders unsere Aufmerksamkeit auf sich zog, war ein versiegeltes Billet mit der Aufschrift: Kopie eines Briefes, den ich an die Damen zu Thornhill Castle absenden will. Jetzt war es uns klar, dass er der niederträchtige Verleumder sei, und wir beratschlagten, ob wir den Brief erbrechen sollten oder nicht. Ich stimmte dagegen; doch Sophie, welche behauptete, dass er von allen Menschen gewiss der letzte sei, der eine solche Niederträchtigkeit begehen könne, bestand darauf, dass der Brief gelesen werde. Die Übrigen stimmten ihr bei, und auf ihre vereinte Bitte las ich, wie folgt:

»Meine Damen! Der Überbringer wird ihnen genügende Auskunft über die Person erteilen, von der dieser Brief kommt. Wenigstens ist er ein Freund der Unschuld und bereit, zu verhindern, dass dieselbe verführt werde. Ich weiß mit Bestimmtheit, dass Sie die Absicht haben, zwei junge Damen, die ich einigermaßen kenne, als Gesellschafterinnen nach London zu bringen. Da ich aber nicht zugeben kann, dass die Unschuld getäuscht und die Tugend verletzt werde, so muss ich meine Meinung geradezu dahinäußern, dass ein so unpassender Schritt gefährliche Folgen haben dürfte. Es ist niemals meine Sache gewesen, die Schändlichen und Liederlichen mit Strenge zu behandeln, und ich würde mich auch jetzt nicht auf diese Weise geäußert und den Leichtsinn so hart getadelt haben, handelte es sich nicht um das Begehen eines Verbrechens. Hören Sie daher die Warnung eines Freundes und erwägen Sie ernstlich die Folgen, die daraus entstehen können, wenn man Schande und Laster in die Wohnungen einführt, in welchen bisher nur Friede und Unschuld weilten.«

»Unsere Zweifel waren jetzt gehoben. Freilich war eine zwiefache Auslegung möglich, und der darin enthaltene Tadel konnte sich ebenso gut auf die beziehen, an die der Brief gerichtet war, als auf uns. Doch die boshafte Absicht war klar, und weiter prüften wir die Sache nicht. Meine Frau hatte kaum so viel Geduld, mich zu Ende lesen zu lassen, und schimpfte auf den Schreiber dies Briefes, ohne ihren Zorn zu mäßigen. Olivia war ebenso streng und Sophie schien ganz außer sich vor Erstaunen über seine Niederträchtigkeit. Mir erschien dies als einer der schändlichsten Beweise unverdienten Undanks, der mir je vorgekommen. Auch konnte ich mir die Sache auf keine Weise anders erklären, als dass ich annahm, er wünsche meine jüngste Tochter in unserer Gegend zurückzuhalten, um häufiger Gelegenheit zu finden, mit ihr zusammenzukommen. So saßen wir da, mit Plänen beschäftigt, wie wir uns rächen wollten, als der andere Knabe gelaufen kam und uns sagte, Herr Burchell komme von dem andern Ende des Feldes her. Die gemischten Empfindungen des Schmerzes über die eben erlittene Kränkung und die Gefühle der Freude über die nahe bevorstehende Rache lassen sich eher fühlen als beschreiben. Obgleich es nur unsere Absicht war, ihm seinen Undank vorzuwerfen, so sollte es doch auf eine Art geschehen, die ihn empfindlich kränkte. Wir kamen deshalb überein, ihn mit gewohnter Freundlichkeit zu empfangen, anfangs noch zutraulicher als sonst mit ihm zu schwatzen, ihn eine Zeit lang zu unterhalten und dann mitten in dieser ruhigen Stimmung wie ein Erdbeben über ihn loszubrechen und ihn mit dem Gefühle seiner Niedrigkeit zu Boden zu schmettern. Nachdem dies beschlossen war, übernahm meine Frau die Ausführung, da sie wirklich einiges Talent zu einem solchen Unternehmen hatte. Wir sahen ihn kommen; er trat ein, nahm einen Stuhl und setzte sich nieder. »Es ist heute ein schöner Tag, Herr Burchell.« – »Ja, Doktor, ein, sehr schöner Tag. Aber ich glaube, wir werden Regen bekommen, denn ich spüre ein Zucken in meinen Leichdornen.« – »In Ihren Hörnern?« rief meine Frau, indem sie in ein Gelächter ausbrach und dann um Verzeihung bat, dass sie sich einen Scherz erlaubt habe. – »Liebe Madame«, versetzte er, »ich verzeihe Ihnen alles von ganzem Herzen, denn ich würde es nicht für einen Scherz gehalten haben, wenn Sie es nicht selber gesagt hätten.« – »Wohl möglich«, rief meine Frau, indem sie uns zuwinkte, »und doch glaube ich, können Sie uns sagen, wie viel Scherze auf eine Unze gehen.« – »Wahrscheinlich haben Sie heute Morgen ein scherzhaftes Buch gelesen, Madame«, versetzte Burchell. »Der Einfall ist vortrefflich; doch ist mir eine halbe Unze Verstand lieber.« – »Das glaube ich!« rief meine Frau, indem sie uns immer anlächelte, obgleich die Lachenden nicht auf ihrer Seite waren. »Und doch habe ich Männer gekannt, welche Verstand zu haben behaupteten und doch nur sehr wenig besaßen.« – »Ohne Zweifel«, versetzte ihr Gegner, »haben Sie auch Damen gekannt, die witzig sein wollten und doch keinen Witz besaßen.« – Ich bemerkte bald, dass meine Frau bei diesem Kampfe zu kurz kommen würde, und entschloss mich, ihn strenger zu behandeln. »Witz und Verstand«, rief ich, »sind ohne Redlichkeit geringfügige Dinge. Nur sie verleihet jedem Charakter seinen Wert. Der unwissende Bauer ohne Fehler ist größer als der Philosoph mit vielen Fehlern; denn was ist Genie und Mut ohne Herz? Ein redlicher Mann ist das edelste Werk Gottes.«

»Jenen abgedroschenen Grundsatz Popes«, versetzte Herr Burchell, »habe ich stets eines Mannes von Genie für unwürdig gehalten und als eine Herabsetzung seines eigenen Wertes angesehen. Da der Wert eines Buches nicht in dem Mangel an Fehlern, sondern in der Größe der darin enthaltenen Schönheiten liegt, so sollte man auch die Menschen nicht nach dem Mangel an Fehlern, sondern nach der Größe ihrer Tugenden schätzen. Dem Gelehrten mag es an Weltklugheit fehlen; der Staatsmann mag vielleicht zu viel Stolz und der Krieger zu viel Rohheit besitzen; aber sollen wir ihnen deshalb den gemeinen Handwerker vorziehen, der sich mühsam durchs Leben schleppt, ohne Ruhm oder Tadel? Eben so gut könnten wir die unbedeutenden, aber korrekten Gemälde der niederländischen Schule den nicht fehlerfreien, aber erhabenen Schöpfungen des römischen Pinsels vorziehen.«

»Mein Herr«, erwiderte ich, »Ihre Bemerkung ist richtig, wenn es sich um glänzende Tugenden und unbedeutende Fehler handelt. Wenn es sich aber zeigt, dass in einem und demselben Gemüte große Laster außerordentlichen Tugenden entgegengesetzt sind, so verdient ein solcher Charakter nur Verachtung.«

»Vielleicht gibt es solche Ungeheuer, wie Sie beschreiben«, erwiderte er, »wo sich große Laster mit großen Tugenden vereinigt finden; doch in meinem Lebenslaufe ist mir kein solches Beispiel vorgekommen. Im Gegenteil habe ich immer gefunden, dass ausgezeichnete Geister auch edle Gesinnungen besaßen. In dieser Hinsicht scheint die Vorsehung besonders gütig für uns gesorgt zu haben, indem sie den Verstand beschränkt, wo das Herz verderbt ist, und die Macht verringert, wo der Wille zum Unrechttun vorhanden ist. Diese Regel scheint sich auf die Tiere zu erstrecken. Das kleine Gewürm ist immer hinterlistig, grausam und feig, während die Geschöpfe, welche mit Stärke und Macht begabt sind, sich großmütig, tapfer und edel zeigen.«

»Diese Bemerkungen klingen sehr gut«, versetzte ich, »und doch würde es in diesem Augenblick leicht sein, einen Mann aufzuzeigen –« hier heftete ich meine Blicke fest auf ihn, »dessen Kopf und Herz einen abscheulichen Kontrast bilden. Ja, mein Herr«, fuhr ich fort, indem ich meine Stimme erhob, »es ist mir lieb, dass ich die Gelegenheit habe, ihn in seiner eingebildeten Sicherheit zu entlarven. Kennen Sie dies, mein Herr? Kennen Sie dieses Taschenbuch?« – »Ja, mein Herr«, erwiderte er mit unerschütterlicher Zuversicht; »das Taschenbuch gehört mir, und ich freue mich, dass Sie es wiedergefunden haben.« – »Und kennen Sie diesen Brief?« rief ich. »Nicht gestottert! Mir gerade ins Gesicht gesehen! Ich frage, kennen Sie diesen Brief?« – »Diesen Brief«, erwiderte er, »den Brief habe ich selber geschrieben.« – »Und wie konnten Sie«, rief ich, »so niederträchtig, so undankbar sein, ihn zu schreiben?« – »Und wie konnten Sie«, entgegnete er mit einer Unverschämtheit, die ihresgleichen suchte, »wie konnten Sie so niederträchtig sein, den Brief zu erbrechen? Wissen Sie nicht, dass ich Sie alle dafür an den Galgen bringen könnte? Ich habe weiter nichts zu tun, als vor dem nächsten Friedensrichter zu beschwören, dass Sie das Schloss meiner Brieftasche gewaltsam aufgebrochen – und Sie würden sämtlich vor dieser Tür aufgehängt werden.« – Diese unerwartete Frechheit versetzte mich in solche Wut, dass ich mich kaum mäßigen konnte. »Undankbarer! Elender! Geh und verpeste meine Wohnung nicht mehr durch deine Niederträchtigkeit. Geh und lass dich nicht wieder vor mir sehen! Geh aus meiner Tür, und die einzige Strafe, die ich dir wünsche, möge ein beunruhigtes Gewissen sein, welches dich schon hinlänglich quälen wird!« Bei diesen Worten warf ich ihm seine Brieftasche hin, welche er lächelnd aufhob, mit größter Fassung das Schloss zudrückte, während seine Ruhe uns in das höchste Erstaunen setzte. Meine Frau war besonders darüber erzürnt, dass sie ihn nicht hatte aufbringen und wegen seiner Schurkenstreiche hatte beschämt machen können. »Meine Liebe«, rief ich, um die unter uns so hoch gesteigerte Leidenschaftlichkeit zu mäßigen, »wir dürfen uns nicht wundern, dass schlechte Menschen keine Scham empfinden. Sie erröten nur, wenn sie bei einer guten Handlung überrascht werden, rühmen sich aber ihrer Laster. – Das Laster und die Scham, sagt die Fabel, waren anfangs Gefährten und hielten sich beim Beginn ihrer Wanderung unzertrennlich zusammen. Doch war diese Verbindung beiden bald unangenehm und lästig. Das Laster verursachte der Scham oft Unruhe, und die Scham verriet häufig die geheimen Anschläge des Lasters. Nach langem Streite beschlossen sie endlich, sich auf immer zu trennen. Das Laster ging jetzt verwegen allein vorwärts, um das Schicksal einzuholen, welches in der Gestalt des Henkers vor ihm herging. Die Scham aber, von Natur schüchtern, kehrte wieder zur Tugend zurück, die sie beim Beginn der Wanderung zurückgelassen hatte. – So, meine Kinder, verlässt auch den Menschen endlich die Scham, wenn er einige Stufen des Lasters überschritten hat, welche dann zu den wenigen Tugendhaften zurückkehrt, die noch übrig sind.«

16. Kapitel

Die Familie wendet eine List an, welcher eine noch größere entgegenwirkt

Welches auch Sophiens Empfindungen sein mochten, die übrige Familie tröstete sich leicht über Herrn Burchells Abwesenheit durch die Gesellschaft unsers Gutsherrn, der uns jetzt häufigere und längere Besuche abstattete. Obgleich es ihm nicht gelungen war, meinen Töchtern die Vergnügungen der Hauptstadt zu verschaffen, so ergriff er doch jede Gelegenheit, sie durch die kleinen Ergötzlichkeiten zu entschädigen, die unsere Einsamkeit gestattete. Gewöhnlich kam er am Morgen, während mein Sohn und ich außer dem Hause beschäftigt waren, und unterhielt meine Familie mit Schilderungen von London, welches er in allen seinen Teilen genau kannte. Er wusste alle Bemerkungen aus der Atmosphäre der Schauspielhäuser und konnte die sinnreichen Einfälle der Witzlinge fast auswendig, ehe sie noch in eine Sammlung von Scherzen waren aufgenommen worden. Die Pausen in der Unterhaltung benutzte er dazu, um meinen Töchtern Piquet zu lehren. Auch mussten sich meine beiden Kleinen zuweilen miteinander boxen, um ihre Kräfte zu stärken, wie er sich ausdrückte. Doch die Hoffnung, ihn zum Schwiegersohne zu bekommen, machte uns fast blind gegen alle seine Mängel. Ich muss gestehen, dass meine Frau tausend Pläne entwarf, ihn zu fangen, oder, um mich zarter auszudrücken, jede kleine List anwendete, um das Verdienst ihrer Töchter zu vergrößern. Wenn die Kuchen beim Tee gut geraten waren, so hatte Olivia sie gebacken, und war der Stachelbeerwein gut, so hatte sie die Beeren gepflückt. Ihre Finger waren es, die den eingemachten Gurken und Bohnen die schöne grüne Farbe verliehen hatten, und bei der Bereitung eines Puddings hatte ihre Einsicht die Bestandteile gewählt. Zuweilen behauptete die gute Frau, er und Olivia wären von einer Größe, und beide mussten aufstehen, um zu sehen, wer der Größte sei. Diese Kunstgriffe, welche sie für sehr fein hielt, obgleich sie jedermann durchschaute, gefielen unserm Gönner sehr, so dass er täglich neue Beweise von seiner Leidenschaft gab. Zwar war dieselbe noch nicht bis zu einem Heiratsantrage gediehen; doch schien ein solcher nicht mehr fern zu sein, und sein Zögern wurde bald einer gewissen Blödigkeit zugeschrieben, bald der Furcht, seinem Oheim möchte eine solche Verbindung missfallen. Ein Vorfall, der sich bald darauf ereignete, setzte es aber außer allem Zweifel, dass er unserer Familie anzugehören wünsche, und meine Frau sah darin sogar ein bindendes Versprechen.

Als meine Frau mit ihren Töchtern beim Nachbar Flamborough einen Gegenbesuch abstattete, sah sie dort, dass die Familie sich von einem Maler hatte malen lassen, der im Lande umherzog und Porträts zu fünfzehn Schillingen das Stück lieferte. Da jene Familie hinsichtlich des Geschmacks schon längst mit uns um den Vorrang stritt, so machte uns dieser heimlich erlangte Vorzug eifersüchtig, und was ich auch dagegen sagen mochte, so wurde doch beschlossen, dass auch wir uns wollten malen lassen. Nachdem ich also mit dem Maler darüber gehandelt – denn was sollte ich tun? – war es unsere nächste Sorge, durch die Anordnung und die Stellungen unsern höheren Geschmack zu beweisen. Unseres Nachbars Familie bestand aus sieben Personen, welche mit sieben Orangen gemalt waren – eine äußerst geschmacklose Idee, ohne Leben und Wahrheit. Wir wünschten etwas in edlerem Stile zu haben und kamen endlich nach vielen Debatten einstimmig zu dem Entschlüsse, uns alle zusammen in einem großen historischen Familienstücke malen zu lassen. Dies würde wohlfeiler sein, da ein Rahmen für alle hinreichte, und zugleich viel vornehmer, denn alle Familien von Geschmack wurden jetzt auf diese Weise gemalt. Da uns nicht sogleich ein passender historischer Stoff einfiel, so war es jeder zufrieden, als unabhängige historische Figur gemalt zu werden. Meine Frau wünschte als Venus dargestellt zu werden, und der Maler wurde ersucht, an dem Brustlatz und in dem Haar die Diamanten nicht zu sparen. Die beiden Kleinen sollten als Liebesgötter neben ihr stehen, während ich im Priesterornat ihr meine Schriften über die Whiston'schen Kontroversen überreichte. Olivia wollte als Amazone gemalt sein, auf einer Rasenbank sitzend, in einem grünen goldgestickten Reitkleide, mit einer Reitpeitsche in der Hand. Sophie sollte eine Hirtin vorstellen, von so viel Schafen umgeben, als der Maler umsonst anbringen wollte, und Moses mit einem Hute und einer weißen Feder geschmückt werden.

Unser Einfall gefiel dem Gutsherrn so sehr, dass er darauf bestand, auch mit in das Familiengemälde aufgenommen zu werden und als Alexander der Große zu Oliviens Füßen zu knien. Dies betrachteten wir alle als einen Beweis, dass er ein Mitglied unserer Familie zu werden wünsche, und konnten natürlich seine Bitte nicht abschlagen. Der Maler ging ans Werk und arbeitete so anhaltend und schnell, dass er noch nicht vier Tage brauchte, um das Ganze zu vollenden. Das Stück war groß, und ich muss gestehen, dass er nicht sparsam mit seinen Farben war, wofür meine Frau ihm großes Lob erteilte. Wir waren sämtlich mit seiner Leistung wohl zufrieden; doch ein unglücklicher Umstand, den wir erst bemerkten, als das Gemälde schon vollendet war, verstimmte uns sehr. Es war so groß, dass wir keinen Platz im Hause hatten, wo wir es aufstellen konnten. Es ist unbegreiflich, wie wir einen so wesentlichen Punkt hatten außer Acht lassen können; doch wirklich hatte niemand daran gedacht. Das Gemälde stand daher, anstatt unsere Eitelkeit zu befriedigen, wie wir gehofft, an die Küchenwand angelehnt, wo man die Leinwand ausgespannt und bemalt hatte; denn es war viel zu groß, um durch eine unserer Türen gebracht zu werden, und so wurde es für alle unsere Nachbarn ein Gegenstand des Spottes. Einer verglich es mit Robinson Crusoes langem Boot, welches zu groß war, um von der Stelle gebracht zu werden. Ein anderer meinte, es habe noch mehr Ähnlichkeit mit einer Haspel in einer Flasche. Einige verwunderten sich, wie es herausgebracht wenden könnte, und noch Mehrere erstaunten, wie es hereingekommen.

Wenn schon einige über das Gemälde spotteten, so machten viele sogar boshafte Bemerkungen darüber. Dass auch das Porträt des Gutsherrn sich mitten unter den unsrigen befand, war eine zu große Ehre, als dass sie dem Neide hätte entgehen können. Skandalöse Gerüchte verbreiteten sich auf unsere Kosten, und unsere Ruhe wurde beständig durch Personen gestört, die als Freunde kamen, um uns mitzuteilen, was Feinde von uns gesagt. Diesen Gerüchten begegneten wir stets mutig und entschlossen; doch die Verleumdung vermehrt sich nur durch Widerspruch.

Wir beratschlagten daher nochmals, wie wir der Verleumdung unserer Feinde entgehen könnten, und kamen endlich zu einem Entschlusse, der zu viel List enthielt, um meinen völligen Beifall zu haben. Da unser Hauptzweck darin bestand, zu erforschen, ob Herr Thornhill wirklich redliche Absichten habe, so übernahm meine Frau es, ihn auszuhorchen, indem sie ihn bei der Wahl eines Bräutigams für Olivia um Rat fragen wollte. Wenn dies nicht genügte, ihn zur Erklärung zu bringen, so sollte er durch einen Nebenbuhler geschreckt werden. Zu diesem letzten Schritte wollte ich aber durchaus nicht meine Einwilligung geben, bis mir Olivia feierlich versicherte, dass sie den Mann heiraten wolle, den man bei dieser Gelegenheit als Nebenbuhler genannt, wenn der Gutsherr ihr nicht selber seine Hand reiche. Dies war der Plan, dem ich mich zwar nicht lebhaft widersetzte, ihn aber auch nicht durchaus billigte.

Als Herr Thornhill uns das nächste Mal wieder besuchte, gingen ihm meine Töchter absichtlich aus dem Wege, um ihrer Mutter Gelegenheit zu geben, ihren Plan in Ausführung zu bringen. Sie hatten sich indes nur in das nächste Zimmer zurückgezogen, wo sie jedes Wort hören konnten. Meine Frau leitete das Gespräch sehr schlau mit der Nachricht ein, dass eins von den Fräulein Flamborough eine sehr gute Partie mache mit Herrn Spanker. Der Gutsherr war derselben Meinung, und sie ging zu der Bemerkung über: reichen Mädchen könne es nie fehlen, gute Ehemänner zu bekommen. »Aber«, fuhr sie fort, »der Himmel möge sich der armen Mädchen erbarmen, die kein Vermögen besitzen! Was hilft Schönheit, Herr Thornhill? Was helfen Tugend und die besten Eigenschaften von der Welt in diesem Zeitalter des Eigennutzes? Man fragt nicht, was sie ist, sondern stets, was sie hat.«

»Madame«, erwiderte er, »die Richtigkeit und Neuheit dieser Bemerkung muss ich sehr billigen, und wenn ich König wäre, so sollte es anders sein. Die Mädchen ohne Vermögen sollten es dann gewiss recht gut haben; für unsere beiden jungen Damen würde ich gewiss zuerst sorgen.«

»Ach mein Herr«, erwiderte meine Frau, »Sie belieben zu scherzen; doch wenn ich eine Königin wäre, so weiß ich, wo sich meine älteste Tochter ihren Gemahl suchen sollte. Doch da Sie einmal von der Sache angefangen haben, Herr Thornhill, wissen Sie nicht eine passende Partie für sie? Sie ist jetzt neunzehn Jahr alt, wohlgewachsen und wohlerzogen, und nach meiner demütigen Meinung fehlt es ihr auch nicht an Talent.«

»Madame«, versetzte er, »wenn ich zu wählen hätte, so würde ich eine Person suchen, die mit den trefflichsten Eigenschaften ausgestattet ist, um einen Engel glücklich zu machen. Sie müsste Klugheit, Vermögen, Geschmack und Redlichkeit besitzen; ein solcher Mann würde meiner Meinung nach für sie passen.« – »Ja mein Herr«, sagte sie; »aber kennen Sie eine solche Person?« – Nein, Madame«, erwiderte er, »es ist unmöglich, irgendeine Person aufzufinden, welche verdient, ihr Gatte zu sein; sie ist ein zu großer Schatz für den Besitz eines Mannes; sie ist eine Göttin. Bei meiner Seele, ich rede, wie ich denke, sie ist ein Engel.« – »Ach Herr Thornhill, Sie schmeicheln meinem armen Mädchen nur. Doch haben wir daran gedacht, sie an einen Ihrer Pächter zu verheiraten, dessen Mutter kürzlich gestorben ist, und der eine Hausfrau gebraucht. Sie wissen, wen ich meine – den Pächter Williams. Ein wohlhabender Mann, Herr Thornhill, der sehr wohl imstande ist, sie zu ernähren, und ihr mehrmals Vorschläge gemacht hat (welches auch wirklich der Fall war). Aber mein Herr«, fuhr sie fort, »es sollte mir lieb sein, wenn unsere Wahl Ihren Beifall hätte.« – Wie, Madame, meinen Beifall«, versetzte er, »meinen Beifall sollte ich solch einer Wahl geben? Nimmermehr! Wie? So viel Schönheit, Verstand und Güte einem Wesen zu opfern, das ein solches Glück durchaus nicht zu schätzen weiß? Entschuldigen Sie, ich kann eine solche Ungerechtigkeit nimmermehr billigen! Und ich habe meine Gründe« – – »Wirklich, mein Herr?« rief Debora. »Wenn Sie Ihre Gründe haben, ist das freilich eine andere Sache; doch ich möchte gern diese Gründe kennen.« – »Entschuldigen Sie, Madame«, entgegnete er, »sie liegen zu tief, um entdeckt zu werden. »Hier«, fuhr er fort, indem er die Hand aufs Herz legte, »hier liegen sie auf immerdar verschlossen und begraben.«

Als er fort war, hielten wir eine allgemeine Ratsversammlung, wussten aber nicht, was wir aus diesem Zartgefühle machen sollten. Olivia betrachtete es als eine Probe der erhabensten Leidenschaft. Ich war nicht ganz so sanguinisch, und es schien mir sehr klar, dass mehr von Liebe, als von Ehe die Rede war. Was es aber auch zu bedeuten haben möchte, so beschlossen wir, den Plan mit Pachter Williams fortzusetzen, welcher sich sogleich um meine Tochter beworben hatte, sobald wir in die Gegend gekommen waren.

17. Kapitel

Selten findet man eine Tugend, die der Macht einer langen und reizenden Verführung zu widerstehen vermag

Da ich allein auf das wahre Glück meines Kindes bedacht war, so gefielen mir die Bewerbungen des Herrn Williams, da er ein verständiger und redlicher Mann war und sich in vermögenden Umständen befand. Es bedurfte nur geringer Ermutigung, um seine frühere Leidenschaft wieder anzufachen. Als er einige Abende später mit Herrn Thornhill in unserm Hause zusammentraf, sahen sie sich eine Zeit lang mit zornigem Blicke an; doch Williams war dem Gutsherrn kein Pachtgeld schuldig und achtete wenig auf seinen Unwillen. Olivia spielte ihrerseits die Kokette vortrefflich – wenn man das spielen nennen konnte, was ihr wirklicher Charakter war – und verschwendete alle ihre Zärtlichkeit an ihren neuen Liebhaber. Herr Thornhill schien sehr niedergeschlagen bei diesem Vorzuge und empfahl sich mit gedankenvoller Miene. Ich muss gestehen, dass ich aus dieser Betrübnis nicht recht klug werden konnte. Es stand ja in seiner Macht, den Grund derselben zu beseitigen, sobald er seine Absichten offen erklärte. Aber was für Unruhe er auch zu empfinden schien, so konnte man doch deutlich bemerken, dass Olivias Bangigkeit noch größer war. Nach einem solchen Zusammentreffen ihrer Liebhaber, die sich oft einfanden, suchte sie gewöhnlich die Einsamkeit, um ihrem Schmerze nachzuhängen. In einem solchen Zustande fand ich sie eines Abends, nachdem sie sich kurz vorher fröhlich gestellt hatte. »Du siehst jetzt, mein Kind«, sagte ich, »dass dein Vertrauen auf Herrn Thornhills Liebe nur ein Traum war. Er duldet einen Nebenbuhler, der in jeder Hinsicht unter ihm steht, obgleich er weiß, dass er die Macht hat, durch eine offene Erklärung deine Hand zu erhalten.« – »Ja, lieber Vater«, entgegnete sie; »doch er hat seine Gründe zu diesem Zögern; ich weiß, dass er sie hat. Die Aufrichtigkeit seiner Blicke und Worte überzeugt mich von seiner wahren Achtung. In kurzer Zeit wird er hoffentlich seine edelmütigen Gesinnungen offenbaren und dich überzeugen, dass meine Meinung von ihm gerechter gewesen, als die Deinige.« – »Olivia, mein teures Kind«, erwiderte ich, »jeder Plan, der bis jetzt ausgeführt worden, um ihn zu einer Erklärung zu vermögen, war von dir erfunden und entworfen; auch kannst du nicht sagen, dass ich dir den geringsten Zwang angetan. Glaube aber deshalb nicht, mein Kind, dass ich mich zum Werkzeuge hergeben werde, seinen redlichen Nebenbuhler durch deine unpassende Leidenschaft zu hintergehen. Jede Frist, die du verlangst, um deinen mutmaßlichen Anbeter zu einer Erklärung zu bringen, soll dir gestattet sein. Wenn er aber nach Ablauf dieser Zeit noch stumm bleibt, so muss ich darauf bestehen, dass der biedere Williams für seine Treue belohnt werde. Der gute Ruf, den ich bisher im Leben behauptete, fordert dies von mir, und meine Zärtlichkeit als Vater soll nicht meine Rechtlichkeit als Mensch untergraben. Bestimme also den Tag – er mag so fern sein, wie du es für nötig erachtest – und zugleich benachrichtige Herrn Thornhill von dem Zeitpunkte, wo ich deine Hand einem andern geben will. Wenn er dich wirklich liebt, so wird sein Verstand ihm sagen, dass es nur ein Mittel gibt, wodurch er verhindern kann. Dich auf immer zu verlieren.« – Mit diesem Vorschlage, den sie für recht und billig halten musste, war sie einverstanden. Sie erneuerte ihr ausdrückliches Versprechen, Herrn Williams zu heiraten, wenn der andere sich nicht entscheiden sollte, und in Gegenwart des Herrn Thornhill wurde der Tag bestimmt, wo sie seinen Nebenbuhler heiraten sollte.

Ein so kräftiges Verfahren schien Herrn Thornhills Unruhe zu verdoppeln; doch was Olivia wirklich litt, verursachte mir großen Kummer. Bei diesem Kampfe zwischen Klugheit und Leidenschaft verließ ihre Lebhaftigkeit sie gänzlich; sie suchte jede Gelegenheit auf, allein zu sein, und vergoss Tränen. Eine Woche verging; doch Herr Thornhill machte keinen Versuch, ihre Hochzeit zu hintertreiben. In der nächsten Woche war er nicht weniger beharrlich, blieb aber noch immer verschlossen. In der dritten Woche stellte er seine Besuche gänzlich ein, und anstatt dass meine Tochter hätte Ungeduld zeigen sollen, wie ich erwartete, schien sie in ein ruhiges Sinnen versunken, was ich für Resignation hielt. Ich freute mich aufrichtig, wenn ich daran dachte, dass meinem Kinde ein ruhiges und sorgenfreies Leben gesichert sei, und lobte sie oft, dass sie ein stilles Glück dem Prunke vorzog.

Etwa vier Tage vor der bestimmten Hochzeit war mein Familie Abends um das freundliche Kaminfeuer versammelt. Geschichten aus der Vergangenheit wurden erzählt und Pläne für die Zukunft entworfen. Wir beschäftigten uns mit mancherlei Projekten und lachten über jeden tollen Einfall, der zum Vorschein kam. »Nun, Moses«, rief ich, »wir werden bald eine Hochzeit in der Familie haben. Was denkst du von dergleichen Dingen im Allgemeinen?« – »Ich bin der Meinung, lieber Vater, dass alles sehr gut gehen wird. Eben fiel mir ein, wenn Schwester Livchen mit Pächter Williams verheiratet ist, so wird er uns seine Ciderpresse und sein Braugeräte umsonst leihen.« – »Das wird er, Moses«, rief ich, »und uns obendrein noch, um uns zu belustigen, das Lied vom Tode und der Dame vorsingen.« – »Er hat unserm Richard das Lied auch gelehrt«, rief Moses, »und er singt es ganz hübsch.« – »Wirklich?« erwiderte ich. »So mag er es uns vorsingen. Wo ist der kleine Richard? Er mag kommen und dreist damit beginnen.« – »Mein Bruder Richard«, sagte mein jüngster Sohn Wilhelm, »ist eben mit Schwester Livchen hinausgegangen. Aber Herr Williams hat mir auch zwei Lieder gelehrt, und ich will sie dir vorsingen, lieber Vater. Was soll ich singen: den sterbenden Schwan, oder die Elegie auf den Tod eines tollen Hundes?« – »Vor allen Dingen die Elegie, mein Kind«, sagte ich, »die ich noch nie gehört habe. Und du, liebe Debora, weißt ja wohl, dass der Kummer durstig macht. Gib uns eine Flasche von deinem besten Stachelbeerwein, um unsere Lebensgeister zu erfrischen. Ich habe seit Kurzem bei allen Gattungen von Elegien schon so viel geweint, dass ich bei dieser ohnmächtig werden würde ohne ein erfrischendes Gläschen. Und du, Sophie, nimm deine Gitarre, und klimpere ein wenig zu dem Gesange des Knaben.«

Elegie auf den Tod eines tollen Hundes

Ihr guten Leute kommt herbei,
Horcht alle meinem Sang!
Und findet ihr, dass kurz er sei.
Währt er euch nicht zu lang.

In Islington war einst ein Mann,
Geliebt von Jung und Alt,
Der wandelte des Himmels Bahn,
Wenn er zum Beten wallt'!

Für Feind' und Freunde allezeit
Sein Herz mitleidig schlug;
Oft gab er Nackten schon sein Kleid,
Eh' er's noch selber trug.

Auch war in jener Stadt ein Hund;
Denn wie an jedem Ort
Gab's Pudel, Möpse, Hühnerhund'
Und Windspiele auch dort.

Erst waren Freunde Hund und Mann,
Als plötzlich ohne Grund
Sich zwischen beiden Streit entspann;
Da biss den Mann der Hund!

Sogleich verbreitet sich die Kund',
Es strömt das Volk heran;
Da hieß es: Toll ist dieser Hund,
Zu beißen solchen Mann!

Die Wunde eiterte und schwoll.
Wie sie mit Augen sah'n;
Sie schwuren all', der Hund sei toll.
Und sterben müsst' der Mann.

Doch welches Wunder schaute man!
Es schwieg der Lügner Mund;
Von seiner Wund' genas der Mann,
Dagegen starb der Hund.

»Wahrhaftig, ein guter Junge der Wilhelm! Und die Elegie ist wahrhaft tragisch zu nennen. Kommt, Kinder! Stoßt auf Wilhelms Wohl! Und möge er einst Bischof werden!«

»Von ganzen Herzen!« rief meine Frau. »Wenn er nur einst so gut predigt, wie er singt, so ist mir nicht bange um ihn. Die meisten seiner Verwandten mütterlicher Seits verstanden sich auf den Gesang. In unserer Gegend war es die allgemeine Sage, dass von der Familie Blenkinson keiner gerade vor sich Hinsehen und von der Hugginsons keiner ein Licht ausblasen könne; aber unter den Grograms gebe es keinen, der nicht ein guter Sänger wäre, und unter den Marjorams wisse jeder ein Märchen zu erzählen.« – »Das mag sein«, rief ich, »die Volksballaden gefallen mir aber im Allgemeinen viel besser, als die zierlichen modernen Oden und all das Zeug, wobei man schon bei der ersten Strophe versteinert wird. Dergleichen Produkte lobt und verabscheut man zu gleicher Zeit. Moses, gib deinem Bruder ein Glas Wein. Der große Fehler dieser Elegiendichter ist, dass sie bei einem Unglück sogleich in Verzweiflung geraten, welches einem vernünftigen Menschen kaum Kummer verursacht. Eine Dame verliert ihren Muff, ihren Fächer oder ihren Schoßhund – sogleich läuft der alberne Poet nach Hause, um den Unfall in Verse zu bringen.«

»Das mag wohl bei erhabenern Kompositionen so Mode sein«, sagte Moses; »doch die Ranelaghs-Lieder, die zu uns gekommen, sind sehr einfach und traulich und alle in eine Form gegossen. Da begegnet Hans seinem Gretchen, und sie reden miteinander. Er gibt ihr ein Jahrmarktsgeschenk, um ihr Haar damit zu schmücken, und sie reicht ihm einen Blumenstrauß. Dann gehen sie miteinander zur Kirche und geben allen Mädchen und Jünglingen den Rat, so bald als möglich zu heiraten.«

»Und das ist ein sehr guter Rat«, rief ich; »und man hat mir gesagt, es gebe keinen Ort in der Welt, wo ein solcher Rat passender erteilt werden könnte, als gerade dort. Denn indem man überredet wird, sich zu verheiraten, ist dort auch gleich für eine Frau gesorgt. Wahrlich, mein Sohn, das muss ein vortrefflicher Markt sein, wo man uns sagt, was uns fehlt, und uns sogleich mit dem versieht, was wir brauchen.«

»Jawohl, lieber Vater«, versetzte Moses; »ich kenne aber nur zwei solche Weibermärkte in Europa – Ranelagh in England und Fuentarabia in Spanien. Der spanische Markt ist nur einmal im Jahr offen; unsere englischen Frauenzimmer sind aber jeden Abend feil.«

»Du hast Recht, mein Sohn!« rief seine Mutter; »Altengland ist der einzige Ort in der Welt für Männer, welche Frauen haben wollen.« – »Und für Frauen, ihre Männer zu beherrschen«, fiel ich ein. »Im Auslande hat man ein Sprichwort: Wenn eine Brücke übers Meer geschlagen wäre, so würden alle Frauen des Festlandes herüberkommen und die unsrigen zum Muster nehmen; denn in ganz Europa gibt's keine solchen Weiber, wie die unsrigen. Aber gib noch eine Flasche her, liebe Debora, und du, Moses, singe uns ein hübsches Lied. Welchen Dank sind wir nicht dem Himmel schuldig, dass er uns Ruhe, Gesundheit und gutes Auskommen gibt! Ich halte mich für glücklicher als der größte Monarch auf Erden. Er hat kein solches Kaminfeuer und ist nicht von solchen heitern Gesichtern umgeben. Ja, Debora, wir werden jetzt alt; aber der Abend unseres Lebens wird wahrscheinlich glücklich sein. Wir stammen von Voreltern ab, an denen kein Makel haftet, und in unfern Kindern lassen wir ein wackeres und tugendhaftes Geschlecht zurück. So lange wir leben, werden sie unsere Stütze und Freude sein, und wenn wir sterben, erhalten sie unsere Ehre unbefleckt bei der Nachwelt. Nun, mein Sohn, wir warten auf ein Lied. Singe uns eins mit einem Schlusschor. Doch wo ist meine liebe Olivia? Die Stimme des kleinen Engels ist immer die lieblichste im ganzen Konzert.«

Kaum hatte ich ausgeredet, als Richard mit den Worten hereingelaufen kam: »O Vater, Vater! Sie ist fort von uns! Schwester, Livchen ist fort auf immer!« – »Wie? Fort von uns?« – »Ja, sie ist auf und davon mit zwei Herren in einer Postchaise. Der eine küsste sie und sagte, er wolle für sie sterben. Sie weinte sehr und wollte wieder umkehren. Aber er redete ihr beständig zu, und sie stieg in die Chaise und sagte: »O was wird mein armer Vater tun, wenn er hört, dass ich so ungehorsam bin?« – »Geht, meine Kinder«, rief ich, »geht und seid elend, denn wir werden uns keiner Stunde mehr erfreuen. Möge der ewige Zorn des Himmels ihn und die Seinigen verfolgen! Mir so mein Kind zu rauben! Der Himmel wird mich erhören, denn für ihn erzog ich mein liebes unschuldiges Kind! Wie rein war das Herz meines Kindes! Doch all unser irdisches Glück ist jetzt zu Ende! Geht, meine Kinder, geht! Ihr seid elend und entehrt und mein Herz ist gebrochen!« – »Vater«, rief mein Sohn, »ist dies deine Standhaftigkeit?« – »Standhaftigkeit, mein Sohn! Ja, er soll sehen, dass ich Standhaftigkeit besitze – bringt mir meine Pistolen – ich will den Verräter verfolgen – so lange er auf Erden weilt, will ich ihn verfolgen! So alt ich bin, soll er doch finden, dass ich ihn bestrafen kann, den Schurken, den treulosen Schurken!« – Indessen hatte ich meine Pistolen herbeigeholt; doch meine arme Frau, deren Aufregung nicht so groß war, wie die meinige, schloss mich in ihre Arme und rief: »O lieber bester Mann! Die Bibel ist die einzige Waffe, die für deine alten Hände passt! Schlage sie auf und lies, dass uns Geduld komme in unserm Schmerz; denn das Mädchen hat uns schändlich getäuscht.« – »Wirklich, lieber Vater«, begann mein Sohn nach einer Pause, »dein Zorn ist zu heftig, und ziemt sich nicht. Du solltest die Mutter trösten, und du vermehrst nur ihren Schmerz. Es schickt sich nicht für dich und deinen ehrwürdigen Stand, so deinen ärgsten Feind zu verfluchen. Du hättest ihm nicht fluchen sollen, wenn er auch ein Schurke ist.« – »Ich fluchte ihm nicht, mein Sohn. Oder tat ich's?« – »Gewiss, mein Vater, du hast ihm zweimal geflucht.« – »So möge der Himmel mir und ihm vergeben, wenn ich's getan. Jetzt fühle ich erst, mein Sohn, dass es übermenschliches Wohlwollen war, welches uns zuerst lehrte, unsere Feinde zu segnen. Gelobt sei sein heiliger Name für alles Gute, welches er uns gegeben, so wie für das, was er uns genommen! Doch es ist kein geringes Unglück, welches diesen alten Augen, die seit so vielen Jahren nicht geweint, Tränen entlocken kann. Mein Kind – meinen Liebling ins Verderben zu stürzen! Vernichtung treffe – der Himmel verzeihe mir, was ich sagen wollte! Bedenkt nur, meine Lieben, wie gut sie war, wie bezaubernd! Bis zu diesem unseligen Augenblicke war sie nur bemüht, uns Freude zu machen. Wäre sie doch lieber gestorben! Aber sie ist entflohen; die Ehre unserer Familie ist befleckt, und ich werde auf Erden nie wieder glücklich. Du, mein Kind, sahest sie hinwegfahren? Vielleicht entführte er sie mit Gewalt. Wenn das der Fall war, so ist sie unschuldig.« – »Ach nein, Vater«, rief das Kind, »er küsste sie nur, und nannte sie seinen Engel, und sie weinte gar sehr und stützte sich auf seinen Arm, und so fuhren sie sehr schnell fort.« – »Sie ist ein undankbares Geschöpf«, rief meine Frau, die vor Weinen kaum reden konnte, »uns so zu behandeln, da wir doch ihrer Neigung nicht den geringsten Zwang angetan! Die schlechte Dirne hat ihre Eltern schändlich und ohne Ursache verlassen. So bringt sie dein graues Haar vor der Zeit in die Grube, und ich werde bald folgen.«

Auf diese Weise verging jene Nacht, die erste unsres wirklichen Unglücks, unter bittern Klagen und leidenschaftlichen Ausbrüchen. Ich beschloss indes, den Entführer aufzusuchen, wo er auch sein möchte, und ihm seine Niedrigkeit vorzuwerfen. Am nächsten Morgen vermissten wir unser unglückliches Kind beim Frühstück, wo sie uns sonst alle zu erheitern pflegte. Meine Frau versuchte auch jetzt, ihr Herz durch Schmähungen zu erleichtern. »Nimmer soll dieser Schandfleck unserer Familie wieder in diese harmlose Wohnung treten«, rief sie. »Ich werde sie niemals wieder Tochter nennen. Nein! Die liederliche Dirne möge bei ihrem schändlichen Verführer bleiben! Wenn sie uns auch Schande bringt, so soll sie uns doch nicht wieder täuschen!«

»Frau«, sagte ich, »sprich nicht so harte Worte aus. Ich verabscheue ihre Schuld ebenso sehr, wie du; doch dieses Haus und dieses Herz soll der wiederkehrenden reuigen Sünderin stets offen stehen. Je eher sie von ihren Verirrungen zurückkehrt, desto herzlicher soll sie mir willkommen sein. Auch der Beste kann einmal fehlen. List überredet und der Reiz der Neuheit lockt. Der erste Fehltritt ist das Kind der Einfalt;

doch alle folgenden entspringen aus dem Laster. Ja, das arme Wesen soll diesem Hause und diesem Herzen willkommen sein, und wäre es auch von tausend Fehlern befleckt. Ich will ihn wieder hören, den süßen Ton ihrer Stimme, will sie wieder zärtlich an meine Brust drücken, wenn ich nur in der ihrigen Reue finde. Mein Sohn, bringe mir meine Bibel und meinen Stab, ich will ihr folgen, wo sie auch sein mag, und wenn ich sie auch nicht von Schande erretten kann, so kann ich doch vielleicht verhindern, dass sie fortfährt, in Sünden zu leben.«

18. Kapitel

Bemühungen eines Vaters, ein verlornes Kind zur Tugend zurückzuführen

Obgleich der Knabe die Person des Mannes nicht genau beschreiben konnte, der seine Schwester in die Postkutsche gehoben, so fiel doch mein Verdacht einzig und allein auf unsern jungen Gutsherrn, der wegen solcher Intrigen nur zu bekannt war. Ich lenkte meine Schritte also nach Thornhill Castle, fest entschlossen, ihm heftige Vorwürfe zu machen und wo möglich meine Tochter wieder zurückzubringen. Ehe ich aber noch seinen Wohnsitz erreichte, traf ich eins von meinen Pfarrkindern, welches mir sagte, ihm sei ein junges Frauenzimmer, meiner Tochter ähnlich, mit einem Herrn in einer Postkutsche begegnet, den ich der Beschreibung nach für Herrn Burchell halten musste. Auch setzte er hinzu, sie wären sehr rasch gefahren. Dieser Bericht befriedigte mich aber keineswegs, und ich wanderte nach dem Schlosse des jungen Gutsherrn, den ich sogleich zu sprechen verlangte, obgleich es noch früh am Tage war.

Er kam mir mit heiterer, unbefangener Miene sogleich entgegen, schien sehr bestürzt über die Nachricht von der Flucht meiner Tochter und versicherte mir auf seine Ehre, dass er durchaus nichts von der Sache wisse. Ich verdammte jetzt meinen frühern Argwohn und konnte ihn nur auf Herrn Burchell richten, weil derselbe, wie ich mich erinnerte, in der letzten Zeit mehrmals heimlich mit Olivia gesprochen. Auch konnte ich bei dem Bericht eines zweiten Zeugen nicht länger an seiner Schändlichkeit zweifeln. Dieser behauptete nämlich, meine Tochter wäre wirklich mit ihm zu einem etwa dreißig Meilen entfernten Badeorte gereist, wo gerade viel Besuch sei. Da ich in einem Gemütszustande war, wo man geneigter ist, rasch zu handeln, als der Vernunft Gehör zu geben, so fiel es mir gar nicht ein, dass diese Berichte vielleicht von Personen herrühren könnten, die mich absichtlich irreführen wollten. Ich entschloss mich also, meiner Tochter und ihrem Entführer dorthin zu folgen. Ich wanderte rasch vorwärts und erkundigte mich überall unterwegs, doch ohne etwas zu erfahren, bis ich in die Stadt trat. Da begegnete mir ein Mann zu Pferde, den ich früher in Gesellschaft des Gutsherrn gesehen hatte, und welcher mir versicherte, ich würde sie gewiss einholen, wenn ich ihnen etwa dreißig Meilen weiter bis zu einem Orte folgen wollte, wo gerade ein Wettrennen gehalten werde. Dort habe er sie noch am vergangenen Abend tanzen sehen, und die ganze Gesellschaft sei von der Anmut meiner Tochter entzückt gewesen. Früh am nächsten Morgen machte ich mich auf den Weg zu dem Orte des Wettrennens, wo ich um vier Uhr Nachmittags ankam. Die Gesellschaft war sehr glänzend und schien keinen andern Zweck zu haben, als das Vergnügen aufzusuchen – sehr verschieden von dem meinigen, der darin bestand, ein verlornes Kind auf den Weg der Tugend zurückzuführen. Plötzlich glaubte ich, in einiger Entfernung vor mir Herrn Burchell zu erblicken; doch als fürchte er eine Unterredung mit mir, verlor er sich unter dem Gedränge, und ich sah ihn nicht wieder.

Jetzt kam ich zu der Überzeugung, dass es fruchtlos sein werde, meine Nachforschungen fortzusetzen, und ich beschloss, wieder zu meiner unschuldigen Familie zurückzukehren, die meiner Gegenwart bedurfte. Doch meine Gemütsbewegung und die Beschwerden der Reise zogen mir ein Fieber zu, dessen Symptome ich schon fühlte, ehe ich die Rennbahn verlassen. Das war ein neuer, unerwarteter Schlag, da ich mehr als siebzig Meilen von meinem Hause entfernt war. Ich begab mich in ein kleines Wirtshaus an der Landstraße, den gewöhnlichen Zufluchtsort der Armut und der Mäßigkeit. Dort legte ich mich geduldig nieder, um den Ausgang meiner Krankheit abzuwarten. Ich schmachtete fast drei Wochen, bis endlich meine kräftige Konstitution den Sieg davon trug. Nun aber fehlte es mir an Geld, um die Kosten meines Unterhalts bestreiten zu können. Vielleicht hätte schon die Unruhe darüber mir einen Rückfall zugezogen, hätte mich nicht ein Reisender unterstützt, der in der Schenke einsprach, um eine kleine Erfrischung zu sich zu nehmen. Dieser Mann war niemand anders, als der menschenfreundliche Buchhändler am St. Paulskirchhofe zu London, der so viele Bücher für Kinder geschrieben hat. Er nannte sich ihren Freund; doch war er der Freund der ganzen Menschheit. Kaum war er vom Pferde gestiegen, als er auch schon wieder forteilen wollte, denn er war stets mit sehr wichtigen Geschäften überhäuft und sammelte gerade damals Materialien zu der Geschichte eines gewissen Thomas Trip. Ich erkannte sogleich das kupfrige Gesicht des gutmütigen Mannes, denn er hatte meine Schrift gegen die Deuterogamisten verlegt. Von ihm borgte ich mir eine kleine Summe, die ich bei meiner Rückkehr wieder abtragen wollte. Als ich das Wirtshaus verließ, war ich aber noch so schwach, dass ich nur in kleinen Tagereisen von etwa zehn Meilen nach Hause zurückzukehren beschloss.

Meine Gesundheit und Gemütsruhe waren so ziemlich wieder hergestellt, und ich tadelte jetzt den Stolz, womit ich mich der strafenden Hand der Gerechtigkeit widersetzt hatte. Selten weiß der Mensch, welches Missgeschick seine Geduld übersteigt, bis er es selbst zu erdulden hat. Wie wir beim Ersteigen der Gipfel des Ehrgeizes, die von unten so glänzend uns entgegenschimmern, bei jedem Tritte verborgene Gefahren und Täuschungen treffen, so findet auch beim Hinabsteigen in das Tal des Elends, welches uns von dem Gipfel des Vergnügens aus düster und widerwärtig erschien, der stets rege, nach Genuss strebende Geist immer etwas, was ihm schmeichelt oder ihn ergötzt. Beim Herannahen scheinen sich selbst die dunkelsten Gegenstände zu erhellen, und das Auge des Geistes gewöhnt sich an die Finsternis.

Ich wanderte weiter und war etwa zwei Stunden gegangen, als ich in einiger Entfernung einen Wagen bemerkte, den ich anfangs für eine Kutsche hielt. Es gelang mir, denselben einzuholen; doch als ich näher kam, sah ich, dass es der Wagen einer wandernden Schauspielertruppe war. Mit Kulissen und anderm Theatergerät beladen, fuhr er nach dem nächsten Dorfe, wo man Vorstellungen geben wollte. Bei dem Wagen befand sich nur der Fuhrmann und ein Einziger von der Gesellschaft. Die übrigen Schauspieler wollten am folgenden Tage nachkommen.

Gute Gesellschaft verkürzt die Reise, sagt das Sprichwort. Ich ließ mich daher mit dem armen Schauspieler in ein Gespräch ein, und da ich selber früher einiges theatralisches Talent besessen hatte, so verbreitete ich mich über diesen Gegenstand mit meiner gewöhnlichen Freimütigkeit. Ich war indessen mit dem gegenwärtigen Zustande der Bühne wenig bekannt und fragte ihn daher, welches jetzt die beliebtesten dramatischen Dichter, welches die Brytons und Otways des heutigen

Tages wären? – »Ich glaube, mein Herr«, entgegnete der Schauspieler, »nur wenige unserer neueren Dramatiker würden es für eine Ehre halten, mit den erwähnten Schriftstellern verglichen zu werden. Brytons und Robes Manier ist gänzlich aus der Mode. Unser Geschmack ist um ein ganzes Jahrhundert zurückgegangen, Fletcher, Ben Jonson und Shakspeares sämtliche Schauspiele sind die einzigen Dinge, die jetzt Glück machen.« – »Wie«, rief ich, »ist es möglich, dass unser Zeitalter an der veralteten Sprache, an dem verbrauchten Humor und an den übertriebenen Charakteren, die in den genannten Werken im Überflusse vorhanden sind, Geschmack finden kann?« – »Mein Herr, erwiderte mein Begleiter, »das Publikum bekümmert sich weder um Sprache, noch um Humor, noch um Charaktere. Das ist seine Sache nicht. Nur der Unterhaltung wegen geht man ins Theater, und man ist zufrieden, wenn unter Jonsons oder Shakspeares Namen eine Pantomime aufgeführt wird.« – »Da muss ich also glauben«, erwiderte ich, »dass unsere neuern Dramatiker mehr Nachahmer Shakspeares als der Natur sind.« – »Die Wahrheit zu sagen«, versetzte mein Reisegefährte, »weiß ich nicht, ob sie überhaupt etwas nachahmen. Auch verlangt das Publikum es nicht von ihnen. Nicht die Komposition des Stücks, nur die Theatercoups und Gruppirungen finden rauschenden Beifall. Ich kenne ein Stück, welches auch nicht einen einzigen Witz enthält, aber doch vom Publikum vergöttert wurde; und ein anderes machte dadurch Glück, weil der Dichter darin einen Anfall von Bauchgrimmen vorkommen ließ. Nein, mein Herr, die Stücke von Kongreve und Farquahar haben für den jetzigen Geschmack zu viel Witz; unsere moderne Sprache ist bei weitem natürlicher.«

Indessen waren die Habseligkeiten der wandernden Truppe im Dorfe angekommen, wo man schon von unserer Ankunft benachrichtigt zu sein schien, denn alles lief herbei, um uns anzugaffen. Mein Begleiter äußerte, wandernde Schauspieler hätten mehr Zuschauer vor der Tür, als drinnen. Ich hatte nicht daran gedacht, dass eine solche Gesellschaft nicht für mich passe, bis sich ein großer Volkshaufen um mich versammelte. Ich nahm daher so schnell als möglich zu der ersten besten Türschenke meine Zuflucht, wo man mich in das Gastzimmer wies. Dort kam ein wohlgekleideter Mann auf mich zu und fragte, ob ich ein wirklicher Prediger bei der Schauspielertruppe sei, oder ob ich bloß diese Rolle auf der Bühne spiele? Als ich ihm gesagt, dass ich keineswegs zu der Gesellschaft gehöre, war er so herablassend, mich und den

Schauspieler zu einer Bowle Punsch einzuladen, wobei er mit der größten Lebhaftigkeit und Interesse über die neuesten politischen Ereignisse sprach. Ich hielt ihn für nichts Geringeres, als ein Parlamentsmitglied, und wurde in meiner Vermutung noch bestärkt, als er fragte, was es im Hause zum Abendessen gebe, und dann darauf bestand, dass der Schauspieler und ich in seinem Hause zu Abend speisen sollten, wozu wir uns auch nach einigem Bitten bewegen ließen.

19. Kapitel

Schilderung einer Person, die mit der gegenwärtigen Regierung unzufrieden ist und den Verlust unserer Freiheit fürchtet

Das Haus, wo er uns bewirten wollte, lag in geringer Entfernung vom Dorfe, und unser Wirt bemerkte, da die Kutsche nicht in Bereitschaft sei, wolle er uns zu Fuß dorthin führen. Bald kamen wir auch zu einem der prächtigsten Herrenhäuser, die ich in dieser Gegend gesehen. Das Zimmer, in welches man uns führte, war höchst elegant und nach dem neuesten Geschmack eingerichtet. Der Herr verließ uns, um Befehle zum Abendessen zu erteilen, und der Schauspieler gab mir indes durch einen Wink zu verstehen, dass wir es sehr glücklich getroffen hätten. Bald kam unser Wirt zurück, und es ward eine treffliche Abendmahlzeit aufgetragen. Dann traten auch zwei oder drei Damen in geschmackvoller Hauskleidung ein, und die Unterhaltung begann mit großer Lebhaftigkeit. Politik war der Gegenstand, wovon unser Wirt besonders sprach, und dabei versicherte, die Freiheit sei zugleich sein Stolz und sein Schrecken. Als die Tafel aufgehoben war, fragte er mich, ob ich das letzte Stück des Monitor gelesen. Als ich es verneinte, rief er: »Wie? Wohl auch nicht den Auditor?« – »Auch den nicht, mein Herr«, erwiderte ich. – »Das ist seltsam, sehr seltsam«, sagte mein Wirt; »ich lese alle politische Zeitungen, die herauskommen: das Tageblatt, das Volksblatt, die Chronik, das Londoner- und Whitehall-Abendblatt, die sieben Magazine und die beiden Reviews, und so sehr sie sich gegenseitig hassen, so liebe ich sie doch alle Zusammen. Freiheit, mein Herr, Freiheit ist der Stolz des Britten, und – bei all meinen Kohlengruben in Cornwall! – ich verehre ihren Beschützer.« – »So verehren Sie vermutlich den König?« sagte ich. – »Ja«, versetzte mein Wirt, »wenn er tut, was wir haben wollen. Verfährt er aber so, wie vor Kurzem, so werde ich mich nicht mehr um seine Angelegenheiten bekümmern. Ich will nichts weiter sagen, als dass ich glaube, ich würde manches besser angeordnet haben. Es scheint, als habe es ihm an einer hinlänglichen Zahl von Ratgebern gefehlt. Er sollte jeden um Rat fragen, der ihm Rat geben will, dann würden die Dinge eine ganz andere Gestalt annehmen.«

»Ich wünschte«, rief ich, »dass dergleichen zudringliche Ratgeber an den Pranger gestellt würden. Redliche Männer sollten es sich zur Pflicht machen, die schwache Seite unserer Verfassung zu unterstützen, jene geheiligte Macht, die seit einigen Jahren täglich mehr und mehr abgenommen und ihren notwendigen Einfluss auf den Staat verloren hat. Doch diese unwissenden Menschen erheben noch immer ein Freiheitsgeschrei, und wenn sie einiges Gewicht haben, so werfen sie es schändlicherweise in die sinkende Waagschale.«

»Wie«, rief eine von den Damen, »muss ich es erleben, einen so niedrig denkenden, so gemeinen Menschen zu sehen, der ein Feind der Freiheit und ein Verteidiger der Tyrannen ist? Freiheit ist das geheiligte Geschenk des Himmels, das herrliche Vorrecht des Britten!«

»Kann es möglich sein«, rief unser Wirt, »dass es noch jetzt Verteidiger der Sklaverei gibt? – Menschen, die niedrig genug denken, die Vorrechte eines Britten aufzugeben? Ist es möglich, mein Herr, dass jemand so verworfen sein kann?«

»Nein, mein Herr«, erwiderte ich, »ich bin für die Freiheit, für jenes Attribut der Gottheit! Für die herrliche Freiheit, für den Hauptgegenstand der heutigen Unterhaltung. Ich wollte, alle Menschen wären Könige. Ich selber möchte König sein. Wir alle haben von Natur gleichen Anspruch auf den Thron, wir sind alle ursprünglich gleich. Dies ist meine Meinung und war einst die Ansicht eines Vereins würdiger Männer, die man Independenten nannte, sie waren bemüht, sich zu einer Gemeinschaft zu erheben, wo alle gleich frei sein sollten. Leider aber wollte ihnen dies nicht glücken. Es gab einige unter ihnen, die stärker, und wieder einige, die schlauer waren, als die andern, und diese wurden die Herren der Übrigen. Denn so wie Ihr Stallknecht Ihre Pferde reitet, weil er ein listigeres Geschöpf ist, als sie, so gewiss wird auch jedes Wesen, welches listiger oder stärker ist, als er, sich ihm wiederum auf die Schultern setzen. Da es nun das Schicksal der Menschheit ist, sich zu unterwerfen, und einige zum Befehlen, andere zum Gehorchen geboren sind, so ist die Frage, da doch einmal Tyrannen sein müssen, ob es besser ist, sie bei uns in demselben Hause, oder in demselben Dorfe, oder noch weiter entfernt in der Hauptstadt zu haben. Da ich für mein Teil das Angesicht des Tyrannen hasse, so ist es mir um so lieber, je weiter er entfernt ist. Die Mehrzahl der Menschen denkt wie ich, und hat einstimmig einen König erwählt, dessen Wahl zugleich die Anzahl der Tyrannen verringert und die Tyrannei von der größten Volksmenge so weit als möglich entfernt. Die Großen, die vor der Wahl eines Tyrannen selber Tyrannen waren, sind natürlich der ihnen überlegenen Gewalt abgeneigt, weil diese auf den untern Ständen am schwersten lastet. Daher liegt es in dem Interesse der Großen, die königliche Macht so viel als möglich zu verringern, weil das, was sie derselben nehmen, ihnen selber zugute kommt; und alles, was sie in ihrer Stellung zu tun haben, besteht darin, den einzelnen Tyrannen zu unterminieren, wodurch sie wieder zu ihrem ursprünglichen Ansehen gelangen. Nun könnten aber die Verhältnisse eines Staats oder seine Gesetze oder auch die Gesinnungen seiner reichen Bürger so beschaffen sein, dass dies alles dazu beitrüge, die Monarchie zu untergraben. Wären z.B. die Staatsverhältnisse von der Art, dass sie die Anhäufung von Reichtümern begünstigten und den Wohlhabenden noch reicher machten, so würde der Ehrgeiz erwachen. Eine Anhäufung von Reichtümern muss aber die notwendige Folge sein, wenn mehr Geld durch auswärtigen Handel erworben wird, als durch Industrie im Lande. Denn der auswärtige Handel kann nur von den Reichen mit Vorteil betrieben werden, und diese ziehen zugleich allen Gewinn, der aus der Industrie entspringt, so dass dem Reichen zwei Erwerbsquellen geöffnet sind, während der Arme nur eine hat. Daher findet man, dass in allen Handelsstaaten der Reichtum sich bei einzelnen Familien anhäufte, und daher wurden diese nach und nach sämtlich aristokratisch. Die Landesgesetze selber können zum Anhäufen von Reichtum beitragen, wenn die natürlichen Bande, die den Reichen mit dem Armen vereinigen, durch die Verordnung gelöst werden, dass die Reichen sich nur mit den Reichen verheiraten sollen, oder wenn der Gelehrte, nur weil er arm ist, für unfähig gehalten wird, seinem Vaterlande als Ratgeber zu dienen. Auf diese Art, sage ich, und durch ähnliche Mittel wird der Reichtum vermehrt. Ist nun der Besitzer gesammelter Schätze mit allen Bedürfnissen und Genüssen des Lebens versehen, so kann er seinen Überfluss nicht anders, als zur Erkaufung der Gewalt anwenden. Das heißt mit andern Worten: er erwirbt sich Anhänger, indem er dürftigen oder feilen Menschen die Freiheit abkauft, die für ein Stück Brot den Druck der ärgsten Tyrannei dulden. Auf diese Weise versammelt jeder sehr reiche Mann gemeiniglich einen Kreis der Ärmsten aus dem Volke um sich, und den Staat, der viele solche überreiche Bürger hat, könnte man mit dem Systeme des Cartesius vergleichen, nach welchem ein jeder Planet seinen eigenen Kreis hat. Doch alle, die sich freiwillig in den Kreisen eines großen Mannes bewegen, sind nur die Sklaven, der Auswurf der Menschheit, durch Geist und Erziehung zur Sklaverei bestimmt, und sie kennen die Freiheit nur dem Namen nach. Ein großer Teil des Volks muss indes noch übrig bleiben, den der Einfluss der Reichen nicht berührt, nämlich die Klasse von Menschen, die zwischen den Überreichen und dem Pöbel steht, jene Menschen, die zu viel Vermögen haben, um sich vor der Gewalt ihres mächtigen Nachbars zu beugen, und doch zu arm sind, um sich selbst zu Herrschern aufzuwerfen. In dieser Mittelklasse findet man gewöhnlich alle Künste, alle Weisheit und alle bürgerlichen Tugenden. Diese Klasse ist bekanntlich allein die wahre Beschützerin der Freiheit, und nur sie kann man eigentlich das Volk nennen. Nun kann es freilich geschehen, dass diese Mittelklasse in einem Staate all ihren Einfluss verliert, und dass ihre Stimme von der des Pöbels übertäubt wird; denn wenn das Vermögen, das jemand zur Stimmfähigkeit in Staatsangelegenheiten berechtigt, jetzt zehnmal geringer ist, als man bei Gründung der Konstitution für nötig hielt, so ist es klar, dass dadurch eine größere Masse des Pöbels in das politische System verflochten wird, die, in den Kreisen der Großen sich bewegend, auf immer der ihnen gegebenen Richtung folgen muss. In einem solchen Staat bleibt dem Mittelstande daher nichts weiter übrig, als die Vorrechte und Privilegien des obersten Herrschers treu und sorgsam zu wahren, weil er die Macht der Reichen verteilt und ausgleicht und verhindert, dass die Großen mit zehnfachem Gewichte auf dem Mittelstande lasten, der unter ihnen steht. Den Mittelstand kann man mit einer von den Reichen belagerten Stadt vergleichen, zu deren Entsatz der Herrscher herbeieilt. Die Belagerer, einen auswärtigen Feind fürchtend, bieten natürlich den Belagerten die glänzendsten Bedingungen an, schmeicheln ihnen mit leeren Worten und suchen sie durch Privilegien anzulocken. Wenn sie jedoch den obersten Herrscher einmal besiegt haben, so werden die Mauern der Stadt ihren Bewohnern nur eine schwache Schutzwehr darbieten. Was sie dann zu erwarten haben, zeigt ein Blick auf Holland, Genua oder Venedig, wo die Gesetze die Armen und die Reichen die Gesetze regieren. Ich lebe und sterbe daher für die Monarchie, für die geheiligte Monarchie; denn wenn es irgendetwas Heiliges unter den Menschen gibt, so muss es der gesalbte Oberherr des Volkes sein, und jede Verminderung seiner Macht, im Kriege wie im Frieden, ist ein Eingriff in die wahre Freiheit der Untertanen. Die Worte: ›Freiheit, Patriotismus und Britte‹ haben schon viel getan, und es ist zu hoffen, dass die wahren Söhne der Freiheit verhindern werden, dass noch mehr Schlimmes aus ihnen hervorgehe. Ich habe in meinem Leben so manchen angeblichen Kämpfer für die Freiheit gekannt; doch erinnere ich mich keines einzigen, der in seinem Herzen und in seiner Familie nicht ein Tyrann gewesen wäre.«

Ich bemerkte, dass meine Wärme bei dieser Rede mich über die Grenzen der feinen Lebensart hinausgeführt habe. Auch vermochte mein Wirt seine Ungeduld nicht länger zu zügeln, der mich schon mehrmals zu unterbrechen versucht hatte. »Wie«, rief er aus, »habe ich denn die ganze Zeit einen Jesuiten in der Kleidung eines Predigers bewirtet? Aber bei allen Kohlengruben in Cornwall! Er soll sich packen, so wahr ich Wilkinson heiße.« – Ich sah jetzt ein, dass ich zu weit gegangen, und bat wegen der Hitze, mit der ich gesprochen, um Verzeihung. – »Verzeihung!« erwiderte er wütend. »Solche Grundsätze, meine ich, bedürften einer tausendfachen Verzeihung. Was? Freiheit und Eigentum aufzugeben, und wie der Zeitungschreiber sagt, den Fuß mit hölzernen Schuhen zu beladen! Mein Herr, ich bestehe darauf, dass Sie augenblicklich aus diesem Hause gehen, um üblen Folgen vorzubeugen. Mein Herr, ich muss darauf bestehen.« – Ich war im Begriff, Einwendungen zu machen, als ich einen Bedienten stark an die Tür klopfen hörte. Zu gleicher Zeit riefen die beiden Damen: »Tod und Teufel! Unsere Herrschaft ist nach Hause gekommen!« – Jetzt zeigte es sich, dass mein Wirt nichts weiter als der Kellermeister war, der in der Abwesenheit seines Herrn den Einfall gehabt hatte, selber einmal den vornehmen Herrn zu spielen; und offen gestanden, sprach er ebenso gut über Politik, wie die meisten Landedelleute. Doch nichts kam meiner Bestürzung gleich, als ich den Edelmann mit seiner Gemahlin eintreten sah. Auch ihr Erstaunen war nicht geringer, eine solche Gesellschaft und ein so köstliches Mahl anzutreffen. – »Meine Herren«, rief der wirkliche Herr des Hauses mir und meinem Gefährten zu, »wir sind Ihre untertänigsten Diener. Doch muss ich gestehen, diese Ehre kommt mir so unerwartet, dass ich unter der Last des Dankes fast erliege.« So unerwartet ihm unsere Gesellschaft auch sein mochte, so war die seinige es doch offenbar noch mehr für uns. Ich stand stumm da, indem ich fühlte, dass ich eine sehr alberne Rolle spielte, als plötzlich mein liebes Fräulein Arabella Wilmot ins Zimmer trat, die früher, wie bereits erzählt, mit meinem Sohne Georg war verlobt gewesen. Als sie mich erblickte, eilte sie mit großer Freude in meine Arme. »Mein lieber Herr!« rief sie. »Welchem glücklichen Zufall verdanken wir einen so unerwarteten Besuch? Mein Onkel und meine Tante werden gewiss sehr erfreut sein, zu hören, dass der gute Doktor Primrose ihr Gast ist.« Als der alte Herr und seine Gemahlin meinen Namen hörten, traten beide sehr höflich näher und hießen mich mit der herzlichsten Gastfreundschaft willkommen. Doch konnten sie sich des Lächelns nicht enthalten, als ich ihnen die Veranlassung meines Besuches erzählte; doch verziehen sie auf meine Bitte dem unglücklichen Kellermeister, den sie anfangs fortjagen wollten.

Herr Arnold und seine Gattin, denen das Haus gehörte, bestanden darauf, dass ich einige Tage bei ihnen verweilen solle, und da ihre Nichte, meine liebenswürdige Schülerin, die ich zum Teil durch meinen Unterricht gebildet hatte, mit ihnen ihre Bitte vereinigte, so willigte ich ein. Mir wurde ein prächtiges Zimmer angewiesen, und am folgenden Morgen kam Fräulein Wilmot sehr früh und bat mich, sie in den Garten zu begleiten, der nach dem neuesten Geschmack angelegt war. Als sie mich eine Zeit lang auf die Schönheiten desselben aufmerksam gemacht hatte, fragte sie mit anscheinender Gleichgültigkeit, wann ich zuletzt von meinem Sohne Georg Nachricht erhalten. – »Ach, mein Fräulein«, erwiderte ich, »er ist jetzt schon beinahe drei Jahre abwesend, ohne dass er ein einziges Mal an mich oder seine Freunde geschrieben hat. Ich weiß nicht, wo er ist; vielleicht sehe ich ihn und glückliche Tage niemals wieder. Nein, mein Fräulein, nie kehren sie zurück, die vergnügten Stunden, die wir einst an unserm Kamin in Wakefield zugebracht. Meine kleine Familie hat sich jetzt zerstreut, und Armut hat nicht nur Mangel, sondern auch Schande über uns gebracht.« – Dem guten Mädchen entfiel eine Träne bei diesem Bericht; doch da ich sah, dass es sie zu sehr ergreifen würde, so hielt ich die ausführliche Schilderung unserer Leiden zurück. Doch fühlte ich mich einigermaßen getröstet, als ich fand, dass die Zeit ihre Neigung nicht verändert und sie mehrere Heiratsanträge abgelehnt habe, seit wir uns aus ihrer Gegend entfernt.

Sie führte mich überall herum in den weitläufigen Gartenanlagen, zeigte mir die verschiedenen Alleen und Lauben und nahm bei jedem Gegenstande Veranlassung, eine neue Frage in Betreff meines Sohnes an mich zu richten. So verging der Vormittag, bis die Glocke uns zum Mittagessen rief. Wir fanden den Direktor der oben erwähnten wandernden Schauspielertruppe, welcher gekommen war, um Billete zu der Vorstellung der Schönen Büßenden anzubringen, welches Stück an dem Abend sollte aufgeführt werden. Für die Rolle des Horazio war ein junger Mann bestimmt, der noch nie die Bühne betreten hatte. Der Direktor erteilte dem armen Schauspieler sehr warme Lobsprüche und behauptete, noch niemals jemanden gesehen zu haben, von dem sich Vortrefflicheres erwarten lasse. »Die Schauspielkunst wird nicht an einem Tage erlernt«, bemerkte er; »doch dieser junge Mann scheint dazu geboren, die Bühne zu betreten. Seine Stimme, seine Figur, seine Haltung ist vortrefflich. Zufällig trafen wir ihn auf unserer Herreise.« – Diese Schilderung erregte unsere Neugierde, und auf die Bitte der Damen entschloss ich mich, sie in das Schauspielhaus zu begleiten, welches nichts andres war als eine Scheune. Da die Gesellschaft, worin ich mich befand, unstreitig die vornehmste im ganzen Orte war, so wurden wir mit größter Ehrfurcht empfangen und uns der Bühne gegenüber die ersten Plätze angewiesen, wo wir eine Zeit lang saßen und Horazios Erscheinen mit nicht geringer Ungeduld erwarteten. Endlich trat der neue Schauspieler auf, und nur Eltern können sich meine Gefühle denken, wie ich in ihm meinen unglücklichen Sohn erkannte. Eben wollte er anfangen; doch seine Augen fielen auf die Zuschauer, er erkannte mich und Fräulein Wilmot und blieb sprachlos und unbeweglich stehen.

Die Zuschauer hinter der Szene, welche diese Pause seiner natürlichen Blödigkeit zuschrieben, suchten ihn zu ermutigen; doch statt zu beginnen, brach er in Tränen aus und verließ die Bühne. Ich weiß nicht, welcher Art meine Empfindungen in diesem Augenblick waren, denn sie wechselten zu rasch, als dass ich sie schildern könnte. Aus diesen unangenehmen Träumen wurde ich indessen bald durch Fräulein Wilmot geweckt, welche blass und mit zitternder Stimme mich bat, sie in die Wohnung ihres Oheims zurückzubegleiten. Als wir nach Hause kamen, konnte sich Herr Arnold anfangs unser seltsames Betragen nicht erklären, doch als wir ihm gesagt, dass der neue Schauspieler mein Sohn sei, schickte er sogleich seine Kutsche hin, um ihn zu sich einladen zu lassen. Da er sich standhaft geweigert, wieder die Bühne zu betreten, so musste ein anderer die Rolle übernehmen, und wir sahen ihn bald bei uns. Herr Arnold kam ihm wohlwollend entgegen, und ich empfing ihn mit meinem gewöhnlichen Entzücken; denn es war nie meine Art, mich empfindlich zu stellen. Fräulein Wilmots Empfang war dem Anscheine nach gleichgültig; doch hatte ich bald Gelegenheit, zu bemerken, dass sie eine studierte Rolle spiele. Der Tumult in ihrem Gemüte schien noch nicht beruhigt zu sein; wohl zwanzigmal sagte sie törichte Dinge, die wie Heiterkeit aussahen, und lachte dann laut über ihre Sinnlosigkeit. Zuweilen warf sie auch einen verstohlenen Blick in den Spiegel, als sei sie glücklich in dem Bewusstsein ihrer unwiderstehlichen Schönheit; und oft tat sie Fragen, ohne im Geringsten auf die Antwort zu achten.

20. Kapitel

Die Geschichte eines philosophischen Vagabunden, der Neuheit sucht, aber seine Zufriedenheit verliert

Nach dem Abendessen machte Mistress Arnold das höfliche Anerbieten, ein Paar Bediente auszusenden, um das Gepäck meines Sohnes abzuholen. Anfangs schien er es abzulehnen; doch als sie darauf bestand, war er einzugestehen genötigt, dass ein Stab und ein Felleisen die einzige Habe wäre, deren er sich auf Erden rühmen könne. »Du hast mich arm verlassen, mein Sohn«, rief ich, »und kehrst arm zurück, wie ich sehe; doch zweifle ich nicht, dass du dich gut in der Welt umgesehen hast.« – »Ja, lieber Vater«, versetzte mein Sohn. »Doch dem Glücke nachzureisen, ist nicht die Art, es zu erlangen; auch habe ich seit Kurzem dieses Streben aufgegeben.« – »Die Erzählung ihrer Abenteuer müsste sehr unterhaltend sein, sollte ich denken«, sagte Mistress Arnold. »Den ersten Teil derselben habe ich bereits oft von meiner Nichte gehört. Wenn Sie uns auch das Übrige mitteilen wollten, würden Sie die Gesellschaft sehr verbinden.« – »Madame«, erwiderte mein Sohn, »glauben Sie mir, das Vergnügen beim Zuhören wird nicht halb so groß sein, als meine Eitelkeit beim Erzählen. Doch kann ich Ihnen in meiner ganzen Geschichte kaum ein einziges Abenteuer versprechen, da ich nicht von dem erzählen kann, was ich getan, sondern nur von dem, was ich sah. Das erste Missgeschick meines Lebens, welches Ihnen allen bekannt ist, war groß. So tief es mich aber auch schmerzte, so konnte es mir doch nicht gänzlich den Mut rauben. Niemand hat sich mehr der Hoffnung hingegeben, als ich. Je unfreundlicher mir das Glück in der Gegenwart erschien, desto mehr erwartete ich in Zukunft von demselben, und da ich mich am Boden des Rades befand, so konnte mich jeder neue Umschwung nur heben, aber nicht tiefer sinken lassen. Ich ging daher an einem schönen Morgen nach London, ohne für den nächsten Tag zu sorgen, und froh wie die Vögel, die am Wege ihr Lied zwitscherten. Es tröstete mich der Gedanke, dass London der wahre Ort sei, wo Talente jeder Art Auszeichnung und Belohnung erwarten könnten.

Als ich dort ankam, lieber Vater, war meine erste Sorge, deinen Empfehlungsbrief an unsern Vetter abzugeben, der sich in nicht viel bessern Umständen befand, als ich. Mein erster Plan war, wie du weißt, Unterlehrer an einer Schule zu werden, und ich fragte ihn deshalb um Rat. Unser Vetter hörte meinen Vorsatz mit wahrhaft sarkastischem Lächeln an. Ja, rief er, das ist wahrhaftig eine schöne Laufbahn, die man Ihnen da vorgezeichnet hat. Ich bin selber Unterlehrer an einer Kostschule gewesen, und will gehängt sein, wenn ich nicht lieber Unterschließer in Newgate gewesen wäre! Früh und spät musste ich auf den Beinen sein; der Direktor schnitt mir finstere Gesichter; seine Frau hasste mich wegen meiner Hässlichkeit; die Schulknaben plagten mich, und nie durfte ich das Haus verlassen, um auswärts höflichere Leute auszusuchen. Sind Sie aber auch gewiss, dass Sie für die Schule passen? Ich will Sie ein wenig examinieren. Sind Sie eigens zu dem Geschäfte erzogen? – Nein. – Dann taugen Sie nicht für die Schule. Haben Sie die Blattern gehabt? – Nein. – Dann taugen Sie nicht für die Schule. Können Sie den Knaben das Haar schneiden? – Nein. – Dann taugen Sie nicht für die Schule. Können Sie mit noch Zweien in einem Bette schlafen? – Nein. – Dann taugen Sie nicht für die Schule. Haben Sie guten Appetit? – Ja. – Dann taugen Sie nimmermehr für die Schule. Mein Freund, wenn Sie ein anständiges bequemes Gewerbe treiben wollen, so verdingen Sie sich auf sieben Jahre als Lehrling bei einem Messerschmied, um das Schleifrad zu drehen. Aber vor dem Schulmeisterleben hüten Sie sich. Doch, fuhr er fort, Sie sind ein junger Mann von Geist und Kenntnissen, was meinen Sie dazu, wenn Sie wie ich Schriftsteller würden? Gewiss haben Sie in Büchern gelesen, dass Männer von Genie bei diesem Handwerk verhungert sind; doch kann ich Ihnen jetzt wohl vierzig alberne Kerle in London zeigen, die dabei im Überflusse leben, sämtlich ehrliche Leute von gewöhnlichem Schlage, die ruhig und gedankenlos ihren Weg fortgehen, über Politik und Geschichte schreiben und sich großes Lob erwerben. Leute, sage ich Ihnen, die, wenn sie das Schuhmacherhandwerk gelernt hätten, ihr Lebenlang Schuhe flicken würden, ohne je selber welche zu machen.

»Da ich fand, dass bei dem Lehreramte nicht viel herauskomme, so beschloss ich, seinen Vorschlag anzunehmen, und da ich vor der Literatur die höchste Achtung hatte, so begrüßte ich die Antiqua Mater in Grubstreet mit Ehrfurcht. Ich hielt es für rühmlich, einen Pfad zu betreten, auf dem Dryden und Otway vor mir gewandelt. In der Tat betrachtete ich die Göttin dieser Region als die Mutter alles Vortrefflichen, und obgleich der Verkehr mit der großen Welt den Verstand aufklärt, so hielt ich doch die mich umgebende Armut für die Nährerin des Genies. Von diesen Betrachtungen erfüllt, und einsehend, dass von dem entgegengesetzten Gesichtspunkte aus noch das Beste zu sagen sei, beschloss ich, ein Buch zu schreiben, welches durchaus neu sein sollte. Mit einigem Scharfsinne stellte ich drei paradoxe Sätze auf. Freilich waren sie falsch, aber neu. Die Juwelen der Wahrheit waren schon so oft von andern zur Schau gestellt worden, dass mir nichts weiter übrig blieb, als schimmernde Dinge, die sich in der Entfernung ebenso gut darstellten. Euch, ihr Mächte des Himmels, rufe ich zu Zeugen an, welche eingebildete Wichtigkeit meine Feder regierte, während ich schrieb! Ich zweifelte nicht, dass die ganze gelehrte Welt sich erheben werde, um mein System zu bestreiten; da war ich aber gerüstet, der ganzen gelehrten Welt entgegen zu treten. Gleich dem Stachelschwein saß ich in mich selbst zusammengezogen da, eine Federspitze auf jeden Gegner gerichtet.«

»Wohl gesprochen, mein Sohn«, bemerkte ich; »und welches war der Gegenstand deiner Abhandlung? Hoffentlich entging dir nicht die Wichtigkeit der Monogamie? Doch ich unterbreche dich. – Erzähle weiter! Du gabst also deine paradoxen Sätze heraus; gut, und was sagte die gelehrte Welt zu deinen Paradoxen?«

»Lieber Vater«, erwiderte mein Sohn, »die gelehrte Welt sagte gar nichts zu meinen Paradoxen – ganz und gar nichts. Jeder war damit beschäftigt, seine Freunde und sich selber zu loben, oder seine Feinde zu verdammen. Unglücklicherweise hatte ich weder Freunde noch Feinde, und so wurde mir die grausamste Demütigung zuteil, nämlich Vergessenheit.«

»Als ich eines Tages in einem Kaffeehause über das Schicksal meiner Paradoxen nachdachte, kam ein kleiner Mann ins Zimmer und setzte sich in den Verschlag mir gegenüber. Aus einem einleitenden Gespräche merkte er, dass ich dem Gelehrtenstande angehöre, zog ein Packet Pränumerationslisten hervor, und bat mich, auf eine neue Ausgabe des Properz zu subskribieren, den er mit Noten herausgeben wolle. Auf diese Bitte erwiderte ich, dass ich kein Geld habe, und dieses Geständnis führte ihn zu der Frage, von welcher Art meine Erwartungen wären? Da er fand, dass meine Erwartungen nicht größer waren, als meine Börse, so rief er: Ich sehe wohl. Sie sind noch sehr unbekannt mit der Stadt. Ich will Ihnen in dieser Hinsicht einige Anweisungen geben. Sehen Sie diese Pränumerationslisten. Von diesen Pränumerationslisten habe ich zwölf Jahre sehr bequem gelebt. Sobald ein Edelmann von seinen Reisen zurückkehrt, ein Kreole von Jamaika ankommt, oder eine reiche Witwe von ihrem Landsitze, so werfe ich sogleich meine Subskriptionsangel aus. Zuerst belagere ich ihre Herzen mit Schmeichelei, und dann rücke ich mit meinen Pränumerationsgesuchen heraus. Wenn sie sogleich bereitwillig subskribieren, so bitte ich außerdem um ein Honorar für die Dedikation. Erhalte ich auch das, so täusche ich sie noch einmal durch die Vorspiegelung, dass ich ihr Wappen vor dem Werke in Kupfer stechen lassen will. So lebe ich von der Eitelkeit der Menschen, fuhr er fort, und lache sie obendrein noch aus. Doch unter uns gesagt, bin ich jetzt schon etwas zu wohl bekannt, und es sollte mir lieb sein, wenn Sie mir Ihr Gesicht ein wenig borgen wollten. Eben ist ein vornehmer Edelmann aus Italien zurückgekehrt; doch sein Portier kennt mein Gesicht. Wenn Sie aber dies Gedicht hintragen wollten, so setze ich mein Leben zum Pfande, dass wir unsern Zweck erreichen, und wir teilen dann die Beute!«

»O Himmel«, rief ich, »ist dies die Beschäftigung unserer heutigen Dichter? Können Männer von ausgezeichneten Talenten sich so bis zur Bettelei erniedrigen? Können sie ihren Beruf so herabsetzen, dass sie um ein Stück Brot ein so entehrendes Gewerbe treiben?«

»Nein, lieber Vater«, versetzte er, »ein wahrer Dichter kann niemals so niedrig handeln; denn wo Genie, da ist auch Stolz. Die Kreaturen, die ich beschreibe, betteln nur in Reimen. Wie der wahre Dichter um des Ruhmes willen jedem Drangsal Trotz bietet, so fürchtet er sich auch vor Verachtung, und nur die, welche des Schutzes unwürdig sind, erniedrigen sich so sehr, um ihn zu erbetteln.«

»Zu stolz, um mich zu solchen Niederträchtigkeiten herzugeben, und doch in zu beschränkter Lage, um einen zweiten Versuch zu wagen, um Ruhm zu erlangen, sah ich mich genötigt, einen Mittelweg einzuschlagen und ums Brot zu schreiben. Doch war ich zu einem Gewerbe nicht passend, wo der Fleiß allein einen günstigen Erfolg sichern kann. Ich konnte das heimliche Verlangen nach Beifall nicht unterdrücken, und verschwendete meistens meine Zeit, indem ich danach strebte, meinen Arbeiten Vollendung zu geben, die daher nur wenig Raum füllten, während ich mich weit vorteilhafter mit kleinen Schriften von einträglicher Mittelmäßigkeit hätte beschäftigen sollen. Meine kleinen Abhandlungen wurden daher unbeachtet und ungekannt von dem Strome der Zeitschriften mit fortgerissen. Das Publikum hatte mehr zu tun, als die Einfachheit und Gewandtheit meines Stils, oder den Wohlklang meiner Perioden zu beachten. Ein Blatt nach dem andern wurde der Vergessenheit übergeben. Meine Aufsätze verloren sich unter Abhandlungen über die Freiheit, unter morgenländischen Erzählungen und Schriften über die Heilmittel gegen die Hundswut. Philanthos, Philalethes, Phileleutheros und Philanthropos schrieben sämtlich besser, als ich, weil sie schneller schrieben.«

»Jetzt gesellte ich mich nur zu Schriftstellern, die wie ich bittere Erfahrungen gemacht hatten, und die einander lobten, beklagten und schmähten. Die Freude, die wir an den Werken jedes berühmten Schriftstellers fanden, stand in umgekehrtem Verhältnisse zu ihrem Verdienst. Ich bemerkte, dass mir die Talente anderer nicht gefallen wollten. Meine unglücklichen Paradoxen hatten jene Quelle des Trostes gänzlich ausgetrocknet. Ich vermochte weder mit Vergnügen zu lesen, noch zu schreiben, denn Vorzüge anderer waren mir zuwider, und das Schreiben war mein Handwerk.«

»Mit diesen finstern Betrachtungen beschäftigt, saß ich eines Tages auf einer Bank im St. James Park, als sich mir ein vornehmer junger Mann näherte, der auf der Universität mein vertrauter Bekannter gewesen. Wir begrüßten einander mit einiger Verlegenheit, da er sich der Bekanntschaft mit einem so ärmlich aussehenden Menschen fast schämte und ich mich fürchtete, von ihm zurückgewiesen zu werden.

Doch meine Besorgnis schwand bald, denn Eduard Thornhill war im Grunde ein gutmütiger Bursche.«

»Was sagst du, Georg?« fiel ich ein – »Thornhill! War das der Name? Gewiss kann es niemand anders sein, als mein Gutsherr.« – »Ei«, rief Mistress Arnold, »ist Herr Thornhill denn ein so naher Nachbar von Ihnen? Er ist seit langer Zeit Hausfreund bei uns, und wir erwarten nächstens einen Besuch von ihm.«

»Meines Freundes erste Sorge war«, fuhr mein Sohn fort, »mein Äußeres durch einen sehr schönen Anzug von seinen eigenen Kleidern zu verbessern, und dann wurde ich halb als Freund, halb als Untergebener mit zu Tische gezogen. Mein Geschäft bestand darin, ihn auf Auktionen zu begleiten, ihn in guter Laune zu erhalten, wenn er sich malen ließ, auf der linken Seite neben ihm im Wagen zu sitzen, wenn der Platz nicht durch einen andern besetzt war, und ihn bei einem lustigen Streiche behilflich zu sein, wenn ihn dazu die Lust anwandelte. Außerdem hatte ich wohl noch zwanzig andere kleine Geschäfte im Hause. Ich musste unaufgefordert manche kleine Dinge besorgen, den Korkzieher stets bei mir führen, bei allen Kindern des Kellermeisters Gevatter stehen, singen, wenn es mir geheißen wurde, durfte nie übler Laune sein, stets untertänig, und zufrieden, wenn es möglich war.«

»In diesem Ehrenposten blieb ich indessen nicht ohne Nebenbuhler. Ein Seekapitän, der zu dieser Stelle geschaffen zu sein schien, suchte mich bei meinem Patron zu verdrängen. Seine Mutter war bei einem vornehmen Herrn Wäscherin gewesen und dadurch hatte er frühzeitig am Kuppeln und an Stammbäumen Geschmack gefunden. Da dieser Herr es zur Hauptaufgabe seines Lebens machte, mit Lords bekannt zu sein, obgleich er von mehrern wegen seiner Dummheit war entlassen worden, so fand er doch viele, die ebenso einfältig waren, wie er selber, und die seine Zudringlichkeit gestatteten. Da Schmeicheln sein Handwerk war, so trieb er sie so leicht und gewandt als möglich; ich aber benahm mich linkisch und steif dabei, und da meines Patrons Neigung zur Schmeichelei täglich zunahm, ich aber stündlich seine Fehler mehr und mehr kennenlernte, so wurde ich immer abgeneigter, mich seinem Willen zu fügen.«

»Mehr als einmal war ich entschlossen, dem Capitain freiwillig das Feld zu räumen, als mein Freund Veranlassung fand, sich meines Beistandes zu bedienen. Dies war nichts Geringeres, als dass ich mich für ihn mit einem Herrn duellieren musste, dessen Schwester er angeblich beleidigt. Ich fügte mich diesem Gesuche bereitwillig, und obgleich ich einsehe, lieber Vater, dass du diese Handlung missbilligen wirst, so konnte ich sie doch als eine unerlässliche Pflicht, die ich seiner Freundschaft schuldig war, nicht verweigern. Ich übernahm die Sache, entwaffnete meinen Gegner und hatte bald danach das Vergnügen, zu finden, dass jene Dame eine liederliche Dirne war und der Bursche ein Kuppler und Gauner. Dieser Beweis der Freundschaft wurde mir durch die wärmsten Versicherungen der Dankbarkeit vergolten. Da aber mein Freund in wenigen Tagen London verlassen musste, so sah er kein anderes Mittel, mir zu dienen, als dass er mich an seinen Oheim, Sir William Thornhill, und an einen andern Edelmann von hohem Range empfahl, der eine Stelle bei der Regierung bekleidete. Als er abgereist war, bestand meine erste Sorge darin, seinen Empfehlungsbrief zu seinem Onkel zu bringen, einem Manne, der wegen seines trefflichen Charakters mit Recht allgemeine Achtung genoss. Ich wurde von seinem Bedienten sehr höflich empfangen, denn das Wohlwollen der Herrschaft pflegt immer auf die Dienerschaft überzugehen. Ich wurde in ein großes Zimmer geführt, wo Sir William bald zu mir kam, und ich ihm mein Gesuch vortrug und das Schreiben überreichte. Als er es gelesen und einige Minuten geschwiegen hatte, rief er: Nun, mein Herr, sagen Sie mir doch gefälligst, was Sie für meinen Neffen getan haben, um eine so warme Empfehlung zu verdienen? Doch ich glaube, ich errate Ihre Verdienste. Sie haben sich für ihn geschlagen und erwarten dafür eine Belohnung, dass Sie das Werkzeug seiner Laster gewesen. Ich wünsche von Herzen, dass meine jetzige Verweigerung eine kleine Strafe für Ihr Vergehen sein möge; doch noch mehr wünsche ich, dass Sie dadurch zur Reue möchten bewogen werden. – Ich ertrug diesen harten Verweis geduldig, da ich fühlte, dass ich ihn verdiente. Meine ganze Hoffnung beruhte nun auf dem Briefe an den hohen Staatsbeamten. Da die Türen des Adels stets von Bettlern belagert sind, die mit ihren Bittschriften einzudringen suchen, so war es keine leichte Sache, Zutritt zu erhalten. Nachdem ich aber die Dienerschaft mit der Hälfte meines zeitlichen Vermögens bestochen hatte, wurde ich endlich in ein geräumiges Zimmer geführt, nachdem mein Schreiben Seiner Herrlichkeit schon früher war überreicht worden. Während dieses ängstlichen Harrens hatte ich Zeit genug, mich umzusehen. Alles war großartig, prächtig und geschmackvoll eingerichtet. Die Gemälde, die Möbeln, die Vergoldungen flößten mir eine ehrfurchtsvolle Scheu ein und gaben mir einen hohen Begriff von dem Besitzer. Ach, dachte ich bei mir selber, wie groß muss der Besitzer all dieser Dinge sein, der die Staatsgeschäfte mit seiner Hand leitet, und dessen Haus die Hälfte der Schätze eines Königreichs zeigt, gewiss muss sein Geist unermesslich sein! Während dieser ehrfurchtsvollen Betrachtungen hörte ich einige feste Schritte. Ach, das wird der große Mann sein! Nein, es war nur das Kammermädchen. Bald darauf hörte ich nochmals Fußtritte – dies muss er sein! Nein, es war nur des großen Mannes Kammerdiener. Endlich erschienen Se. Herrlichkeit wirklich. Sind Sie, sagte er, der Überbringer dieses Briefes hier? Ich antwortete durch eine Verbeugung. Ich ersehe daraus, fuhr er fort, so viel, dass – Doch in demselben Augenblick überreichte ein Bedienter ihm eine Karte, und ohne weiter auf mich zu achten, ging er aus dem Zimmer und überließ es mir, mein Glück nach Muße zu verdauen. Ich sah ihn nicht wieder, bis ein Bedienter mir sagte, dass Se. Herrlichkeit auf dem Wege zu seiner Kutsche sei, die vor der Tür halte. Ich eilte sogleich hinunter und vereinigte meine Stimme mit noch drei oder vier andern, welche ebenfalls Bittschriften eingereicht hatten. Doch Se. Herrlichkeit ging uns zu rasch, und hatte eben mit großen Schritten den Kutschenschlag erreicht, als ich ihm zurief, ob ich nicht eine Antwort zu erwarten habe. Jetzt war er in den Wagen gestiegen und murmelte eine Antwort, wovon ich, nur die Hälfte hörte, und die andere Hälfte von dem Rollen der Wagenräder übertäubt wurde.«

»Ich stand eine Zeit lang mit ausgestrecktem Halse da, in einer Stellung, als wollte ich die glorreichen Töne erhaschen, bis ich mich umsah und mich vor Se. Herrlichkeit Tür allein fand.«

»Meine Geduld war jetzt fast erschöpft«, fuhr mein Sohn fort. »Von den tausend Unwürdigkeiten, die mir begegnet waren, tief verletzt, war ich im Begriff, mich zu vernichten, und es fehlte mir nur der Abgrund, in den ich mich hätte stürzen können. Ich betrachtete mich als eins von jenen niedrigen Dingen, welche die Natur dazu bestimmt hat, in die Rumpelkammer geworfen zu werden, um dort unbekannt und unbeachtet unterzugehen. Ich hatte indessen noch eine halbe Guinee übrig, und dieser sollte das Schicksal selber mich nicht berauben, dachte ich. Um aber dessen gewiss zu sein, entschloss ich mich, sie sogleich auszugeben, so lange ich sie noch hätte, und dann das Übrige dem Zufall zu überlassen. Als ich mit diesem Entschlusse weiter fortging, glänzte mir Herrn Crispes Büro sehr einladend entgegen. In diesem Büro bietet Herr Crispe allen Untertanen Sr. Majestät auf sehr gütige Weise dreißig

Pfund aufs Jahr an, für welches Versprechen man bloß seiner Freiheit auf Lebenszeit entsagt und gestattet, als Sklave nach Amerika transportiert zu werden. Ich war erfreut, einen Ort zu finden, wo sich meine Furcht in Verzweiflung verwandeln könne, und trat mit der Demut eines Pilgers in seine Zelle, denn so sah sein Geschäftslokal aus. Hier fand ich eine Menge armer Wesen, alle in derselben Lage wie ich, die auf Herrn Crispes Ankunft warteten und ein treues Bild von der englischen Ungeduld darstellten. Es waren störrische Gemüter, die, mit dem Schicksal zerfallen, seine Tücke an sich selber rächten. Endlich kam Herr Crispe herunter, und unser Murren legte sich. Er würdigte mich eines Blickes, worin besonderes Wohlwollen zu liegen schien, und in der Tat war er der erste Mann, der mich seit einem Monate freundlich angeredet hatte. Nach einigen Fragen fand er, dass ich zu allem in der Welt tauglich sei. Hierauf sann er eine Zeit lang über die besten Mittel zu meinem Fortkommen nach, und indem er sich vor die Stirn schlug, als habe erste gefunden, äußerte er, man spräche jetzt von einer Gesandtschaft der Synode von Pensylvanien an die Chickasag-Indianer, und er wolle seinen Einfluss benutzen, mir bei derselben die Stelle eines Sekretärs zu verschaffen. Ich war vollkommen überzeugt, dass der Kerl log, und doch machte mir sein Versprechen Freude, denn es klang so herrlich. Ehrlich teilte ich daher meine halbe Guinee mit ihm, deren eine Hälfte zu seinen dreißigtausend Pfund kam, und mit der andern Hälfte beschloss ich mich in die nächste Schenke zu begeben und dort froher zu sein, als er.«

»Als ich mich mit diesem Entschlusse entfernte, begegnete mir an der Tür ein Schiffskapitän, mit dem ich schon früher bekannt gewesen, und der es zufrieden war, mir bei einer Bowle Punsch Gesellschaft zu leisten. Da ich nie aus meiner Lage ein Geheimnis machte und sie auch ihm schilderte, versicherte er mir, dass ich am Rande des Verderbens stände, wenn ich auf die Versprechungen des Seelenverkäufers baute; denn er habe nur die Absicht, mich an einen Pflanzer zu verkaufen. Doch sollte ich denken, setzte er hinzu, Sie könnten sich durch eine weit kürzere Reise und auf anständige Weise Brot verschaffen. Folgen Sie meinem Rate; mein Schiff segelt morgen nach Amsterdam. Was meinen Sie dazu, wenn Sie als Passagier mitgingen? Von dem Augenblick an, wo Sie landen, haben Sie nichts weiter zu tun, als den Holländern Unterricht im Englischen zu geben, und ich stehe Ihnen dafür, Sie werden Schüler und Geld genug haben. Ich setze voraus, dass Sie

Englisch verstehen, setzte er hinzu, oder der Teufel müsste im Spiel sein! Ich bejahte es zuversichtlich, sprach aber mein Bedenken aus, ob die Holländer Lust haben würden. Englisch zu lernen. Er versicherte mir mit einem Schwure, dass sie in die Sprache ganz vernarrt wären, und auf diese Versicherung hin nahm ich seinen Vorschlag an und schiffte mich am folgenden Tage ein, um den Holländern in ihrem Vaterlande Englisch zu lehren. Der Wind war günstig und die Reise kurz. Als ich mit der Hälfte meiner beweglichen Güter meine Überfahrt bezahlt hatte, sah ich mich wie aus den Wolken gefallen als Fremdling in einer der Hauptstraßen von Amsterdam. In dieser Lage wollte ich keine Zeit verlieren, meinen Unterricht zu beginnen. Ich redete daher einige Vorübergehende an, deren Äußeres mir vielversprechend schien; doch es war unmöglich, uns einander verständlich zu machen. Erst in diesem Augenblick fiel es mir ein, dass ich, um den Holländern Englisch zu lehren, notwendig vorher von ihnen Holländisch lernen müsse. Wie ich eine so in die Augen fallende Schwierigkeit hatte übersehen können, ist mir unbegreiflich; doch ist es nicht minder wahr, dass ich sie wirklich übersah.«

»Dieser Plan war also vernichtet, und ich dachte schon daran, wieder nach England zurückzusegeln, als ich zufällig einen irländischen Studenten traf, der von Löwen zurückkehrte. Unser Gespräch lenkte sich bald auf Gegenstände der Literatur; denn beiläufig gesagt, vergaß ich immer meine dürftigen Umstände, wenn ich Gelegenheit hatte, über dergleichen Dinge zu reden. Von ihm erfuhr ich, dass auf jener Universität nicht zwei Männer zu finden wären, die Griechisch verständen. Hierüber erstaunt, beschloss ich, sogleich nach Löwen zu reisen, um dort vom Unterricht im Griechischen zu leben. In diesem Vorsatze bestärkte mich Bruder Studio und gab mir zu verstehen, ich könne dadurch mein Glück machen.«

»Am nächsten Morgen machte ich mich keck auf den Weg. Jeder Tag erleichterte die Last meiner Habe, wie es einst Aesop mit seinem Brotkorbe ging; denn ich bezahlte den Holländern damit mein Nachtlager auf der Reise. Als ich in Löwen ankam, wollte ich mich nicht erst vor den untergeordneten Professoren bücken, sondern bot dem Rektor selber meine Talente an. Ich ging zu ihm, ward vorgelassen und bot mich zum Lehrer der griechischen Sprache an, da es der Universität, wie man mir gesagt, an einem solchen fehle. Anfangs schien, der Rektor meine Kenntnisse zu bezweifeln; doch ich erbot mich, ihn davon zu überzeugen, indem ich eine Stelle aus einem griechischen Autor, den er bestimmen möge, ins Lateinische übersetzen wollte. Als er sah, dass es mir Ernst damit war, redete er mich folgendermaßen an: Sehen Sie, junger Mann, ich habe niemals Griechisch gelernt, und ich könnte nicht sagen, dass mir je etwas gefehlt hätte. Ich habe den Doktorhut erhalten, ohne Griechisch zu verstehen. Ich erhalte jährlich zehntausend Gulden, ohne Griechisch zu verstehen. Das Essen schmeckt mir sehr gut, ohne Griechisch zu verstehen; und kurz, setzte er hinzu, da ich nicht Griechisch verstehe, glaube ich auch nicht, dass es zu etwas nützlich ist.«

»Ich war jetzt zu weit von meiner Heimat entfernt, um an die Rückkehr zu denken, und beschloss daher weiter zu wandern. Da ich etwas Musik verstehe und eine erträgliche Stimme habe, so diente mir das, was ich ehemals nur zum Vergnügen angewendet, zu meinem Lebensunterhalt. Ich trieb mich unter den harmlosen Bauern in Flandern umher, so wie auch unter dem Teile der französischen Landleute, welche arm genug waren, um heiter zu sein; denn je ärmer sie waren, desto fröhlicher fand ich sie. Kam ich Abends in ein Bauerhaus, so spielte ich eins meiner lustigsten Lieder, und erhielt dafür nicht nur ein Nachtlager, sondern auch Unterhalt für den nächsten Tag. Einigemal wagte ich es auch, vor feinern Leuten zu spielen; doch sie fanden mein Spiel abscheulich und gaben mir auch nicht das Geringste. Dies war mir um so unbegreiflicher, da in besseren Tagen, wo ich die Musik nur aus Liebhaberei getrieben, mein Spiel alle und besonders die Damen entzückt hatte. Doch da es jetzt mein einziges Hilfsmittel war, so wurde ich mit Verachtung empfangen, – ein Beweis, wie gering die Welt Talente anschlägt, durch die der Mensch sein Brot erwirbt.«

»Auf diese Weise kam ich nach Paris, und zwar in keiner andern Absicht, als mich dort etwas umzusehen und dann weiter zu gehen. Den Parisern sind die Fremden lieber, welche Geld, als die, welche Witz haben, und da ich mich weder des einen noch des andern rühmen konnte, so war ich eben nicht ihr Günstling. Nachdem ich vier oder fünf Tage in der Stadt umhergegangen war und das Äußere der schönsten Häuser angesehen hatte, wollte ich diesen Sitz verkäuflicher Gastfreundschaft verlassen; doch als ich eben durch eine der Hauptstraßen ging, traf ich ganz unerwartet unfern Vetter, an den du mich zuerst empfohlen. Dieses Wiedersehen war mir sehr angenehm, und ihm nicht minder, wie ich glaube, Er fragte nach der Veranlassung meiner Reise nach Paris, und sagte mir, dass er selber dahin gekommen, um Gemälde, Medaillen, geschnittene Steine und Antiken aller Art für einen Herrn in London aufzukaufen, der eben zu dem Besitze eines großen Vermögens gelangt sei und zugleich auch Geschmack mit erhalten habe. Ich erstaunte, dass unserm Vetter dieses Geschäft übertragen worden, da er mir oft versichert, dass er nichts von dergleichen Dingen verstehe. Als ich fragte, wie er sobald ein Kunstkenner geworden, versicherte er mir, nichts in der Welt sei leichter. Das ganze Geheimnis bestehe darin, sich genau an zwei Regeln zu halten. Erstens müsse man stets die Bemerkung machen, dass das Gemälde besser sein würde, wenn der Maler mehr Mühe darauf verwendet hätte, und zweitens müsse man die Werke des Pietro Perugino loben. So wie ich Ihnen einst in London Anweisung gab, wie Sie ein Schriftsteller werden könnten, will ich Sie jetzt in Paris in der Kunst unterrichten, Gemälde einzukaufen.«

»Ich ging diesen Vorschlag sehr gern ein, da er mir meine Lebensbedürfnisse verschaffte, und darauf beschränkte sich jetzt mein ganzer Ehrgeiz. Ich folgte ihm daher in seine Wohnung, verbesserte meine Kleidung mit seiner Hilfe und begleitete ihn bald darauf zu den Gemäldeauktionen, wo man auf die Einkäufe reicher Engländer rechnete. Ich wunderte mich nicht wenig über seine Vertraulichkeit mit Personen vom ersten Range, die ihn bei jedem Gemälde, bei jeder Medaille um sein Urteil befragten und es als einen untrüglichen Maßstab des guten Geschmacks ansahen. Bei solchen Gelegenheiten wusste er auch meinen Beistand sehr gut zu benutzen. Befragte man ihn um seine Meinung, so zog er mich wichtig auf die Seite und befragte mich um meine Ansicht. Dann zuckte er die Achseln, machte ein sehr kluges Gesicht und kehrte mit der Versicherung zur Gesellschaft zurück, in einer so wichtigen Sache müsse er sein Urteil zurückhalten. Zuweilen fand sich indes Veranlassung zu einer zuversichtlichen Entscheidung. Einmal hatte er behauptet, das Kolorit eines Gemäldes sei nicht zart genug, und ergriff einen zufällig in der Nähe liegenden Pinsel mit braunem Firnis, überstrich damit in Gegenwart der ganzen Gesellschaft kaltblütig das Gemälde und fragte dann, ob die Tinten jetzt nicht verbessert wären.«

»Als er sein Geschäft in Paris beendet hatte, verließ er mich, nachdem er mich mehrern vornehmen Herren sehr angelegentlich als einen jungen Mann empfohlen hatte, der als Hofmeister auf Reisen vorzüglich brauchbar sei. Bald darauf erhielt ich eine solche Stelle bei einem Edelmann, der seinen Mündel nach Paris gebracht hatte, um von dort seine Reise durch Europa fortzusetzen. Ich sollte der Hofmeister des jungen Herrn sein, doch mit der Weisung, dass es ihm stets erlaubt sein müsse, sich selber zu leiten. Mein Zögling verstand in der Tat die Kunst, mit Geld umzugehen, besser, als ich. Er war der Erbe eines Vermögens von ungefähr zweihunderttausend Pfund, welches ihm ein Oheim in Westindien hinterlassen, und um ihn in der Anwendung des Geldes geschickt zu machen, hatten ihn seine Vormünder bei einem Advokaten in die Lehre gegeben. Auf diese Weise war der Geiz seine hauptsächlichste Leidenschaft geworden. Alle seine Fragen auf der Reise handelten nur davon, wie man Geld ersparen, wie man am wohlfeilsten reisen und ob man nicht etwas einkaufen könne, um es bei der Rückkehr nach London mit Vorteil zu verkaufen. Merkwürdigkeiten, die man auf der Reise umsonst sehen konnte, war er immer zu betrachten bereit; doch wo man etwas dafür bezahlen musste, sagte er stets, man habe ihn versichert, die Sache sei keineswegs sehenswert. Niemals bezahlte er eine Rechnung, ohne dabei zu bemerken, das Reisen sei doch ungemein kostspielig, und bei alledem war er noch nicht einundzwanzig Jahre alt. Als wir in Livorno angekommen waren und einen Spaziergang machten, um den Hafen und die Schiffe zu besehen, erkundigte er sich, was eine Seereise nach England koste. Da man ihm sagte, dies sei eine Kleinigkeit im Vergleich mit den Kosten einer Reise zu Lande, so konnte er dieser Versuchung nicht widerstehen. Er bezahlte mir daher den kleinen Teil meines noch rückständigen Gehaltes und schiffte sich mit einem einzigen Bedienten nach London ein.«

»Jetzt war ich wieder auf der weiten Welt allein; doch damals war ich schon daran gewöhnt. Freilich konnte mir mein musikalisches Talent in einem Lande wenig helfen, wo jeder Bauer ein besserer Musiker war, als ich. Doch hatte ich mir inzwischen eine andere Fertigkeit erworben, die ebenso gut meinem Zwecke entsprach, nämlich einige Gewandtheit im Disputieren. Auf allen auswärtigen Universitäten und in den Klöstern werden an gewissen Tagen philosophische Thesen gegen jeden auftretenden Opponenten verteidigt, und wer mit einiger Geschicklichkeit opponiert, hat Anspruch auf ein Geschenk an Geld, auf eine Mahlzeit und ein Nachtlager. So schlug ich mich bis nach England durch, wanderte von einer Stadt zur andern, beobachtete die Menschen mehr in der Nähe und sah gleichsam beide Seiten des Gemäldes. Die Resultate meiner Beobachtungen sind indes von keiner großen Bedeutung. Ich fand, die monarchische Regierungsform sei für die Armen, und die republikanische für die Reichen die beste. Ich bemerkte, dass in jedem Lande Reichtum die einzige Freiheit sei, und dass niemand die Freiheit so sehr liebe, um nicht zu wünschen, dass seine Mitbürger ihren Willen dem seinigen unterordnen möchten.«

»Als ich in England ankam, war es mein Vorsatz, dir, lieber Vater, zuerst meine kindliche Ehrfurcht zu bezeigen, und dann die erste Expedition, die ausgeschickt würde, als Freiwilliger mitzumachen. Auf der Rückreise änderte ich aber meinen Entschluss, als ich einen alten Bekannten traf, der zu einer Schauspielergesellschaft gehörte, die eben einen Sommerfeldzug durchs Land machen wollte. Die Gesellschaft schien nicht abgeneigt, mich als Mitglied anzunehmen; doch machten mich alle auf die Wichtigkeit meines Vorhabens aufmerksam. Das Publikum, sagten sie, sei ein vielköpfiges Ungeheuer, und nur gute Köpfe könnten demselben gefallen. Die Schauspielkunst sei nicht in einem Tage zu erlernen, und ohne gewisse durch Tradition überlieferte Kunstgriffe, die auf der Bühne, und zwar auf der Bühne allein, seit hundert Jahren üblich wären, dürfte ich mir nicht einbilden, zu gefallen. Die nächste Schwierigkeit war, welche Rollen man mir geben sollte, da schon alle Fächer besetzt waren. So wurde ich eine Zeit lang von einem Charakter zum andern getrieben, bis man mich endlich zu der Rolle des Horazio bestimmte, die ich, durch das Erscheinen der gegenwärtigen Gesellschaft unterbrochen, glücklicherweise zu spielen verhindert wurde.«

21. Kapitel

Die Freundschaft unter Lasterhaften ist von keiner Dauer, da sie sich nur auf gegenseitigen Vorteil gründet

Die Erzählung meines Sohnes war zu lang, als dass er sie auf einmal hätte beenden können. Den ersten Teil derselben begann er noch an jenem Abend, und am folgenden Nachmittage beschloss er sie soeben, als Herrn Thornhills Wagen vor die Tür rollte und dadurch das allgemeine Vergnügen gestört zu werden schien. Der Kellermeister, der nun mein Freund geworden war, flüsterte mir zu, der Gutsherr habe dem Fräulein Wilmot bereits mehrere Anträge gemacht, und ihr Oheim und ihre Tante schienen mit dieser Verbindung sehr zufrieden zu sein. Herr

Thornhill stutzte, als er bei seinem Eintreten mich und meinen Sohn erblickte; doch schrieb ich das der Verwunderung und nicht dem Missfallen zu. Als wir uns ihm näherten, um ihn zu begrüßen, erwiderte er unsere Grüße mit anscheinender Aufrichtigkeit, und bald schien seine Gegenwart die allgemeine Heiterkeit nur zu vermehren.

Nach dem Tee rief er mich beiseite, um sich nach meiner Tochter zu erkundigen. Als ich ihm aber sagte, dass meine Nachforschungen vergebens gewesen, schien er sehr erstaunt zu sein und setzte hinzu, er wäre seitdem häufig in meinem Hause gewesen, um die übrige Familie zu trösten, die er ganz wohl angetroffen. Dann fragte er, ob ich Fräulein Wilmot oder meinem Sohne das Missgeschick meiner Tochter mitgeteilt habe, und als ich ihm erwiderte, dass ich es noch nicht getan, billigte er meine Klugheit und Vorsicht sehr und bat mich, es auf alle Fälle geheim zu halten. »Denn im günstigsten Falle«, sagte er, »wird doch nur dadurch die eigene Schande aufgedeckt, und vielleicht ist Fräulein Olivia nicht einmal so schuldig, wie wir alle glauben.« Hier wurden wir durch einen Bedienten unterbrochen, der den Gutsherrn zum Contretanze rief. Er verließ mich, und ich freute mich wahrhaft über das Interesse, welches er an meinem Schicksal zu nehmen schien. Seine Bewerbung um Fräulein Wilmot war aber zu offenbar, als dass man sich darin hätte täuschen können. Doch schien sie nicht sehr darüber erfreut zu sein, und duldete jene Anträge mehr aus Achtung für den Wunsch ihrer Tante, als aus eigener Neigung. Ich hatte sogar die Freude, zu sehen, dass sie meinem unglücklichen Sohne einige freundliche Blicke zuwarf, die ihr Herr Thornhill weder durch seinen Reichtum, noch durch seine Beharrlichkeit abgewinnen konnte. Ich wunderte mich indes nicht wenig über seine scheinbare Ruhe. Auf Herrn Arnolds dringende Bitte hatten wir nun schon eine Woche hier zugebracht. Von Tage zu Tage wurde Fräulein Wilmot zärtlicher gegen meinen Sohn; doch schien Herrn Thornhills Freundschaft für ihn in gleichem Grade zuzunehmen.

Er hatte uns schon früher die gütigsten Versicherungen gegeben, seinen ganzen Einfluss für meine Familie anzuwenden, und jetzt beschränkte sich seine Großmut nicht auf bloße Versprechungen. An dem Morgen, den ich zu meiner Abreise bestimmt hatte, kam Herr Thornhill mit heiterer Miene zu mir, um mir zu sagen, welchen Dienst er seinem Freunde Georg geleistet habe. Dieser Dienst war nichts Geringeres, als dass er ihm bei einem von den Regimentern, die nach

Westindien gingen, eine Fähnrichsstelle für hundert Pfund verschafft hatte; denn sein Einfluss sei hinreichend gewesen, die übrigen zweihundert Pfund zu ersparen. »Für diesen kleinen Freundschaftsdienst«, fuhr der junge Herr fort, »verlange ich keine weitere Belohnung, als das Vergnügen, meinem Freunde genützt zu haben: und was die hundert Pfund betrifft, wenn Sie vielleicht nicht imstande sein sollten, sie jetzt zu zahlen, so will ich sie vorstrecken, und Sie können sie mir nach Ihrer Bequemlichkeit zurückzahlen.« – Diese Gefälligkeit war so groß, dass es uns an Worten fehlte, unsern Dank auszudrücken. Ich stellte ihm sogleich einen Schuldschein über das Geld aus und bezeigte ihm dabei so große Dankbarkeit, als wäre es nicht meine Absicht, das Geld je zurückzuzahlen.

Georg sollte am folgenden Morgen nach London reisen, um seine Stelle anzutreten, da sein großmütiger Gönner es für nötig hielt, die höchste Eile anzuwenden, damit nicht vielleicht ein anderer vorteilhaftere Bedingungen mache. Demnach war am nächsten Morgen unser junger Soldat zur Abreise bereit, und er schien von uns allen der Einzige zu sein, dem der Abschied nicht schmerzlich war. Weder die Mühseligkeiten und Gefahren, denen er entgegenging, noch seine Freunde und seine Geliebte, die er zurückließ (denn Fräulein Wilmot liebte ihn wirklich), vermochten seinen Mut zu beugen. Als er von der übrigen Gesellschaft Abschied genommen, gab ich ihm alles, was ich hatte – meinen Segen. »Und nun, mein Sohn«, rief ich, »gehst du, um für dein Vaterland zu kämpfen; erinnere dich, dass dein tapferer Großvater für seinen gesalbten König gefochten, als Untertanentreue unter den Britten noch eine Tugend war. Geh, mein Sohn, und ahme ihm nach bei allen Wechselfällen des Schicksals, wenn man es ein unglückliches Schicksal nennen kann, mit Lord Falkland zu sterben. Geh, mein Sohn, und wenn du in fernem Lande fällst, unbeerdigt und unbeweint von denen, die dich lieben, so sind die kostbarsten Tränen die, welche der Himmel auf das unbegrabene Haupt eines Kriegers herabtauen lässt.«

Am nächsten Morgen nahm ich von der guten Familie Abschied, die so freundlich gewesen war, mich so lange zu bewirten; auch dankte ich Herrn Thornhill nochmals für die mir jüngst erwiesene Güte. Ich ließ sie in dem Genusse zurück, den Reichtum und Bildung gewähren, und trat den Weg zu meiner Heimat an, indem ich die Hoffnung aufgab, meine Tochter wiederzufinden, und einen Seufzer zum Himmel emporsendete, dass er sie erhalten und ihr vergeben möge. Ich war jetzt nur noch zwanzig Meilen von meiner Heimat entfernt, denn ich hatte mir ein Pferd gemietet, weil ich mich noch sehr schwach fühlte. Mein Trost bestand in der Hoffnung, bald alles wiederzusehen, was mir das Teuerste auf Erden war. Als die Nacht anbrach, kehrte ich in einem kleinen Wirtshause an der Landstraße ein und bat den Wirt, mir bei einem Maße Wein Gesellschaft zu leisten. Wir saßen am Kaminfeuer in der Gaststube, da dieses das beste Zimmer im Hause war, und schwatzten über Politik und die Neuigkeiten in der Nachbarschaft. Unter andern Gegenständen kamen wir auch auf den jungen Gutsherrn Thornhill zu reden, der, wie der Wirt erzählte, ebenso verhaßt, wie sein Oheim Sir William beliebt sei, der ebenfalls zuweilen in die Gegend komme. Er erzählte mir ferner, dass es sein hauptsächliches Streben sei, die Töchter in den Familien zu verführen, wo er Zutritt habe. Nach einem Besitze von zwei oder drei Wochen stoße er sie unbelohnt und hilflos in die Welt hinaus. Während wir so redeten, kam seine Frau zurück, welche auswärts Münze eingewechselt hatte, und als sie bemerkte, dass ihr Mann ein Vergnügen genoss, welches sie nicht teilte, fragte sie ihn in ärgerlichem Tone, was er da zu tun habe? Darauf antwortete er ihr auf ironische Weise, indem er ihre Gesundheit trank. »Symonds«, sagte sie, »du behandelst mich sehr schlecht, und ich werde es nicht länger ertragen. Drei Viertel von der Arbeit muss ich tun, und das letzte Viertel bleibt ungetan, während du den ganzen Tag nichts weiter tust, als mit deinen Gästen zechst. Wenn ich mir auch durch einen Löffel voll Likör das Fieber vertreiben könnte, so koste ich doch keinen Tropfen.« Ich bemerkte jetzt, worauf sie hindeutete, und schenkte ihr sogleich ein Glas ein, welches sie mit einer Verbeugung nahm und auf meine Gesundheit leerte. »Mein Herr«, fuhr sie fort, »ich bin nicht gerade des Getränkes wegen ärgerlich; doch man kann es ja nicht ruhig mit ansehen, wenn alles drunter und drüber geht. Wenn Kunden oder Gäste gemahnt werden müssen, so fällt mir die ganze Last zu; er schluckte lieber sein Glas mit hinunter, als dass er selber hinter ihnen her wäre. Da haben wir z.B. eine Treppe hoch ein junges Frauenzimmer, das sich bei uns eingemietet, und ich glaube schwerlich, dass sie Geld hat, sonst würde sie nicht so höflich sein. Gewiss ist sie langsam im Bezahlen, und ich wünschte, dass man sie daran erinnerte.« – »Wozu sie daran erinnern?« erwiderte der Wirt; »wenn sie langsam im Bezahlen ist, so ist sie desto sicherer.« – »Das weiß ich nicht«, versetzte die Frau;

»so viel aber ist gewiss, dass sie an vierzehn Tage hier gewesen ist, ohne dass wir wissen, wie es mit ihrem Gelde steht.« – »Gewiss wird sie alles auf einem Brete bezahlen, meine Liebe«, erwiderte er. – »Auf einem Brete!« rief die andere. »Ich hoffe, wir erhalten es auf irgendeine Weise, und das soll noch diesen Abend geschehen, oder sie muss hinaus mit Sack und Pack.« – »Bedenke«, sagte der Wirt, »dass sie eine Person von Stande ist und mehr Achtung verdient.« – »Was das betrifft«, entgegnete die Wirtin, »von Stande oder nicht von Stande! Genug, sie soll sich in Henkers Namen packen. Vornehme Leute mögen ganz gut sein, wo sie hingehören; ich meines Teils habe aber im Gasthause zur Egge noch nicht viel Gutes dabei herauskommen sehen.« – Mit diesen Worten eilte sie eine schmale Treppe hinauf, die von dem Gastzimmer in ein Zimmer im obern Stock führte, und bald schloss ich aus dem Kreischen ihrer Stimme und ihren bittern Vorwürfen, dass die Fremde kein Geld habe. Ich konnte ihre Demonstrationen sehr deutlich hören. »Fort«, rief sie, »packe dich im Augenblick, infames Weibsbild, oder ich versetze dir eins, dass du die nächsten drei Monate dran denken sollst! Das Lumpengesindel kommt und will in einem honnetten Hause aufgenommen sein, ohne einen roten Heller zu haben! Packe dich fort, sage ich.« – »O liebe Madame«, rief die Fremde, »haben Sie doch Mitleid, Mitleid mit einem armen verlassenen Geschöpfe! Nur noch eine einzige Nacht. Bald wird sich der Tod meiner erbarmen!«

Ich erkannte sogleich die Stimme meines armen verlornen Kindes, meiner Olivia. Ich eilte ihr zu Hilfe, als das Weib sie bei den Haaren fortschleppte, und schloss das unglückliche Wesen in meine Arme. – »Willkommen, herzlich willkommen, mein teures verlornes Kind, mein Kleinod! Komm an die Brust deines armen alten Vaters. Wenn dich auch die Gottlosen verstoßen, so hast du doch noch einen in der Welt, der dich nie verlassen wird; und hättest du zehntausend Verbrechen zu verantworten, er vergibt dir alle.« – »O mein teuerster« – hier versagte ihr für den Augenblick die Stimme – »o mein teuerster Vater! Können Engel gütiger sein? Wie verdiene ich das alles? Der Schändliche! Ich hasse ihn und mich selbst, so viel Güte so schlecht zu belohnen! Du kannst mir nicht verzeihen – ich weiß. Du kannst es nicht.« – »Ja, mein Kind, von ganzem Herzen verzeihe ich dir. Bereue nur, und wir beiden werden noch glücklich sein. Wir werden noch manche frohe Tage erleben, meine Olivia.« – »Ach, nimmermehr, lieber Vater, nimmermehr! Der Rest meines unglücklichen Lebens kann nur Schande sein vor der Welt und Scham zu Hause. Aber ach, lieber Vater, du siehst viel bleicher aus, als sonst. Konnte ein Geschöpf wie ich dir so viel Kummer verursachen? Du besitzest zu viel Weisheit, um dir selber das Elend meiner Schuld aufzuladen.« – »Unsere Weisheit, junges Frauenzimmer«, erwiderte ich. – »Ach, warum einen so kalten Namen, mein Vater?« rief sie. »Dies ist das erste Mal, wo du mich mit einem so kalten Namen angeredet hast.« – »Verzeih, mein Liebling«, erwiderte ich, »ich wollte nur sagen, dass Weisheit sich nur langsam gegen den Kummer zu verteidigen vermag, obgleich endlich mit Sicherheit.«

Jetzt kam die Wirtin zurück und fragte, ob wir nicht ein besseres Zimmer zu haben wünschten. Ich bejahte es, und wir wurden in ein Zimmer geführt, wo wir ungestörter reden konnten. Als nach dem Austausch unserer Empfindungen endlich eine gewisse Ruhe eintrat, konnte ich den Wunsch nicht unterdrücken, zu erfahren, wie sie nach und nach in ihre jetzige unglückliche Lage gekommen sei. »Jener Schurke«, sagte sie, »machte mir seit dem ersten Tage unserer Bekanntschaft Vorschläge zu einer heimlichen Verheiratung.«

»Jawohl ist es ein Schurke«, rief ich; »und doch wundert es mich, wie ein Mann von Burchells gesundem Verstande und scheinbarem Ehrgefühle sich einer so überlegten Bosheit schuldig machen und sich in eine Familie einschleichen konnte, um sie zugrunde zu richten.«

»Lieber Vater«, erwiderte meine Tochter, »du bist in einem großen Irrtume. Herr Burchell hat nie den Versuch gemacht, mich zu täuschen; im Gegenteil ergriff er jede Gelegenheit, mich vor Thornhills Ränken zu warnen, der, wie ich jetzt finde, noch schlechter ist, als er ihn mir darstellte.« – »Thornhill?« fiel ich ein. »Ist es möglich?« – »Ja, lieber Vater«, entgegnete sie, »Thornhill war es, der mich verführte. Die beiden Damen, wie er sie nannte, und die nichts anderes waren, als ein Paar liederliche Dirnen aus London, ohne Bildung und Gefühl, hatte er angestiftet, um uns nach der Hauptstadt zu locken. Du wirst dich erinnern, dass ihnen ihre List gelungen sein würde, hätte nicht Herr Burchell jenen Brief geschrieben, dessen Vorwürfe ihnen galten, obgleich wir sie auf uns bezogen. Wie er so viel Einfluss haben konnte, um ihre Absicht zu vereiteln, ist mir noch immer unerklärlich; doch bin ich fest überzeugt, dass er stets unser wärmster und aufrichtigster Freund gewesen ist.«

»Du setzest mich in Erstaunen, liebes Kind«, rief ich; »doch jetzt sehe ich, dass mein früherer Verdacht in Bezug auf Thornhills Niederträchtigkeit nur zu wohl begründet war. Doch er kann ruhig triumphieren: er ist reich und wir sind arm. Aber sage mir, mein Kind, gewiss waren es nicht geringe Versuchungen, durch die es ihm gelang, alle Eindrücke einer solchen Erziehung und so tugendhafter Grundsätze wie die Deinigen so gänzlich zu verlöschen?« – »In der Tat, lieber Vater«, erwiderte sie, »verdankt er seinen Triumph bloß dem Wunsche, ihn und mich glücklich zu machen. Ich wusste, dass die von einem katholischen Priester heimlich vollzogene Trauung keinesweges gültig sei, und dass ich mich auf weiter nichts als auf seine Rechtlichkeit verlassen könne.« – »Wie«, unterbrach ich sie, »und du bist wirklich getraut, getraut durch einen ordinierten Priester?« – »Gewiss, lieber Vater«, versetzte sie, doch schwuren wir beide, seinen Namen zu verschweigen.« – »So komm noch einmal in meine Arme, mein Kind! Du bist mir jetzt noch tausendmal willkommener, als vorhin, denn du bist in jeder Rücksicht und Beziehung sein Weib. Alle menschlichen Gesetze, und wären sie auf diamantenen Tafeln geschrieben, können diese heilige Verbindung nicht lösen.«

»Ach, lieber Vater«, versetzte sie, »du bist nur wenig bekannt mit seiner Schändlichkeit. Derselbe Priester hat ihm schon sechs bis acht Frauen angetraut, die er ebenso wie mich getäuscht und verlassen hat.« – »Wirklich?« rief ich; »dann muss der Priester gehängt werden, und gleich morgen sollst du Klage gegen ihn erheben.« – »Aber, lieber Vater«, erwiderte sie, »würde das recht sein, da ich ihm durch einen Eid Verschwiegenheit gelobt habe?« – »Liebes Kind«, versetzte ich, »wenn du ihm wirklich ein solches Versprechen gegeben hast, so kann und will ich dich nicht bereden, es zu brechen. Auch wenn es dem Staate Nutzen brächte, darfst du nicht als Klägerin gegen ihn auftreten. Die menschlichen Einrichtungen gestatten zwar ein kleineres Übel, wenn ein größeres Heil daraus entspringt; wie man in der Politik eine Provinz aufopfert, um ein Königreich zu schützen, und in der Heilkunst ein Glied ablöst, um den ganzen Körper zu erhalten. In der Religion aber herrscht das unabänderliche Gesetz, niemals etwas Böses zu tun. Und dieses Gesetz, mein Kind, ist gerecht; denn wenn wir ein kleines Übel begingen, damit ein größeres Gut dadurch erlangt werde, so würden wir in Erwartung des damit verbundenen Vorteils doch immer eine gewisse Schuld auf uns laden. Und wäre auch der Vorteil gewiss, so könnten wir doch in der Zwischenzeit zwischen der Begehung und dem Vorteile abgerufen werden, um über unsere Handlungen Rechenschaft abzulegen, und dann wäre das Buch menschlicher Taten auf immer geschlossen. Doch ich unterbreche dich, liebes Kind; erzähle weiter.«

»Schon am nächsten Morgen«, fuhr sie fort, »sah ich ein, wie wenig ich von seiner Aufrichtigkeit zu erwarten habe. An jenem Morgen machte er mich mit zwei andern unglücklichen Frauenzimmern bekannt, die er wie mich getäuscht hatte, die aber zufrieden in Sünde und Schande fortlebten. Ich liebte ihn zu zärtlich, als dass ich solche Nebenbuhlerinnen um seine Gunst hätte dulden können, und bemühte mich, meine Schande in einem Taumel von Vergnügungen zu vergessen. In dieser Absicht tanzte ich, putzte mich und schwatzte; doch ich war und blieb unglücklich. Die Herren, die uns besuchten, sprachen beständig von der Macht meiner Reize, und dies trug nur dazu bei, meine Schwermut zu erhöhen, da ich die Macht jener Reize gänzlich von mir geworfen hatte. So wurde ich mit jedem Tage tiefsinniger und er dagegen immer frecher, bis das Ungeheuer endlich so weit ging, mich einem jungen Baronet von seiner Bekanntschaft anzubieten. Wie könnte ich dir, lieber Vater, meinen Schmerz schildern, den ich bei seiner Undankbarkeit empfand? Meine Antwort auf diesen Vorschlag grenzte an Wahnsinn. Ich wollte mich entfernen. Als ich fortging, bot er mir eine Börse an, doch ich warf sie ihm verächtlich zurück und entfernte mich von ihm in einem Ausbruche der Wut, die mich eine Zeit lang das Elend meiner Lage nicht fühlen ließ. Doch bald kam ich zur Besinnung und wurde gewahr, dass ich ein elendes, verworfenes und schuldbeflecktes Wesen sei, ohne einen Freund in der ganzen Welt, an den ich mich wenden konnte. In diesem Augenblicke fuhr gerade eine Postkutsche vorbei, ich nahm einen Platz darin, nur um mich so weit als möglich von dem Elenden zu entfernen, den ich verachtete und verabscheute. Hier stieg ich aus, wo seit meiner Ankunft mein Kummer und dieses Weibes Härte meine einzigen Gesellschafter gewesen sind. Die frohen Stunden, die ich mit meiner Mutter und Schwester verlebt, sind mir jetzt in der Erinnerung peinigend. Wenn ihr Kummer groß ist, so ist der meinige doch noch größer durch das Gefühl der Schuld und Schande.«

»Habe Geduld, mein Kind«, erwiderte ich, »und ich hoffe, alles wird noch gut werden. Ruhe diese Nacht ein wenig aus, und morgen führe ich dich zu deiner Mutter und zu deinen Geschwistern zurück, die dich gewiss freundlich empfangen werden. Die arme Mutter! Es ist ihr zu

Herzen gegangen; doch liebt sie dich noch immer, Olivia, und wird dir verzeihen.«

22. Kapitel

Wo noch Liebe vorhanden ist, werden Fehltritte leicht verziehen

Am nächsten Morgen nahm ich meine Tochter hinter mir aufs Pferd und setzte meine Rückreise fort. Unterwegs wendete ich alle meine Beredsamkeit an, ihren Kummer und ihre Furcht zu besänftigen und sie mit Entschlossenheit zu waffnen, ihrer gekränkten Mutter entgegenzutreten. Ich nahm jede Gelegenheit wahr, die mir der Anblick einer schönen Landschaft gewährte, durch die wir kamen, um die Bemerkung zu machen, wie viel gütiger der Himmel gegen uns sei, als wir gegeneinander, und dass die Natur uns nur äußerst wenig Leiden schaffe. Ich versicherte ihr, dass ich meine Gesinnung gegen sie nie ändern würde, und dass sie sich während meines Lebens, welches noch lange dauern könne, auf mich wie auf einen Lehrer und Beschützer verlassen solle. Ich suchte sie gegen den Tadel der Welt zu waffnen, und zeigte ihr, dass gute Bücher die angenehmsten und belehrendsten Freunde für den Unglücklichen wären, und wenn sie uns auch keinen Lebensgenuss verschaffen könnten, so lehrten sie uns doch wenigstens, es zu ertragen.

Das Mietpferd, welches wir ritten, musste ich an diesem Abend in einem Wirtshause an der Landstraße lassen, welches etwa eine Stunde von unserer Heimat entfernt war. Um meine Familie auf den Empfang meiner Tochter vorzubereiten, beschloss ich, sie die Nacht in dem Wirtshause zu lassen und am nächsten Morgen mit meiner Tochter Sophie zurückzukehren, um sie abzuholen. Es war Abend geworden, ehe wir unsere Station erreichten; doch als ich ihr ein anständiges Zimmer verschafft und der Wirtin aufgetragen hatte, für Erfrischungen zu sorgen, küsste ich sie und wanderte auf meine Heimat zu. Je näher ich meiner friedlichen Wohnung kam, bemächtigten sich immer freudigere Empfindungen meines Herzens. Wie ein Vogel, der aus seinem Neste aufgescheucht worden, eilte meine Zärtlichkeit den raschen Schritten noch voraus und umschwebte meinen kleinen Herd mit dem ganzen Entzücken freudiger Erwartung. Meine Gedanken waren mit den herzlichen Worten beschäftigt, die ich sagen wollte, und mit dem Vorgefühl des Willkommens, der meiner wartete. Ich fühlte schon die zärtliche Umarmung meiner Frau und lächelte über die Freude meiner Kleinen. Da ich nur langsam ging, so hatte mich die Nacht überrascht. Die Arbeiter hatten sich schon alle zur Ruhe begeben, in allen Hütten waren die Lichter erloschen, und kein Ton war zu hören, außer dem Krähen der Hähne und dem weitschallenden Bellen der Hofhunde. Ich näherte mich meinem kleinen Freudenaufenthalte, und etwa hundert Schritte davon entfernt kam mir unser treuer Haushund entgegengelaufen, um mich zu bewillkommnen.

Es war beinahe Mitternacht, als ich an meine Tür klopfte. Alles war still und friedlich. Mein Herz erweiterte sich von unaussprechlicher Glückseligkeit, als ich plötzlich zu meinem Entsetzen helle Flammen aus dem Hause aufsteigen und jede Öffnung mit glühendem Rot erfüllt sah. Ich stieß einen lauten krampfhaften Schrei aus und fiel bewusstlos zu Boden. Mein Sohn erwachte darüber, bemerkte die Flammen und weckte sogleich meine Frau und Töchter. Alle liefen halb nackend und von Schreck verwirrt aus dem Hause, und ihr Angstgeschrei brachte mich wieder zum Bewusstsein. Doch ich war zu neuem Schrecken erwacht, denn die Flammen hatten jetzt das Dach unserer Wohnung ergriffen und ein Teil nach dem andern fiel ein, während meine Familie starr in die Flammen blickte, als ob sie sich daran ergötze. Ich richtete meine Blicke bald auf sie, bald auf das Feuer, und sah mich besonders nach meinen Kleinen um; doch sie waren nirgends zu erblicken. »O Jammer! Wo«, rief ich, »wo sind meine Kleinen?« – »In den Flammen verbrannt«, sagte meine Frau ruhig, »und ich will mit ihnen sterben.« – In diesem Augenblick hörte ich das Geschrei der Kinder, die von dem Feuer erwacht waren. Nichts vermochte mich zurückzuhalten. »Wo, wo sind meine Kleinen?« rief ich, indem ich durch die Flammen stürzte und die Tür der Kammer erbrach, worin sie sich befanden. »Wo sind meine Kleinen?« – »Hier, lieber Vater, hier sind wir!« So riefen beide, als die Flammen schon das Bett ergriffen hatten, worin sie lagen. Ich nahm beide auf meine Arme und trug sie so schnell als möglich durchs Feuer. Kaum waren wir hindurch, als auch das Dach einstürzte. »Nun«, rief ich, meine Kinder emporhaltend, »nun mögen die Flammen wüten und meine ganze Habe verzehren. Meine Schätze habe ich gerettet – hier sind sie! Hier, liebe Frau, sind unsere Schätze, und wir werden noch glücklich sein!« Wir küssten unsere kleinen Lieblinge tausendmal.

Sie umschlangen uns und schienen unser Entzücken zu teilen, während ihre Mutter abwechselnd weinte und lachte.

Schon hatte ich eine Zeit lang ruhig den Flammen zugesehen, als ich erst bemerkte, dass mein Arm bis zur Schulter auf schreckliche Weise verbrannt war. Deshalb war ich nicht imstande, meinem Sohne im Geringsten beizustehen, der unsere Habseligkeiten zu retten und das Feuer von der mit Getreide angefüllten Scheune abzuhalten suchte. Jetzt waren auch unsere Nachbarn aus dem Schlafe aufgeschreckt worden, und eilten herbei, uns zu helfen; doch konnten sie nichts weiter tun, als wie wir der Zerstörung zusehen. Alles, was ich besaß, auch einige Banknoten, die ich zur Aussteuer meiner Töchter aufbewahrt hatte, wurde von den Flammen vernichtet, außer einem Kasten mit Papieren, der im Wohnzimmer gestanden, und einigen unbedeutenden Kleinigkeiten, die mein Sohn gleich anfangs in Sicherheit gebracht hatte. Die Nachbarn taten indes alles Mögliche, um uns unser Unglück zu erleichtern. Sie brachten uns Kleider und versahen eins von unsern Nebenhäusern mit Küchengerät, so dass wir mit Tagesanbruch in einer andern, obgleich ärmlichem Wohnung ein Obdach fanden. Mein ehrlicher Nachbar Flamborough und seine Kinder ließen es sich besonders angelegen sein, uns mit allem Nötigen zu versehen und uns, jeden Trost zu gewähren, den wahres Wohlwollen zu geben vermag.

Als meine Familie sich einigermaßen von ihrem Schreck erholt hatte, wurde die Neugierde rege, den Grund meiner langen Abwesenheit zu erfahren. Ich teilte Ihnen alle einzelnen Umstände mit und begann sie auf den Empfang unserer verlornen Tochter vorzubereiten. Freilich hatten wir ihr nichts weiter als Elend zu bieten; doch wollte ich ihr wenigstens eine freundliche Aufnahme verschaffen. Hätte uns nicht das eben erzählte schwere Unglück betroffen, so würde diese Aufgabe eine schwierigere gewesen sein, denn der Stolz meiner Frau war jetzt gebeugt, und sie in noch tiefern Gram versenkt. Da mich mein Arm sehr schmerzte, so war ich nicht imstande, selber mein armes Kind abzuholen, weshalb ich meinen Sohn und meine andere Tochter nach ihr ausschickte, die auch bald zurückkamen, mit der armen Schuldbeladenen in ihrer Mitte. Sie hatte nicht den Mut, ihre Mutter anzusehen, die ich vergebens zu einer völligen Versöhnung zu bewegen gesucht hatte; denn Frauen beurteilen weibliche Vergehungen weit strenger, als Männer. »Ach, mein Fräulein«, rief ihre Mutter, »dies ist ein sehr ärmlicher Ort, zu dem Sie kommen, da Sie an so großen Glanz gewöhnt sind. Meine Tochter Sophie und ich können solchen Personen, die mit vornehmen Leuten Umgang gehabt, nur eine ärmliche Aufnahme gewähren. Ja, Fräulein Olivia, Ihr armer Vater und ich haben seit Kurzem sehr viel gelitten; doch hoffe ich, wird der Himmel Ihnen vergeben.« – Während dieser Anrede stand das unglückliche Schlachtopfer blass und zitternd da, unfähig, zu weinen, oder irgendetwas zu erwidern. Ich vermochte nicht länger den stummen Zuschauer bei ihrem Schmerze zu spielen, und zeigte daher eine gewisse Strenge in Blick und Stimme, worauf gewöhnlich augenblickliche Unterwerfung folgte. »Ich bitte, Frau, ein für alle Mal meine Worte zu beachten!« rief ich. »Ich habe dir ein armes betrogenes und verirrtes Kind zurückgebracht. Ihre Rückkehr zur Pflicht fordert, dass auch wir unsere Zärtlichkeit erneuern. Schwere Drangsale des Lebens sind über uns hereingebrochen; doch wollen wir sie nicht durch häuslichen Zwist noch vermehren. Wenn wir in Eintracht miteinander leben, so können wir noch Zufriedenheit genießen, denn wir sind uns selbst genug und können der tadelsüchtigen Welt leicht entsagen und unfern Mut gegenseitig aufrecht erhalten. Die Güte des Himmels verheißt den Reuigen Vergebung, und darum wollen wir uns nach diesem Beispiele richten. Der Himmel, heißt es in der Schrift, erfreut sich mehr über einen reuigen Sünder, als über neunundneunzig Gerechte, die niemals von dem Wege der Tugend abgewichen sind. Und das ist recht; denn der bloße Entschluss, nicht wieder auf dem gefährlichen Pfade des Verderbens zu wandeln, ist an sich schon eine höhere Tugendübung, als hundert Handlungen der Gerechtigkeit.«

23. Kapitel

Nur der Lasterhafte ist lange und vollkommen elend

Es bedurfte einigen Fleißes, um unsere gegenwärtige Wohnung so bequem als möglich einzurichten; doch bald waren wir wieder imstande, uns der frühern Heiterkeit zu überlassen. Da ich nicht imstande war, meinem Sohne bei den gewöhnlichen Geschäften zu helfen, so las ich der Familie aus den wenigen Büchern vor, die wir gerettet hatten, und besonders aus solchen, die, indem sie die Phantasie ergötzten, zur Beruhigung der Herzens beitrugen. Auch kamen unsere guten Nachbarn jeden Tag zu uns, bezeigten uns ihre Teilnahme und bestimmten eine

Zeit, wo sie uns alle behilflich sein wollten, unsere frühere Wohnung wiederherzustellen. Der redliche Pächter Williams war nicht der Letzte unter diesen, und bot uns von ganzem Herzen seine Freundschaft an. Er würde auch jetzt noch seine Bewerbungen um meine Tochter erneuert haben, hätte sie ihn nicht auf eine solche Weise zurückgewiesen, dass er alle Hoffnung verlor. Ihr Gram schien dauernd zu sein, und sie war in unserm kleinen Kreise die Einzige, der nach Verlauf einer Woche nicht der ehemalige Frohsinn zurückgekehrt war. Sie hatte die sorglose Unschuld verloren, die ihr einst gelehrt, sich selbst zu achten und sich daran zu ergötzen. Andern Vergnügen zu gewähren. Kummer und Gram hatten sich ihres Gemütes bemächtigt und ihre wankende Gesundheit wirkte nachteilig auf ihre Schönheit, der sie durch Vernachlässigung noch mehr schadete. Jedes freundliche Wort, welches an ihre Schwester gerichtet wurde, verletzte sie tief und lockte Tränen in ihre Augen; und so wie ein Laster, wenn es auch ausgerottet ist, immer andere an seiner Stelle emporschießen lässt, so hatte ihr früheres Vergehen, obgleich durch Neue aufgehoben, Neid und Eifersucht zurückgelassen. Ich war auf tausendfache Weise bemüht, ihren Gram zu lindern, und indem ich darüber selbst meinen eigenen Schmerz vergaß, suchte ich so viele unterhaltende Erzählungen hervor, als mein gutes Gedächtnis und einige Belesenheit mir darboten. »Unser Glück, liebes Kind«, sagte ich oftmals, »steht in der Macht desjenigen, der es auf tausend unbekannten Wegen, die unserer Voraussehung spotten, herbeizuführen vermag. Wenn es eines Beispiels bedarf, um dich davon zu überzeugen, so will ich dir eine Erzählung mitteilen, die uns ein ernster, obgleich etwas romanhafter Geschichtschreiber berichtet.«

»Mathilde war sehr jung an einen neapolitanischen Edelmann ersten Ranges verheiratet und war im fünfzehnten Jahre bereits Witwe und Mutter. Als sie eines Tages ihren kleinen Sohn liebkoste und im offnen Fenster eines Gemaches stand, welches auf den Fluss Volturna hinausging, machte das Kind eine plötzliche Bewegung, sprang aus ihren Armen in die Flut hinab und verschwand in einem Augenblick. In der Übereilung des Augenblicks sprang die Mutter ihm nach und war bemüht, ihn zu retten; doch anstatt dem Kinde beistehen zu können, gelangte sie selber nur mit großer Schwierigkeit an das entgegengesetzte Ufer, wo gerade einige französische Soldaten das Land plünderten und sie sogleich gefangen nahmen.«

»Da der Krieg zwischen den Franzosen und Italienern damals mit der größten Unmenschlichkeit geführt wurde, so wäre sie gewiss mit der äußersten Grausamkeit behandelt worden, hätte sich nicht ein junger Offizier widersetzt, der sie hinter sich aufs Pferd nahm, rasch davon ritt und sie in seine Vaterstadt brachte. Ihre Schönheit fesselte zuerst sein Auge, bald darauf ihr Verdienst sein Herz. Sie verheirateten sich; er stieg zu den höchsten Ehrenposten; sie lebten lange miteinander und waren glücklich. Doch das Glück eines Soldaten kann niemals dauernd genannt werden. Nach mehreren Jahren wurden die Truppen, die er befehligte, zurückgetrieben und er genötigt, in der Stadt Schutz zu suchen, wo er mit seiner Frau gelebt hatte. Hier hatten sie eine Belagerung auszustehen und endlich wurde die Stadt eingenommen. Wenige historische Begebenheiten liefern so verschiedene Proben von Grausamkeit, als die Franzosen und Italiener zu der Zeit gegeneinander ausübten. Bei dieser Gelegenheit beschlossen die Sieger, alle französische Gefangene zu töten, besonders aber den Gemahl der unglücklichen Mathilde, weil er vorzüglich die Verzögerung der Belagerung veranlasst hatte. Im Allgemeinen wurden ihre Entschlüsse fast ebenso bald ausgeführt, als man sie gefasst hatte. Der gefangene Krieger wurde vorgeführt, und der Scharfrichter stand mit seinem Schwert bereit, während die Zuschauer in dumpfem Stillschweigen den Todesschlag erwarteten, welcher erst erfolgen sollte, wenn der General, der als Richter den Vorsitz führte, das Zeichen dazu gebe. In diesem Augenblick der Qual und Erwartung kam Mathilde, von ihrem Gatten und Befreier Abschied zu nehmen, indem sie ihre elende Lage und die Grausamkeit ihres Schicksals beklagte, welches sie von einem frühzeitigen Tode in dem Flusse Volturna errettet hatte, um noch größeres Elend zu erleben. Der General, welcher ein junger Mann war, erstaunte über ihre Schönheit und bemitleidete sie wegen ihres Kummers; doch wurde er noch mächtiger bewegt, als sie ihm von ihren frühern Gefahren erzählte. Er war ihr Sohn, das Kind, um deswillen sie sich so großer Gefahr ausgesetzt. Er erkannte sie sogleich für seine Mutter und fiel ihr zu Füßen. Das Übrige ist leicht zu erraten, der Gefangene wurde in Freiheit gesetzt, und alles Glück, welches Liebe, Freundschaft und Pflicht gewähren können, fand sich jetzt vereinigt.«

»Auf diese Weise war ich bemüht, meine Tochter zu unterhalten; doch hörte sie mir nur mit geteilter Aufmerksamkeit zu; denn ihr eigenes Missgeschick hatte alles Mitleid aufgezehrt, welches sie sonst für andere empfunden hatte, und nichts konnte ihr Ruhe verschaffen. In Gesellschaft fürchtete sie Verachtung und in der Einsamkeit fand sie nichts als Qual. Von dieser Art war ihr Gemütszustand, als wir die gewisse Nachricht erhielten, Herr Thornhill sei im Begriff, sich mit Fräulein Wilmot zu verheiraten, und obgleich er jede Gelegenheit benutzt hatte, gegen mich seine Verachtung sowohl in Betreff ihrer Person als auch ihres Vermögens auszusprechen, so hegte ich doch den Argwohn, dass er sie wirklich liebe. Diese Nachricht diente nur dazu, die Betrübnis der armen Olivia zu vermehren; ein so schändlicher Treubruch war mehr, als ihr Mut ertragen konnte. Ich entschloss mich indes, mir genauere Nachrichten zu verschaffen und wo möglich die Ausführung seiner Absicht zu hintertreiben, indem ich meinen Sohn an den alten Herrn Wilmot abschickte, um sich von der Wahrheit des Gerüchtes zu überzeugen und Fräulein Wilmot einen Brief zu überbringen, der sie von Herrn Thornhills Betragen in meiner Familie benachrichtigte. Mein Sohn ging und kehrte in drei Tagen mit der Gewissheit zurück, dass die Nachricht wahr sei. Doch war es ihm unmöglich gewesen, den Brief abzugeben, und er hatte ihn zurücklassen müssen, da Herr Thornhill und Fräulein Wilmot eben Besuche in der Gegend gemacht. Wie er sagte, sollten sie in wenigen Tagen verheiratet werden, denn am Sonntag vorher, als er da gewesen, wären sie mit großem Glanze in der Kirche erschienen, die Braut von sechs jungen Damen begleitet und er von ebenso viel Herren. Ihre bevorstehende Verheiratung erfüllte die ganze Gegend mit Freude und sie ritten gewöhnlich in so großem Gefolge aus, wie man es seit vielen Jahren in der Gegend nicht gesehen. Alle Verwandte beider Familien, sagte er, wären da, besonders der Onkel des Gutsherrn, Sir William Thornhill, von dem man so viel Vortreffliches sagte. Er setzte hinzu, man rede von nichts weiter, als von Lustbarkeiten und festlichem Gelagen, die ganze Gegend rühme die Schönheit der jungen Braut und die hübsche Gestalt des Bräutigams, und man sage, dass sie außerordentlich zärtlich gegeneinander wären. Er schloss mit der Bemerkung, dass er nicht umhinkönne, Herrn Thornhill für einen der glücklichsten Menschen auf Erden zu halten.«

»Er mag es sein, wenn er kann«, versetzte ich, »aber, mein Sohn, betrachte dieses Strohlager, dieses verfallene Dach, diese modernden Wände, diesen feuchten Fußboden, meinen durchs Feuer verletzten elenden Körper und meine Kinder, die um mich her nach Brot schreien – alles dies siehst du wieder, mein Sohn, aber hier, hier siehst du einen

Mann, der nicht mit ihm tauschen würde, und könnte er tausend Welten dadurch gewinnen. O meine Kinder, könntet Ihr nur lernen, mit Eurem eignen Herzen umzugehen, und erfahren, welche edle Gesellschaft Ihr daran habt, so würdet Ihr die Pracht und den Glanz der Unwürdigen wenig achten. Fast alle Menschen nennen das Leben eine Wanderschaft, und sich selber die Wanderer. Das Gleichnis kann nur verbessert werden, wenn wir bemerken, dass die Guten freudig und heiter sind, gleich Wanderern, die ihrer Heimat zueilen; dass aber die Gottlosen nur selten glücklich sind, gleich Reisenden, die in die Verbannung gehen.«

Mein Mitleid mit meiner armen Tochter, die durch, dieses neue Missgeschick überwältigt wurde, hielt meine weitern Bemerkungen zurück. Ich bat ihre Mutter, ihr beizustehen, und nach kurzer Zeit kam sie wieder zu sich. Von der Zeit an erschien sie ruhiger, und ich bildete mir ein, dass sie sich eine neue Entschlossenheit angeeignet habe; doch der Schein täuschte mich, denn ihre Ruhe war die Ermattung des überspannten Gefühles. Eine Sendung Lebensmittel von meinen teilnehmenden Pfarrkindern schien neue Freudigkeit in meiner übrigen Familie zu verbreiten, auch war es mir lieb, sie wieder einmal heiter und beruhigt zu sehen. Es wäre Unrecht gewesen, ihre Freude zu stören, um bloß mit der entschlossenen Schwermut zu klagen, oder sie mit einer Traurigkeit belasten zu wollen, die sie nicht fühlten. So wurde die Unterhaltung wieder belebt, der Gesang wieder gehört und Munterkeit herrschte wieder in unserer kleinen Wohnung.

24. Kapitel

Neues Missgeschick

Am nächsten Morgen ging die Sonne für die Jahreszeit mit besonderer Wärme auf, so dass wir überein kamen, auf der mit Geisblatt überwachsenen Rasenbank zu frühstücken. Als wir dort saßen, vereinte meine jüngste Tochter auf meine Bitte ihre Stimme mit dem Konzert in den Bäumen um uns her. An dieser Stelle hatte meine arme Olivia ihren Verführer zuerst gesehen, und jeder Gegenstand diente dazu, ihre Traurigkeit zurückzurufen. Die Schwermut aber, die durch fröhliche Gegenstände erregt oder durch harmonische Töne eingeflößt wird, besänftigt das Herz, anstatt es zu verletzen. Auch ihre Mutter fühlte bei dieser Gelegenheit eine angenehme Schwermut, weinte und liebte ihre Tochter wie früher. »Tu' es, meine gute Olivia«, rief sie; »singe uns die kleine schwermütige Arie, die dein Vater so gern hört. Deine Schwester Sophie hat uns bereits etwas vorgetragen. Tu' es, mein Kind, es wird deinem alten Vater angenehm sein.« – Sie willigte auf so leidende Weise ein, dass ich dadurch bewegt wurde.

Wenn sich ein holdes Kind zur Torheit wendet
Und findet allzu spät, dass Männer trügen,
Gibt's keinen Zauber, der die Schmerzen endet.
Und keine Kunst, sich selber zu belügen?

Das einz'ge Mittel, ihre Schuld zu decken,
Reinheit sich vor den Menschen zu erwerben,
Und Reu in dem Verführer zu erwecken,
Sein Herz tief zu verwunden, ist – zu sterben.

Als sie die letzte Stanze schloss, welche dadurch einen besondern Ausdruck erhielt, dass wegen ihres Schmerzes ihre Stimmte unterbrochen wurde, beunruhigte uns alle das Erscheinen der Equipage des Herrn Thornhill in einiger Entfernung. Besonders aufgeregt wurde meine älteste Tochter, die ihren Verführer zu vermeiden wünschte und mit ihrer Schwester ins Haus zurückkehrte. In wenigen Minuten war er aus dem Wagen gestiegen, kam zu der Stelle, wo ich noch saß, und fragte mit seiner gewöhnlichen Vertraulichkeit nach meinem Befinden. »Mein Herr«, versetzte ich, »Ihre gegenwärtige Zuversichtlichkeit dient nur dazu, die Niederträchtigkeit Ihres Charakters in ein helleres Licht zu stellen. Es gab eine Zeit, wo ich Ihre Frechheit, sich so mir zu zeigen, nachdrücklich würde gerügt haben. Doch jetzt sind Sie sicher, denn das Alter hat meine Leidenschaften abgekühlt, und mein Beruf legt mir Zwang auf.«

»Wahrhaftig, lieber Herr«, versetzte er, »ich bin über alles dieses sehr erstaunt, und verstehe nicht, was es bedeuten soll. Hoffentlich werden Sie doch nicht glauben, dass die kleine Reise, die ich kürzlich mit Ihrer Tochter angestellt, etwas Verbrecherisches an sich hat?«

»Geh«, rief ich, »du bist ein Elender, ein armer jämmerlicher Wicht, und ein Lügner in jeder Bedeutung des Wortes; doch deine Niederträchtigkeit sichert dich vor meinem Zorn! Ja, Herr, ich stamme aus einer Familie, die dies nicht würde erduldet haben! Um eine augenblickliche Leidenschaft zu befriedigen, hast du, niederträchtige Kreatur, ein armes Wesen auf Lebenszeit unglücklich gemacht und einer Familie ein Brandmal aufgedrückt, deren ganze Besitztum – Ehre war.«

»Wenn Ihre Tochter oder Sie entschlossen sind, unglücklich zu sein, so kann ich nicht helfen«, erwiderte er« – »Doch Sie können noch glücklich sein, und welche Meinung Sie auch von mir hegen mögen, so sollen Sie mich doch stets bereit finden, dazu beizutragen. Wir können sie in kurzer Zeit an einen andern verheiraten; und was noch mehr ist, sie kann ihren Geliebten beibehalten; denn ich versichere, ich werde nie aufhören, wahre Achtung vor ihr zu haben.«

Alle meine Leidenschaften werden bei diesem neuen entehrenden Vorschlage aufgeregt; denn wenn der Geist auch oft bei großen Beleidigungen ruhig bleiben kann, so macht doch kleinliche Niederträchtigkeit jederzeit einen tiefen Eindruck und regt zur Wut auf. – »Geh aus meinen Augen, du jämmerlicher Wurm«, rief ich, »verletze mich nicht mehr durch deine Gegenwart! Wäre mein, wackerer Sohn zu Hause, der würde dies nicht, zugeben; doch ich bin alt, nicht imstande, meine Glieder zu gebrauchen, und in jeder Hinsicht elend.«

»Ich sehe. Sie wollen mich nötigen, in härterem Tone mit Ihnen zu reden, als es meine Absicht war«, rief er. »Doch da ich Ihnen gezeigt habe, was Sie von meiner Freundschaft zu hoffen haben, so mag es nicht unpassend sein. Sie aufmerksam zu machen, welches die Folge meiner Rache sein dürfte. Mein Sachwalt, dem ich Ihre Schuldverschreibung übergeben habe, droht mit strengen Maßregeln, und ich weiß nicht, wie ich den Gang der Gerechtigkeit verhindern soll, wenn ich nicht das Geld selber bezahle, was nicht so ganz leicht geschehen kann, da ich wegen meiner beabsichtigten Verheiratung seit Kurzem beträchtliche Ausgaben gehabt habe. Überdies droht mein Haushofmeister mit Auspfändung wegen des schuldigen Pachtzinses, und er muss wissen, was er zu tun hat, denn ich kümmere mich um dergleichen Angelegenheiten nicht. Bei alle dem wünschte ich Ihnen zu dienen, und würde es auch gern sehen, wenn Sie und Ihre Tochter bei meiner Hochzeit mit Fräulein Wilmot zugegen wären. Dies ist auch die Bitte meiner reizenden Arabella selber, der Sie es hoffentlich nicht abschlagen werden.«

»Herr Thornhill«, versetzte ich, »hören Sie mich ein für alle Mal. In Ihre Verheiratung mit irgendeiner andern, außer meiner Tochter, werde ich nimmer einwilligen, und könnte Ihre Freundschaft mich auf einen Thron erheben, oder Ihre Rache mich ins Grab senken, so verachte ich doch beide. Du hast mich einmal auf schändliche und unersetzliche Weise betrogen. Ich verließ mich auf dein Ehrgefühl und habe deine Niederträchtigkeit erkannt. Erwarte daher keine Freundschaft mehr von mir. Geh also und besitze, was das Glück dir gegeben hat – Schönheit, Reichtum, Gesundheit und Freude. Geh und überlass mich dem Mangel, der Schande, der Unruhe und der Sorge. So sehr ich auch gedemütigt bin, wird mein Herz doch stets seine Würde behaupten; und wenn ich dir auch verzeihe, so werde ich dich doch stets verachten.«

»In diesem Falle«, erwiderte er, »können Sie sich darauf verlassen, dass Sie die Folgen dieser Unverschämtheit empfinden werden, und bald wird es sich zeigen, wer der passendste Gegenstand zur Verachtung ist. Sie oder ich.« – Mit diesen Worten entfernte er sich rasch.

Meine Frau und mein Sohn, die bei dieser Unterredung zugegen waren, schienen von Furcht ergriffen. Als meine Töchter bemerkten, dass er fort war, kamen sie heraus, um den Erfolg zu hören, und dann wurden sie ebenso unruhig, wie die Übrigen. Ich meines Teils trotzte seiner äußersten Bosheit. Er hatte bereits den Schlag ausgeführt, und ich stand gerüstet da, jedem neuen Ausfalle zu begegnen, gleich einem Instrumente, welches bei der Kriegskunst angewendet wird, und wenn es auch abgeschossen ist, doch noch eine Spitze hat, um dem Feinde zu trotzen.

Wir fanden indes bald, dass er nicht vergebens gedroht hatte, denn schon am nächsten Morgen kam sein Haushofmeister, um das jährliche Pachtgeld zu fordern, welches ich infolge der eben erzählten Ereignisse nicht zu bezahlen imstande war. Die Folge meiner Zahlungsunfähigkeit war, dass mein Vieh an dem Abend weggetrieben und am nächsten Tage taxiert und unter der Hälfte des Wertes verkauft wurde. Meine Frau und meine Kinder baten mich jetzt, lieber alle Bedingungen einzugehen, als mich dem gewissen Untergange auszusetzen. Sie baten mich sogar, noch einmal seinen Besuch zu gestatten, und wendeten all ihre Beredsamkeit an, mir das Ungemach zu schildern, welches ich würde zu erdulden haben: die Schrecken eines Gefängnisses in der jetzigen rauen Jahreszeit, nebst der Gefahr, die meiner Gesundheit drohte, wegen der beim Feuer erlittenen Beschädigung. Doch ich blieb unbeugsam.

»Warum, meine Lieblinge«, rief ich, »warum wollt Ihr mich zu dem zu überreden suchen, was nicht recht ist? Meine Pflicht hat mich gelehrt, ihm zu vergeben; doch mein Gewissen erlaubt mir nicht, seine Handlungsweise zu billigen. Sollte ich vor der Welt dem Beifall geben, was mein Herz innerlich verdammt? Sollte ich mich zur Ruhe geben und dem schändlichen Verführer schmeicheln, und um das Gefängnis zu vermeiden, die noch ärgeren Qualen meines Gewissens erdulden? Nein, nimmermehr. Sollte man uns auch aus dieser Wohnung führen, so lasst uns doch am Rechten festhalten; denn wohin wir auch, mögen gebracht werden, so können wir uns dann doch immer in ein liebliches Gemach zurückziehen, wenn wir unerschrocken und freudig in unsere eigenen Herzen blicken können.«

Auf diese Weise brachten wir den Abend zu. Da in der Nacht viel Schnee gefallen war, beschäftigte sich mein Sohn früh am Morgen damit, ihn hinwegzuräumen und einen Gang vor der Tür zu öffnen. Er war noch nicht lange auf diese Weise beschäftigt gewesen, als er ganz blass hereinstürzte und uns sagte, dass zwei Fremde, von denen er wisse, dass es Gerichtsdiener wären, auf das Haus zukämen.

Als er noch redete, kamen sie herein, näherten sich dem Bette, worin ich lag, sagten mir, wer sie wären, nahmen mich gefangen und befahlen mir, ihnen in das Gefängnis der Grafschaft zu folgen, welches elf Meilen entfernt war.

»Meine Freunde«, sagte ich, »Ihr kommt bei schlechtem Wetter, um mich ins Gefängnis zubringen, und es trifft sich besonders unglücklich, da mein Arm vor Kurzem beim Feuer schrecklich verbrannt ist. Ich liege gerade im Fieber, und es fehlt mir an Kleidern, um mich gehörig gegen die Kälte schützen zu können. Auch bin ich jetzt zu schwach und zu alt, um in so tiefem Schnee weit gehen zu können; doch wenn es sein muss –«

Dann wendete ich mich zu meiner Frau und meinen Kindern und befahl ihnen, die wenigen Sachen, die uns noch übrig geblieben wären, zusammenzubringen und sich sogleich bereit zu machen, diesen Ort zu verlassen. Meinen Sohn bat ich, seiner ältesten Schwester beizustehen, die in dem Bewusstsein, dass sie die Veranlassung all dieses Ungemaches sei, in Ohnmacht gefallen war und das Bewusstsein ihres Leidens verloren hatte. Ich suchte meine Frau zu beruhigen, die blass und zitternd unsere beiden erschreckten Kleinen in die Arme drückte, und die sich fest an sie anschmiegten und sich fürchteten, die Fremden anzusehen. Inzwischen traf meine jüngste Tochter Vorbereitungen zu meiner Abreise, und da ihr wiederholt gesagt wurde, dass sie eilig zu Werke gehen möge, so waren wir etwa in einer Stunde zu gehen bereit.

25. Kapitel

Bei jeder Lage, so elend sie auch erscheint, ist doch immer einiger Trost

Wir entfernten uns aus unserer friedlichen Gegend und gingen langsam weiter. Da meine älteste Tochter wegen eines schleichenden Fiebers, welches seit einigen Tagen angefangen hatte, ihre Gesundheit zu untergraben, nicht zu gehen imstande war, so nahm einer von den Gerichtsdienern sie hinter sich aufs Pferd; denn selbst diese Männer können sich nicht ganz von der Menschlichkeit lossagen. Mein Sohn führte einen von den Kleinen an der Hand, und meine Frau den andern, während ich mich auf den Arm meiner jüngsten Tochter stützte, die nicht ihres eignen Leidens wegen, sondern wegen des meinigen Tränen vergoss.

Wir waren etwa zwei Meilen von meiner Wohnung entfernt, als wir einen Volkshaufen mit lautem Geschrei und Rufen hinter uns herlaufen sahen, der etwa aus fünfzig meiner ärmsten Beichtkinder bestand. Mit furchtbaren Drohungen fielen sie über die beiden Gerichtsdiener her und schwuren, sie wollten es nimmermehr zugeben, dass ihr Pfarrer ins Gefängnis geführt werde, so lange sie noch einen Tropfen Bluts in ihren Adern hätten, den sie zu seiner Verteidigung vergießen könnten. Eben waren sie im Begriff, an den Gerichtsdienern Gewalt auszuüben, und die Folgen hätten gefährlich sein können, hätte ich mich nicht sogleich widersetzt und die Gerichtsdiener aus den Händen der wütenden Menge befreit. Meine Kinder, die meine Befreiung jetzt als zuverlässig ansahen, waren sehr erfreut und konnten ihr Entzücken nicht bergen. Bald aber wurden sie enttäuscht, als sie hörten, wie ich die armen Leute anredete, welche gekommen waren, um mir, wie sie glaubten, einen Dienst zu erweisen.

»Wie, meine Freunde, ist dies die Art, wie Ihr mich liebt? Ist dies die Art und Weise, wie Ihr den Lehren folgt, die ich Euch von der Kanzel erteilt habe? So der Gerechtigkeit entgegenzutreten und Euch selber und mich ins Verderben zu ziehen? Wer ist Euer Anstifter? Zeigt mir den Mann, der Euch auf diese Weise verleitet hat. Bei seinem Leben, er soll meine Rache fühlen. Ach, meine arme irregeleitete Herde, kehrt zu der Pflicht, die Ihr Gott, Eurem Vaterlande und mir schuldig seid. Vielleicht sehe ich Euch einst in größerem Glück hier wieder, und kann dann dazu beitragen. Euer Leben glücklicher zu machen. Lasst mir aber wenigstens den Trost, dass keiner von Euch fehlen wird, wenn ich meine Hürde für die Ewigkeit schließe.«

Jetzt schienen alle ihr übereiltes Vorhaben zu bereuen, zerflossen in Tränen und kamen einer nach dem andern, mir Lebewohl zu sagen. Ich drückte allen herzlich die Hand, erteilte ihnen meinen Segen und ging ohne fernere Unterbrechung weiter. Einige Stunden vor Anbruch der Nacht erreichten wir das Städtchen oder vielmehr das Dorf, welches das Ziel unserer Reise war. Jetzt bestand es nur aus wenigen ärmlichen Häusern, hatte sein früheres wohnliches Ansehen verloren und besaß außer dem Gefängnisse kein Zeichen früherer Bedeutung.

Als wir ankamen, gingen wir in das Wirtshaus, wo wir so gut als möglich bedient wurden, und wo ich mit meiner Familie mit meiner gewöhnlichen Heiterkeit zu Abend speiste. Als alle für die Nacht bequem untergebracht waren, folgte ich den Gerichtsdienern in das Gefängnis, welches anfangs zu kriegerischen Zwecken war erbaut worden. Es befand sich darin ein großes Zimmer, mit starken Gittern versehen, mit Steinen gepflastert, worin sich sowohl Verbrecher als auch Schuldner zu bestimmten Stunden aufhalten durften. Außerdem hatte jeder Gefangene eine besondere Zelle, wo er während der Nacht eingeschlossen wurde.

Ich erwartete bei meinem Eintritt nichts als Klagen und verschiedene Ausbrüche des Elends zu finden; doch war es hier ganz anders. Die Gefangenen waren alle mit einem gemeinschaftlichen Zwecke beschäftigt, nämlich ihre Gedanken bei fröhlicher Unterhaltung und Geschrei zu vergessen. Es wurde mir das in solchen Fällen übliche Eintrittsgeschenk abgefordert, und ich erfüllte ihre Bitte, obgleich meine geringe Kasse fast gänzlich erschöpft war. Für das Geld wurde sogleich Branntwein geholt, und der ganze Kerker ertönte bald von wildem Lärm, Gelächter und gottlosen Reden.

»Wie«, sagte ich zu mir selber, »können so gottlose Menschen vergnügt sein, und ich sollte meiner Schwermut nachhängen? Ich dulde nur dieselbe Gefangenschaft mit ihnen, und habe doch wohl mehr Grund, glücklich zu sein.«

Durch diese Betrachtungen suchte ich mich zu erheitern; doch wahre Heiterkeit lässt sich durch keine Anstrengung hervorbringen, die an sich schon peinlich ist. Als ich nun in einem Winkel des Kerkers in Gedanken verloren da saß, näherte sich mir einer meiner Mitgefangenen, setzte sich zu mir und fing ein Gespräch an. Von jeher war es meine Lebensregel, nie einem Menschen auszuweichen, der sich mit mir unterhalten wollte; denn ist der Mensch gut, so kann ich aus seinem Gespräche etwas lernen, und ist er schlecht, so kann ihm das meinige vielleicht nützen. Hier fand ich indes einen erfahrenen Mann von großem natürlichen Verstande, der, wie man zu sagen pflegt, in der Welt sehr bewandert war, oder, genauer ausgedrückt, die Schattenseite der menschlichen Natur gut kannte. Er fragte mich, ob ich daran gedacht, mich mit einem Bett zu versehen – ein Umstand, der mir noch nicht eingefallen war.

»Das ist schlimm!« sagte er. »Hier bekommen Sie nichts als Stroh, und Ihr Zimmer ist sehr groß und kalt. Doch da Sie mir ein Mann von Stande zu sein scheinen, wie ich auch selber in frühern Zeiten gewesen, so steht Ihnen ein Teil meiner Bettdecken herzlich gern zu Diensten.«

Ich dankte ihm und sprach mein Erstaunen aus, so viel Menschlichkeit in einem Gefängnisse zu finden. Um ihm zu erkennen zu geben, dass ich ein Gelehrter sei, setzte ich hinzu, der Weise des Altertums scheine den Wert der Teilnahme im Unglück zu erkennen, wenn er sage: τον χοσμον αιρε, ει δωσ τον εταιρον (nimm mir die ganze Welt, wenn du mir nur den Freund lässest); »und in der Tat«, setzte ich hinzu, »was ist die Welt, wenn sie uns nichts weiter als Einsamkeit darbietet?«

»Ja, die Welt, mein Herr«, entgegnete mein Mitgefangener, »die Welt liegt in der Kindheit, und doch hat die Kosmogonie, oder die Schöpfung der Welt, die Philosophen aller Jahrhunderte in Verwirrung gesetzt. Welches Gemisch von Meinungen haben sie nicht zu Tage gebracht über die Schöpfung der Welt? Sanchuniathon, Manetho, Berosus und Ocellus Lucanus, alle haben sich vergeblich bemüht. Der Letztere hat folgende Worte: αναρχον αρα χαι ατελευτητον τοπανdas heißt –« –

»Ich bitte um Verzeihung, mein Herr«, rief ich, »dass ich Sie bei der Darlegung so großer Gelehrsamkeit unterbreche; doch glaube ich alles dies schon früher gehört zu haben. Hatte ich nicht das Vergnügen, Sie einmal auf dem Jahrmarkte zu Welbridge zu sehen? Und ist Ihr Name nicht Ephraim Jenkinson?« – Bei dieser Frage seufzte er nur. – »Gewiss«, setzte ich hinzu, »werden Sie sich eines gewissen Doktor Primrose erinnern, dem Sie ein Pferd abkauften.«

Jetzt erkannte er mich plötzlich, denn vorhin hatte er bei der Dunkelheit meine Gesichtszüge nicht unterscheiden können. »Ja, mein Herr«, erwiderte Herr Jenkinson, »ich erinnere mich Ihrer sehr wohl. Ich kaufte Ihnen ein Pferd ab, vergaß es aber zu bezahlen. Ihr Nachbar Flamborough ist der Einzige, vor dem ich mich bei den nächsten Assisen fürchte, denn er hat die ausdrückliche Absicht, zu beschwören, dass ich falsche Wechsel gemacht habe. Es tut mir herzlich leid, mein Herr, dass ich Sie oder irgend sonst jemanden betrogen habe; denn sehen Sie«, fuhr er fort, indem er auf seine Fesseln zeigte, »was meine losen Streiche mir eingebracht haben.«

»Nun, mein Herr«, versetzte ich, »da Sie so gütig sind, mir Ihre Hilfe anzubieten, ohne darauf rechnen zu können, dass ich sie Ihnen wiedervergelte, so will ich mir Mühe geben, Herrn Flamboroughs Anklage zu mildern oder ganz zu unterdrücken. Ich will deshalb bei erster Gelegenheit meinen Sohn zu ihm schicken, und zweifle nicht im Geringsten an der Erfüllung meiner Bitte, und was mein eignes Zeugnis betrifft, so brauchen Sie sich deshalb keine Sorge zu machen.«

»O mein Herr«, rief er, »das will ich Ihnen nach besten Kräften vergelten. Sie sollen diese Nacht mehr als die Hälfte meiner Bettdecken haben, und ich will Ihnen als Freund zur Seite stehen in diesem Gefängnisse, wo ich einigen Einfluss zu haben glaube.«

Ich dankte ihm und konnte nicht umhin, meine Verwunderung auszusprechen über sein gegenwärtiges jugendliches Ansehen; denn als ich ihn früher gesehen hatte, schien er wenigstens sechszig Jahr alt zu sein. »Mein Herr«, antwortete er, »Sie sind wenig bekannt mit der Welt. Zu der Zeit trug ich falsches Haar, und verstehe die Kunst, jedes Alter nachzuahmen von siebzehn bis zu siebzig Jahren. Ach, mein Herr, hätte ich nur die halbe Mühe auf die Erlernung eines Handwerks gewendet, die ich mir gegeben, um ein Schurke zu werden, so hätte ich jetzt ein reicher Mann sein können. Doch so sehr ich auch ein Schelm bin, so kann ich mich doch als Ihr Freund zeigen, und vielleicht in einem Augenblick, wo Sie es am wenigsten erwarten.«

Jetzt wurden wir in unserer Unterhaltung durch die Ankunft der Gefangenwärter unterbrochen. Sie riefen die Gefangenen namentlich auf und schlossen sie dann für die Nacht in ihre Zellen ein. Auch kam ein Bursche mit einem Strohbündel, welches mir als Bett dienen sollte. Er führte mich durch einen dunklen Gang in ein Gemach, welches wie der Versammlungssaal mit Steinen gepflastert war. In einer Ecke breitete er das Stroh aus und legte die Bettdecken darauf, die mein Mitgefangener mir gegeben; darauf wünschte er mir ziemlich höflich gute Nacht und verließ mich. Nachdem ich meine gewöhnlichen Abendbetrachtungen angestellt und meinem himmlischen Vater für seine Züchtigungen gedankt hatte, legte ich mich nieder und schlief die ganze Nacht über sehr ruhig.

26. Kapitel

Eine Sittenverbesserung im Gefängnis. Sollten die Gesetze vollkommen sein, so müssten sie ebenso gut belohnen, als bestrafen

Früh am nächsten Morgen wurde ich von meiner Familie geweckt, die ich in Tränen neben meinem Lager erblickte. Das düstere Ansehen der ganzen Umgebung schien sie erschreckt zu haben. Ich tadelte auf milde Weise ihre Bekümmernis, versicherte ihnen, dass ich nie ruhiger geschlafen, und fragte dann nach meiner ältesten Tochter, die sie nicht bei sich hatten. Sie sagten mir, die Unruhe und Anstrengung von gestern habe ihr Fieber vermehrt, so dass sie es für nötig gehalten, sie zurückzulassen. Meine nächste Sorge bestand darin, meinen Sohn auszuschicken, um ein oder zwei Zimmer für meine Familie zu mieten, so nahe bei dem Gefängnis und so bequem er sie nur finden könne. Er ging, konnte aber nur ein einziges Zimmer finden, welches wir um einen geringen Mietzins für seine Mutter und Schwestern erhielten, denn der Kerkermeister hatte eingewilligt, dass er und seine beiden kleinen Brüder bei mir im Gefängnis sein durften. Es wurde daher ein Bett in einem Winkel des Zimmers für sie eingerichtet, welches mir erträglich gut zu sein schien. Vorher wollte ich aber wissen, ob meine kleinen

Knaben auch an einem Orte schlafen wollten, der sie beim ersten Eintritt erschreckt hatte.

»Nun, meine guten Knaben«, rief ich, »wie gefällt Euch Euer Bett? Ich hoffe. Ihr fürchtet Euch nicht, in diesem Zimmer zu schlafen, so finster es auch aussieht?«

»Nein, lieber Vater«, sagte Richard, »ich fürchte mich nicht, an irgendeinem Orte zu schlafen, wo du bist.«

»Und mir«, sagte Wilhelm, der doch erst vier Jahr alt war, »mir gefällt jeder Ort am besten, wo mein lieber Vater ist.«

Hierauf bestimmte ich, was jedes Mitglied meiner Familie zu tun habe. Meine Tochter sollte besonders um ihre kranke Schwester beschäftigt sein. Meine Frau sollte bei mir bleiben, und meine kleinen Knaben mir etwas vorlesen. »Und was dich betrifft, mein Sohn«, fuhr ich fort, »müssen wir alle von deiner Hände Arbeit unsern Unterhalt erwarten. Dein Lohn als Arbeiter wird vollkommen hinreichend sein, uns bei gehöriger Einteilung zu ernähren. Du bist jetzt sechzehn Jahr alt und besitzest Kräfte, die dir zu sehr nützlichen Zwecken gegeben wurden; denn du musst dadurch deine hilflosen Eltern und Geschwister vor dem Hungertode schützen. So sieh dich denn heute Abend nach Arbeit um, und bringe jeden Abend das Geld nach Hause, welches du zu unserm Unterhalte verdienst.«

Nachdem ich ihm diese Anweisung gegeben und alles Nötige angeordnet hatte, ging ich in das allgemeine Gefängnis hinunter, wo frischere Luft und mehr Raum war. Doch war ich nicht lange da gewesen, als die Verwünschungen, die rohen und unzüchtigen Äußerungen, die ich von allen Seiten vernahm, mich wieder in meine Zelle zurücktrieben. Hier saß ich eine Zeit lang in Betrachtungen versunken über die seltsame Verblendung dieser Elenden, welche sehen, wie die ganze Menschheit ihnen den Krieg erklärt, und dennoch alles aufbieten, sich auch für das künftige Leben einen furchtbaren Feind zu verschaffen.

Ihre Gefühllosigkeit erregte mein äußerstes Bedauern, und eine Zeit lang vergaß ich darüber mein eigenes Missgeschick. Es erschien mir sogar als eine unerlässliche Pflicht, einen Versuch zumachen, ob ich sie nicht bekehren könne. Ich beschloss daher, nochmals zurückzukehren und ihnen trotz ihrer Verspottung meinen Rat zu geben, indem ich hoffte, durch Beharrlichkeit den Sieg davon tragen zu können. Als ich wieder zu ihnen ging, teilte ich Herrn Jenkinson meinen Plan mit. Er lachte freilich herzlich darüber, machte aber die Übrigen damit bekannt.

Der Vorschlag wurde mit der besten Laune aufgenommen, weil er einen neuen Stoff zur Unterhaltung für Menschen verhieß, die jetzt keine andere Belustigung kannten, als Spötterei und unanständige Äußerungen.

Ich las ihnen daher mit lauter Stimme einen Teil der Liturgie vor, fand aber, dass meine Zuhörer sich nur darüber lustig machten. Freches Geflüster, nachgeahmte Seufzer der Zerknirschung, Gesichtsverzerrungen und Husten erregten abwechselnd Gelächter. Mit angemessener Feierlichkeit fuhr ich aber fort, zu lesen, in der Überzeugung, dass ich dadurch vielleicht einige bessern, doch in keinem Falle von einem könne geschmäht werden.

Nach dem Lesen ging ich zu einer Ermahnung über, die mehr darauf berechnet war, ihre Aufmerksamkeit zu erregen, als ihnen Vorwürfe zu machen. Ich bemerkte vorläufig, dass mich kein anderer Beweggrund dazu bestimmen könne, als die Sorge für ihr Wohl; dass ich ihr Mitgefangener sei, und keinen Lohn für meine Predigten erhalte. Es tue mir leid, sagte ich, so ruchlose Reden von ihnen zu hören, weil sie dadurch nichts gewinnen, wohl aber viel verlieren könnten. »Seid versichert«, sagte ich, »meine Freunde – denn das seid Ihr, wenn auch die Welt Eure Freundschaft verwirft – seid versichert, wenn Ihr auch tausend Flüche in einem Tage ausstoßt, so bringen sie doch keinen Pfennig in Euren Beutel. Was hilft es, jeden Augenblick den Teufel anzurufen und Euch um seine Freundschaft zu bewerben, wenn Ihr findet, wie schändlich er Euch behandelt? Er hat Euch nichts gegeben, wie Ihr seht, als einen Mund voll Flüche und einen leeren Magen, und nach allem, was ich von ihm weiß, habt Ihr auch künftig nichts Gutes von ihm zu erwarten. Werden wir von einem Menschen schlecht behandelt, so gehen wir natürlich zu einem andern. Wäre es nun nicht der Mühe wert, zu versuchen, wie es Euch bei einem andern Herrn gefällt, der Euch wenigstens schöne Verheißungen gibt, um Euch zu ihm zu wenden? Gewiss, meine Freunde, von allen Torheiten in der Welt muss dies die größte sein, wenn einer ein Haus beraubt hat und dann bei denen Schutz sucht, die die Diebe einfangen. Handelt Ihr aber klüger? Ihr sucht alle Schutz bei dem, der Euch schon verraten hat, und wendet Euch an ein viel boshafteres Wesen, als alle Diebsjäger zusammengenommen. Denn diese locken Euch nur und hängen Euch dann; er aber lockt und hängt Euch nicht nur, sondern was das Schlimmste ist, er hält Euch noch fest mit seinen Krallen, wenn auch der Henker schon sein Werk getan.«

Als ich geendet hatte, empfing ich die Lobsprüche meiner Zuhörer. Einige von ihnen kamen auf mich zu, schüttelten mir die Hand und schwuren, ich sei ein wackerer Kerl, und sie wünschten meine nähere Bekanntschaft. Ich versprach daher, meine Vorlesung am nächsten Tage zu wiederholen, und ich hoffte wirklich, eine Sittenverbesserung einzuführen, denn es war stets meine Meinung gewesen, dass niemand über die Stunde der Besserung hinaus sei, und dass jedes Herz den Pfeilen des Tadels zugänglich sei, wenn der Schütze nur gehörig zu zielen verstehe. Als ich so mein Gemüt beruhigt hatte, ging ich in mein Zimmer zurück, wo meine Frau ein mäßiges Mahl bereitete, während Jenkinson bat, sein Mittagsessen mit dem unsern vereinigen zu dürfen, um, wie er sich verbindlich genug ausdrückte, das Vergnügen meiner Unterhaltung zu haben. Er hatte meine Familie noch nicht gesehen, denn sie war durch den früher erwähnten Gang in meine Zelle gekommen und hatte so den Versammlungssaal nicht betreten. Jenkinson schien daher bei der ersten Zusammenkunft von der Schönheit meiner jüngsten Tochter nicht wenig überrascht, denn ein schwermütiger Zug hatte dieselbe noch erhöht. Doch auch meine Kleinen ließ er nicht unbeachtet.

»Ach, Doktor«, rief er, »diese Kinder sind zu schön und zu gut für einen solchen Ort, wie dieser.«

»Nun ja, Herr Jenkinson«, versetzte ich, »meine Kinder sind Gott sei Dank von Herzen gut genug, und wenn das der Fall ist, so hat das Übrige nicht viel zu bedeuten.«

»Ich denke, mein Herr«, erwiderte mein Mitgefangener, »es muss ein großer Trost für Sie sein, diese kleine Familie um sich zu haben.«

»Allerdings, Herr Jenkinson«, erwiderte ich, »ist es ein Trost, den ich um alles in der Welt willen nicht verlieren möchte; denn sie Nachen mir meinen Kerker Zum Palast. Es gibt nur Eins auf der Welt, was mein Glück zerstören könnte, nämlich wenn ihnen ein Leid zugefügt würde.«

»Dann muss ich fürchten, mein Herr«, erwiderte er, »dass ich mich in gewisser Hinsicht gegen Sie vergangen habe; denn ich glaube« – Bei diesen Worten sah er meinen Sohn Moses an – »hier setze ich jemanden, den ich gekränkt habe, und von dem ich Verzeihung zu erhalten wünsche.«

Mein Sohn erkannte sogleich die Stimme und das Gesicht des Mannes wieder, obgleich er ihn damals in einer Verkleidung gesehen. Er ergriff seine Hand und erklärte lächelnd, dass ihm verziehen sei. »Bei alle dem muss ich mich aber wundern«, setzte er hinzu, »was Sie in meinem Gesichte sehen mochten, um zu glauben, dass ich so leicht anzuführen sei.«

»Mein lieber Herr«, erwiderte der andere, »es war nicht Ihr Gesicht, sondern die weißen Strümpfe und das schwarze Band in Ihrem Haar, was mich anlockte. Doch ohne Geringschätzung Ihres Verstandes sei es gesagt, ich habe in meinem Leben schon klügere Leute angeführt; und doch bei all meinen schlauen Ränken haben die Dummköpfe endlich die Oberhand über mich gewonnen.«

»Ohne Zweifel«, rief mein Sohn, »muss eine Lebensgeschichte wie die Ihrige außerordentlich belehrend und unterhaltend sein.«

»Keins von beiden«, erwiderte Jenkinson« – »Erzählungen, welche nur die Ränke und Laster der Menschen schildern, rauben uns unsere Ruhe, indem sie uns mit beständigem Misstrauen erfüllen. Der Wanderer, der jeder Person misstraut, die ihm begegnet, und sich bei der Erscheinung jedes Mannes umwendet, der das Ansehen eines Räubers hat, erreicht selten zur rechten Zeit das Ziel seiner Reise. Ich weiß aus eigener Erfahrung, dass der Klügste oft der Einfältigste unter der Sonne ist. Schon in meiner Kindheit hielt man mich für schlau. Als ich kaum sieben Jahr alt war, pflegten die Damen zu sagen, ich sei schon ein ganz artiger kleiner Mann. Mit dem vierzehnten Jahre kannte ich die Welt, setzte den Hut auf ein Ohr und hatte Liebschaften mit den Damen. Obgleich ich im zwanzigsten Jahre noch vollkommen ehrlich war, so hielt man mich doch für so schlau, dass mir niemand trauen wollte. So war ich endlich zu meiner Rechtfertigung genötigt, ein Gauner zu werden, und seitdem zerbrach ich mir fortwährend den Kopf mit Plänen zu Betrügereien, und mein Herz klopfte vor Furcht, entdeckt zu werden. Oft habe ich über die Einfalt Ihres ehrlichen Nachbars Flamborough gelacht, und meistens betrog ich ihn einmal im Jahre. Doch der ehrliche Mann ging arglos seinen Weg und ward reich, während ich meine Ränke und Kniffe fortsetzte und dabei arm blieb, ohne den Trost zu haben, rechtschaffen zu sein. Sagen Sie mir aber doch«, fuhr er fort, »was Sie hierher geführt hat Wenn ich auch mich selbst nicht aus dem Kerker befreien kann, so kann ich doch vielleicht meinen Freunden dazu verhelfen.«

Um seine Neugierde zu befriedigen, erzählte ich ihm die ganze Reihe von Unfällen und Torheiten, die mich in mein jetziges Unglück gestürzt hatten, und schilderte ihm zugleich meine gänzliche Unfähigkeit, mich wieder in Freiheit zu setzen. Als er meine Geschichte gehört hatte, schwieg er einige Augenblicke, schlug sich dann vor die Stirn, als sei ihm etwas Wichtiges eingefallen, und nahm mit der Versicherung Abschied, dass er sehen wolle, was dabei zu tun sei.

27. Kapitel

Fortsetzung

Am nächsten Morgen teilte ich meiner Frau und meinen Kindern den Plan mit, welchen ich zur Besserung der Gefangenen entworfen hatte. Alle missbilligten ihn, und behaupteten, er sei unausführbar und unpassend. Meine Bemühungen, setzten sie hinzu, würden zur Besserung dieser Leute nichts beitragen, doch könnte ich dadurch meinen Stand herabwürdigen.

»Erlaubt mir«, entgegnete ich, »wenn diese Leute auch gefallen find, so find sie doch immer Menschen, und das gibt ihnen ein großes Recht auf meine Zuneigung. Ein guter Rat, der verworfen wird, kehrt zu dem Herzen dessen zurück, der ihn gegeben, und bereichert dasselbe. Wenn auch die ihnen mitgeteilten Lehren sie nicht bessern, so bessern sie doch gewiss mich selbst. Waren diese Elenden Fürsten, so würden sich Tausende anbieten, sie zu unterrichten. Mir aber ist das Herz, welches in einem Kerker begraben ist, ebenso teuer, wie das, welches auf einem Throne schlägt. Ja, meine Lieben, wenn ich sie bessern kann, so will ich es tun. Vielleicht werde ich nicht von allen verachtet. Vielleicht kann ich wenigstens einen vom Abgrunde retten, und das wäre schon ein großer Gewinn. Gibt es denn auf Erden ein Kleinod, welches kostbarer wäre, als eine menschliche Seele?«

Mit diesen Worten verließ ich sie und ging in den Versammlungssaal hinab, wo ich die Gefangenen in Erwartung meiner Ankunft sehr lustig fand. Jeder hatte eine Posse in Bereitschaft, die er dem Doktor spielen wollte. Eben wollte ich anfangen, da drehte mir einer wie aus Versehen die Perücke herum und bat dann um Verzeihung. Ein Zweiter, welcher etwas entfernt stand, besaß eine große Fertigkeit, durch die Zähne zu spritzen, und benetzte mein Buch mit seinem Speichel. Ein Dritter rief in so affektiertem Tone »Amen«, dass es den Übrigen zu großer Belustigung diente. Ein Vierter stahl mir heimlich die Brille aus der Tasche. Doch einer von ihnen spielte mir einen Streich, der seine Kameraden mehr belustigte, als alle andern. Er hatte sich gemerkt, in welcher Ordnung ich meine Bücher vor mir auf den Tisch gelegt. Sehr geschickt brachte er eins auf die Seite und legte ein Buch, worin unzüchtige Scherze standen, an die Stelle desselben. Ich achtete indes nicht im Geringsten auf das, was diese boshafte Gruppe kleinlicher Wesen tun konnte, sondern fuhr in der vollkommenen Überzeugung fort, dass das, was sie an meinen Bemühungen lächerlich fanden, sie wohl einigemal belustigen könne, dass aber das Ernste derselben einen bleibenden Eindruck auf sie machen werde. Meine Absicht gelang mir, denn in weniger als sechs Tagen empfanden einige Reue und alle waren aufmerksam.

Jetzt freute ich mich über die Ausdauer und Geschicklichkeit, womit ich jene Elenden, in denen jedes sittliche Gefühl erstorben zu sein schien, zur Besinnung gebracht hatte, und begann darauf zu denken, ihnen auch zeitliche Dienste zu leisten, indem ich ihre Lage weniger drückend zu machen suchte. Bis dahin war ihre Zeit zwischen Hunger und Völlerei, zwischen ausgelassenem Toben und bitterm Kummer geteilt gewesen. Ihre ganze Beschäftigung war, miteinander zu zanken, Karten zu spielen und Tabaksstopfer zu schnitzen. Die letztere Art ihres geschäftigen Müßigganges gab mir Veranlassung, diejenigen, welche Lust hatten, zu arbeiten, mit Verfertigung von Pflöcken für Tabaksfabrikanten und Schuhmacher zu beschäftigen, nachdem das dazu nötige Holz durch gemeinschaftliche Subskription war angeschafft worden. Wenn es verarbeitet war, wurde es unter meiner Aufsicht verkauft, so dass jeder täglich freilich nur eine Kleinigkeit erhielt, doch so viel, dass es zu seinem Unterhalte hinreichte. Dabei blieb ich nicht stehen, sondern bestimmte Strafen für unsittliche Handlungen und Belohnungen für ausgezeichneten Fleiß. Auf diese Weise waren sie bereits in vierzehn Tagen etwas humaner und geselliger geworden, und ich hatte das Vergnügen, mich als einen Gesetzgeber betrachten zu können, der Menschen von ihrer angebornen Rohheit zur Eintracht und zum Gehorsam geführt hatte.

Es wäre zu wünschen, wenn die gesetzgebende Macht sich mehr mit der Besserung, als mit der Bestrafung beschäftigte. Es erscheint einleuchtend, dass die Ausrottung der Verbrechen nicht durch häufige, sondern durch geschärfte Strafen bewirkt werden muss. Anstatt unserer, jetzigen Gefängnisse, in denen die Lasterhaften noch lasterhafter werden wo Unglückliche wegen eines begangenen Verbrechens eingesperrt und, wenn sie am Leben bleiben, wieder entlassen werden, um tausend neue zu begehen, – statt dieser Gefängnisse sollte man, wie in andern Ländern Europas, für Wohnungen sorgen, zur Einsamkeit und Buße geeignet, wo der Angeklagte von Personen umgeben wäre, die ihn zur Reue führten, wenn er schuldig, und ihn in der Tugend befestigten, wenn er unschuldig wäre. Nur dies, und nicht Vermehrung der Strafen, ist das Mittel zur Sittenverbesserung des Staats. Auch kann ich nicht umhin, die Gültigkeit des Rechts zu bezweifeln, welches die gesellschaftlichen Vereine sich angemaßt, leichte Verbrechen mit dem Tode zu bestrafen. Beim Mord ist ihr Recht nicht zu bestreiten, da die Pflicht der Selbsterhaltung gebietet, den Menschen aus dem Wege zu schaffen, der gezeigt hat, dass ihm das Leben eines andern gleichgültig ist. Gegen einen solchen empört sich die ganze Menschheit; doch ist es etwas ganz anderes mit dem, der mir mein Eigentum stiehlt. Das Naturgesetz gibt mir kein Recht an sein Leben, da nach jenem Gesetze das Pferd, welches er stiehlt, ihm so gut wie mir gehört. Wenn ich daher ein solches Recht habe, so muss es aus irgendeinem unter uns geschlossenen Vertrage entspringen, dass, wer dem andern sein Pferd stiehlt, sterben soll. Doch dies ist ein falscher Vertrag, da niemand ein Recht hat, mit seinem Leben Tauschhandel zu treiben, ebenso wenig, wie er es von sich werfen darf, da es nicht sein Eigentum ist. Überdies ist der Vertrag ungleich und würde selbst von einem heutigen Kanzleigerichte verworfen werden, weil hier eine zu große Strafe auf ein kleines Vergehen gesetzt wird, da es doch offenbar besser ist, dass zwei Menschen leben, als dass *ein* Mensch reitet. Ein Vertrag aber, der nicht rechtskräftig ist zwischen zwei Menschen, kann es ebenso wenig zwischen Hunderten und Hunderttausenden sein; denn ebenso wie zehn Millionen Kreise nimmer ein Viereck bilden können, so kann auch die vereinte Stimme von Hunderttausenden niemals Unrecht in Recht verwandeln. So redet die Vernunft, und die ungelehrte Natur sagt dasselbe. Die Wilden, die sich bloß nach dem Naturgesetze richten, zeigen eine zarte Schonung für das Leben anderer. Sie Vergießen selten Blut, wenn sie nicht vielleicht eine frühere Grausamkeit rächen.

Bei unfern angelsächsischen Vorfahren, so grausam sie auch im Kriege waren, fanden in Friedenszeiten nur wenige Hinrichtungen Statt, und in allen Staaten, die noch im Entstehen sind und noch das Gepräge des Naturzustandes deutlich an sich tragen, wird selten ein Verbrechen mit dem Tode bestraft.

Nur unter den Bürgern zivilisierter Staaten sind die Strafgesetze in den Händen der Reichen, und treffen daher nur die Armen. So wie die Regierung älter wird, scheint sie wie das Alter mürrisch zu werden, und es ist, als ob unser Eigentum in dem Maße, wie es sich vergrößert, uns schätzbarer würde, als ob unsere Furcht mit der Vermehrung unserer Schätze zunähme. So zäunen wir unsere Besitzungen gleichsam täglich mehr und mehr durch neue Strafgesetze ein und umgeben uns mit Galgen, um jeden Räuber hinwegzuscheuchen.

Ich weiß nicht, ob es von der Menge unserer Strafgesetze herrührt, oder von der Zügellosigkeit unseres Volks, dass dieses Land jedes Jahr mehr Verbrecher zählt, als die Hälfte aller Staaten von Europa zusammengenommen. Vielleicht liegt die Schuld an beiden; denn Eins erzeugt wechselsweise das andere. Wenn eine Nation sieht, dass Verbrechen von verschiedenem Grade mit gleicher Strenge bestraft werden, so verliert sie auch den Begriff des Unterschiedes in den Verbrechen, indem sie keinen Unterschied der Strafen bemerkt; und auf diesem Unterschiede beruht doch alle Moralität. Die Menge der Gesetze erzeugt auf diese Weise neue Laster, und neue Laster fordern wieder neue Beschränkungen.

Es wäre daher zu wünschen, dass die Staatsgewalt, anstatt neue Strafgesetze für Verbrechen zu entwerfen, anstatt die Bande der bürgerlichen Gesellschaft so fest zusammenzuziehen, bis eine krampfhafte Bewegung sie sprengen muss, anstatt Übeltäter als unnütz aus dem Wege zu schaffen, ehe man versucht hat, wozu sie nützlich sind, anstatt heilsame Züchtigung in rachsüchtige Strafe zu verwandeln – anstatt dessen wäre es wünschenswert, zu Beschränkungsmitteln seine Zuflucht zu nehmen, und die Gesetze zu Beschützern, aber nicht zu Tyrannen des Volks zu machen. Alsdann würden wir finden, dass Geschöpfe, deren Seelen für unnütze Schlacken gehalten werden, nur der bildenden Hand bedürften; wir würden finden, dass Unglückliche, zu langer Qual verdammt, gehörig behandelt, in Zeiten der Gefahr dem Staate wohl eine Stütze darbieten könnten, dass ihre Herzen wie ihre Gesichtszüge den unsrigen gleich, dass wenige Gemüter so schlecht find, um nicht durch ernstliches Bestreben gebessert zu werden, dass ein Mensch zur Erkenntnis seines Verbrechens gebracht werden kann, ohne dasselbe mit dem Tode zu büßen, und dass es nur wenigen Blutes bedarf, um unsere Sicherheit zu befestigen.

28. Kapitel

Glück und Elend sind in diesem Leben mehr die Resultate der Klugheit, als der Tugend; denn der Himmel betrachtet zeitliche Übel und zeitliches Wohl als Dinge, die an und für sich unbedeutend sind, und hält sie einer sorgfältigen Verteilung kaum wert

Ich war jetzt schon länger als vierzehn Tage verhaftet, doch hatte mich meine liebe Olivia seit meiner Ankunft noch nicht besucht, und es verlangte mich sehr, sie zu sehen. Ich teilte meiner Frau meinen Wunsch mit, und am nächsten Morgen trat das arme Mädchen, auf den Arm ihrer Schwester gestützt, in mein Zimmer. Die Veränderung, die ich in ihrem Gesichte bemerkte, war mir auffallend. Die zahllosen Reize, die früher dort geherrscht hatten, waren jetzt entflohen, und die Hand des Todes schien alle Züge so gestaltet zu haben, um mich zu beunruhigen. Ihre Schläfe waren eingesunken, ihre Stirn straff gezogen und Totenblässe herrschte auf ihrer Wange.

»Es ist mir lieb. Dich zu sehen, meine Liebe«, rief ich; »aber warum so niedergeschlagen, Olivia? Ich hoffe. Du hegst zu große Neigung zu mir, um dem Missgeschick zu gestatten, ein Leben zu untergraben, welches ich dem meinigen gleichschätze. Gib dich zufrieden, mein Kind, wir können vielleicht noch glücklichere Tage erleben.«

»Du bist stets sehr gütig gegen mich gewesen, lieber Vater«, erwiderte sie, »und es vermehrt noch meine Qual, dass ich niemals eine Gelegenheit haben werde, das Glück zu teilen, welches du verheißest. Ich fürchte, es gibt auf Erden kein Glück mehr für mich, und ich wünsche mich von einem Orte zu entfernen, wo ich nur Ungemach gefunden habe. In der Tat, lieber Vater, ich wünsche, du gäbest Herrn Thornhill nach; vielleicht möchte er bewogen werden, einiges Mitleid mit dir zu haben, und es würde mich im Sterben beruhigen.«

»Nimmermehr, mein Kind«, erwiderte ich, »nimmermehr lasse ich mich dahin bringen, meine Tochter für ein verworfenes Frauenzimmer zu erklären; denn wenn auch die Welt dein Vergehen mit Verachtung ansieht, so betrachte ich doch dasselbe als einen Beweis der Leichtgläubigkeit und nicht des Lasters. Meine Liebe, ich fühle mich an diesem Orte keineswegs unglücklich, so widerwärtig derselbe auch scheinen mag. Halte dich überzeugt, so lange der Himmel dir das Leben schenkt, soll er nimmer meine Einwilligung erhalten, dich noch unglücklicher zu machen, indem er sich mit einer andern verbindet.«

Als meine Tochter fort war, machte mir mein Mitgefangener, der bei der Unterredung zugegen gewesen, über meine Hartnäckigkeit Vorwürfe, da ich mich geweigert hatte, mich zu fügen, obgleich mir in diesem Falle Freiheit verheißen war. Er äußerte, meine übrige Familie dürfe nicht dem Frieden eines einzigen Kindes aufgeopfert werden, da sie die einzige sei, die sich vergangen habe. »Überdies«, setzte er hinzu, »weiß ich nicht, ob es recht ist, auf diese Weise die Vereinigung eines Mannes und eines Frauenzimmers zu verhindern, wie Sie gegenwärtig tun, indem Sie sich weigern, Ihre Einwilligung zu einer Heirat zu geben, der Sie nichts in den Weg legen, die Sie aber unglücklich machen können.«

»Mein Herr«, erwiderte ich, »Sie kennen den Mann nicht, der uns unterdrückt. Ich halte mich überzeugt, dass auch die größte Unterwürfigkeit mir keine Stunde der Freiheit verschaffen würde. Wie ich höre, ist in diesem selben Zimmer noch im letzten Jahr einer von seinen Schuldnern im Elend gestorben. Doch wenn mich auch meine Unterwürfigkeit und Zustimmung von hier in das schönste Zimmer bringen könnte, welches er besitzt, so würde ich dieselbe doch nicht geben, denn eine innere Stimme sagt mir, dass ich dadurch nur einen Ehebruch bestätigen würde. So lange meine Tochter lebt, ist keine Heirat, die er schließt, in meinen Augen rechtmäßig. Wenn aber Olivia nicht mehr lebt, so wäre ich der verächtlichste Mensch, wenn ich diejenigen, die eine Verbindung wünschen, aus Rache trennen wollte. Nein, so niederträchtig er auch ist, würde ich doch wünschen, dass er sich verheiratete, um seinen künftigen Ausschweifungen vorzubeugen. Jetzt aber würde ich der grausamste aller Väter sein, wenn ich einen Ehekontrakt unterschriebe, der mein Kind ins Grab bringt, bloß um mich aus meinem Kerker zu befreien. Um mich von einer Qual zu befreien, würde ich das Herz meines Kindes tausendmal brechen.«

Er gab die Richtigkeit dieser Antwort zu, konnte sich aber der Bemerkung nicht enthalten, dass er fürchte, die Gesundheit meiner Tochter sei schon zu sehr angegriffen, als dass meine Gefangenschaft dadurch würde verlängert werden. »Indessen«, fuhr er fort, »wenn Sie dem Neffen nicht nachgeben wollen, sollten Sie doch unbedenklich Ihre Sache seinem Oheim vorlegen, der im ganzen Lande als sehr gut und gerecht bekannt ist. Ich rate Ihnen, mit der Post einen Brief an ihn zu schicken, worin Sie ihn von dem schlechten Benehmen, seines Neffen in Kenntnis setzen, und ich setze mein Leben zum Pfände, dass Sie innerhalb drei Tagen eine Antwort haben.« – Ich dankte ihm für diesen Rat, den ich sogleich befolgen wollte. Doch es fehlte mir an Papier, und unglücklicherweise hatte ich all mein Geld diesen Morgen für Lebensmittel ausgegeben. Jenkinson aber versah mich damit.

In den nächsten drei Tagen war ich in großer Unruhe wegen der Aufnahme, die mein Brief möchte gefunden haben. Inzwischen bestürmte mich meine Frau, mich lieber jeder Bedingung zu unterwerfen, als länger hier zu bleiben. Zugleich erhielt ich stündlich die traurigsten Nachrichten von dem Befinden meiner Tochter. Der dritte, der vierte Tag verging, und noch immer erhielt ich keine Antwort auf meinen Brief. Die Klage eines Fremden gegen den geliebten Neffen hatte vielleicht keinen Eindruck gemacht, und so verschwand auch diese Hoffnung, wie alle meine früheren. Mein Geist blieb indes noch immer ungeschwächt, obgleich die Verhaftung und die schlechte Luft meiner Gesundheit sehr nachteilig waren. Auch mein verbrannter Arm wurde schlimmer. Meine Kinder saßen indes noch immer bei mir, und während ich auf meinem Strohlager lag, lasen sie mir abwechselnd vor, oder hörten weinend meinen Ermahnungen zu. Doch meiner Tochter Gesundheit nahm schneller ab, als die meinige, und jede Nachricht von ihr vermehrte meine Besorgnis und meinen Gram. Am fünften Morgen nach der Absendung meines Briefes an Sir William Thornhill wurde ich sehr beunruhigt, als ich erfuhr, dass sie die Sprache verloren habe. Erst jetzt wurde mir meine Gefangenschaft zur Qual. Meine Seele wollte ihren Kerker sprengen, um dem Sterbebette meines Kindes nahe zu sein, um sie zu trösten, zu stärken, ihre letzten Wünsche zu hören und ihrer Seele den Weg zum Himmel zu zeigen. Nach einer zweiten Botschaft rang sie bereits mit dem Tode, und doch war mir der geringe Trost geraubt, neben ihr zu weinen. Einige Zeit darauf kam mein Mitgefangener mit der letzten Nachricht. Er bat mich, gefasst zu sein – sie sei tot! Am nächsten Morgen kam er zurück und fand mich mit meinen Kleinen allein, die ihre ganze unschuldige Beredsamkeit aufboten, mich zu trösten. Sie erboten sich, mir vorzulesen, und sagten, ich möge nicht weinen, denn ich sei schon zu alt zum Weinen. – »Ist meine Schwester nicht jetzt ein Engel, lieber Vater?« rief der ältere; »warum trauerst du denn so um sie? Ich wollte, ich wäre ein Engel und fern von diesem schrecklichen Orte, wenn mein lieber Vater mich nur begleitete.« – »Ja«, rief mein jüngster Liebling, »der Himmel, wo meine Schwester sich jetzt befindet, ist wohl ein schönerer Ort, als dieser, und da gibt es nur gute Leute; hier aber sind sie gar zu böse.«

Jenkinson unterbrach ihr harmloses Geschwätz mit der Bemerkung, da meine Tochter tot sei, möge ich doch an die übrige Familie denken und mein eignes Leben zu retten versuchen, welches jeden Tag mehr und mehr wegen des Mangels der nötigen Bedürfnisse und der gesunden Luft gefährdet wurde. Er setzte hinzu, es sei jetzt meine Pflicht, jeden Stolz und jede Nachsucht meinem eigenen Wohl und dem der Personen zu opfern, die von mir Schutz und Beistand erwarteten; und jetzt sei ich der Vernunft und dem Rechte nach genötigt, den Versuch zu machen, meinen Gutsherrn wieder auszusöhnen.

»Der Himmel sei gepriesen«, erwiderte ich, »ich habe jetzt keinen Stolz mehr. Ich würde mein eigenes Herz verabscheuen, wenn ich sähe, dass noch Stolz und Rachsucht darin verborgen sei. Im Gegenteil, da mein Verfolger früher meiner Gemeinde angehörte, hoffe ich, ihn einst als eine reine und unbefleckte Seele vor dem ewigen Richterstuhl darstellen zu können. Nein, mein Herr, ich hege jetzt keine Nachsucht, und obgleich er mir genommen hat, was ich höher achtete, als all seine Schätze, obgleich er mein Herz tief verwundet hat, denn ich fühle mich matt und krank, mein Mitgefangener, soll mich das doch nie zur Rache bewegen. Ich bin jetzt bereit, meine Einwilligung zu seiner Verheiratung zu geben, und wenn diese Unterwerfung ihm irgendein Vergnügen gewähren kann, so möge er auch wissen, dass, wenn ich ihm irgend Unrecht getan habe, es mir sehr leid tut.« Herr Jenkinson nahm Feder und Tinte, und schrieb meine Einwilligung fast ebenso nieder, wie ich sie ausgesprochen hatte, worauf ich meinen Namen darunter setzte. Mein Sohn wurde abgeschickt, um Herrn Thornhill den Brief zu überbringen, der sich damals auf seinem Landsitze aufhielt. Er ging und kehrte nach etwa sechs Stunden mit einer mündlichen Antwort zurück. Es habe ihm einige Mühe gekostet, den Gutsherrn zu Gesicht zu bekommen, sagte er, denn die Bedienten wären unverschämt und argwöhnisch gewesen; doch sei er ihm zufällig begegnet, als er gerade ausgegangen, um Vorbereitungen zu seiner Hochzeit zu treffen, welche in drei Tagen Statt finden werde. Er berichtete uns ferner, dass er sich ihm auf die demütigste Weise genähert und den Brief abgegeben habe, welchen Herr Thornhill gelesen und gesagt, jetzt sei alle Unterwerfung zu spät und durchaus unnötig. Er habe gehört, dass wir uns an seinen Onkel gewendet, der unsere Bitte mit verdienter Verachtung zurückgewiesen; übrigens müssten alle künftigen Gesuche an seinen Haushofmeister und nicht an ihn gerichtet werden. Da er eine sehr gute Meinung von der Klugheit der beiden jungen Damen habe, bemerkte er weiter, so würden sie ihm die angenehmsten Bittstellerinnen sein.

»Nun, mein Herr«, sagte ich zu meinem Mitgefangenen, »können Sie den Charakter des Mannes beurteilen, der mich verfolgt. Er kann zugleich seinen Scherz treiben und grausam sein. Doch möge er mich behandeln, wie er will, ich werde trotz aller Riegel und Gitterstangen bald frei sein. Ich nähere mich jetzt einem Wohnorte, der mir immer strahlender erscheint, je näher ich ihm komme. Diese Erwartung lindert meinen Schmerz, und obgleich ich eine hilflose Familie zurücklasse, so wird sie doch nicht gänzlich verlassen sein. Vielleicht findet sich ein Freund, der sie um ihres armen Vaters willen unterstützt, und andere werden ihnen vielleicht aus Menschenliebe um ihres himmlischen Vaters willen beistehen.«

Während ich noch sprach, kam meine Frau, die ich den Tag vorher nicht gesehen, mit Blicken des Entsetzens herein, und versuchte zu reden, war aber nicht dazu imstande. »Nun, meine Liebe«, rief ich, »warum vergrößerst du meinen Kummer durch den Deinigen so sehr? Wenn auch meine Unterwerfung unsern Verfolger nicht umstimmen kann, wenn er mich auch verurteilt hat, an diesem elenden Orte zu sterben, und wenn wir auch ein geliebtes Kind verloren haben, so werden dich doch deine übrigen Kinder trösten, wenn ich nicht mehr bin.« – »In der Tat haben wir ein geliebtes Kind verloren!« erwiderte sie. – »Meine Sophie, mein liebstes Kind, ist fort – geraubt, entführt von Schurken!« – »Wie, Madame«, rief mein Mitgefangener, »Fräulein Sophie von Schurken entführt? Das ist unmöglich.«

Sie konnte nur mit einem starren Blicke und einer Flut von Tränen antworten. Doch die Frau eines Gefangenen, die mit ihr eingetreten war, erteilte uns einen genaueren Bericht. Sie sagte uns, meine Frau, meine Tochter und sie selber wären eine kleine Strecke aus dem Dorfe auf der Landstraße spazieren gegangen, da wäre eine zweispännige Mietkutsche angefahren gekommen und habe sogleich angehalten. Darauf wäre ein wohlgekleideter Mann, aber nicht Herr Thornhill, ausgestiegen, habe meine Tochter um den Leib gefasst, sie in den Wagen geschleppt und dem Postillon befohlen, weiter zu fahren, worauf sie ihnen augenblicklich aus dem Gesichte gewesen.

»Nun ist die Summe meines Elends voll«, rief ich; »nichts auf Erden kann mir noch größern Schmerz verursachen. O, nicht eine mehr übrig! Das Ungeheuer! Mein Kind, das meinem Herzen am nächsten war! Sie besaß die Schönheit eines Engels und fast die Weisheit eines Engels. Aber eilt meiner Frau zu Hilfe, sie wird hinfallen. – Nicht eine mehr übrig!« – »Ach, lieber Mann«, sagte meine Frau! »Du scheinst des Trostes noch mehr zu bedürfen, als ich. Unser Elend ist groß; doch ich könnte dies und noch mehr ertragen, wenn ich dich nur ruhig sähe. Sie mögen mir meine Kinder nehmen und die ganze Welt, wenn sie mir dich nur lassen.«

Mein Sohn, welcher gegenwärtig war, versuchte ihren Schmerz zu besänftigen. Er bat sie, sich zu beruhigen, denn gewiss hätten wir noch Grund, dankbar zu sein. – »Mein Sohn«, rief ich, »blicke dich um in der Welt und siehe, ob mir noch irgendein Glück übrig ist. Ist nicht jeder Hoffnungsstrahl erloschen? Liegen nicht alle unsere glücklichen Aussichten jenseits des Grabes?« – »Lieber Vater«, entgegnete er, »ich hoffe, es gibt noch etwas, das dir Freude gewähren kann, denn ich habe einen Brief von meinem Bruder Georg.« – »Wie geht es ihm, mein Sohn?« fiel ich ein; »weiß er um unser Elend? Ich hoffe, mein Sohn ist frei von dem, was seine unglückliche Familie leidet.« – »Ja, Vater«, erwiderte er, »er ist vollkommen heiter und glücklich. Sein Brief enthält nur gute Nachrichten. Er ist der Günstling seines Obersten, welcher ihm die nächste offene Lieutenantsstelle versprochen hat.«

»Doch bist du von alle dem überzeugt?« rief meine Frau. »Bist du gewiss, dass meinem Sohne kein Unheil geschehen ist?« – »Nichts in der Tat, liebe Mutter«, erwiderte mein Sohn; »Du sollst den Brief sehen, der dir das größte Vergnügen gewähren wird; und wenn dich irgendetwas trösten kann, so bin ich gewiss, dass es dadurch geschehen wird.« – »Aber bist du gewiss«, wiederholte sie noch immer, »dass der Brief von ihm selber und dass er wirklich so glücklich ist?« – »Ja, Mutter«, erwiderte er, »der Brief ist gewiss von ihm, und er wird unserer Familie einst zur Ehre und zur Stütze dienen.« – »Da danke ich der Vorsehung«, rief sie, »dass er meinen letzten Brief nicht erhalten hat. Ja, mein Lieber«, fuhr sie zu mir gewendet fort, »wenn auch in anderer Hinsicht die Hand des Himmels schwer auf uns ruht, so muss ich doch gestehen, dass er uns in diesem Falle günstig gewesen ist. In meinem letzten Briefe, den ich in der Bitterkeit meines Zornes schrieb, beschwor ich meinen Sohn bei dem Segen seiner Mutter, und wenn er das Herz eines Mannes habe, zu machen, dass seinem Vater und seiner Schwester Gerechtigkeit geschehe, und ihr Unrecht zu rächen. Doch dem Himmel sei Dank, der Brief ist nicht an ihn gekommen und ich bin beruhigt.« – »Frau«, rief ich, »du hast sehr Unrecht getan, und zu anderer Zeit würde ich dir harte Vorwürfe gemacht haben. O welchem furchtbaren Abgrunde bist du entgangen, der dich und ihn in endloses Verderben würde gestürzt haben! Die Vorsehung ist hier in der Tat gütiger gegen uns gewesen, als wir gegen uns selber. Sie hat uns diesen Sohn erhalten, um der Vater und Beschützer meiner Kinder zu sein, wenn ich dahin gegangen bin. Wie ungerecht war meine Klage, dass ich alles Trostes beraubt sei, da ich höre, dass er glücklich ist und an unserer Trübsal Teil nimmt; dass er noch übrig ist, um seine verwitwete Mutter zu unterstützen und seine Brüder und Schwestern zu beschützen! Aber welche Schwestern hat er noch übrig? Er hat keine Schwestern mehr! Sie sind alle fort, mir geraubt, und ich bin elend.« – »Vater«, fiel mein Sohn ein, »erlaube mir, diesen Brief vorzulesen; ich weiß, er wird dir Vergnügen gewähren.« Darauf las er mit meiner Erlaubnis wie folgt:

»Lieber Vater, Ich habe meine Phantasie einige Augenblicke von den Vergnügungen abgelenkt, die mich umgeben, um sie auf Gegenstände zu richten, die mir noch angenehmer sind, nämlich auf den lieben kleinen Kamin zu Hause. Ich stelle mir jene harmlose Gruppe vor, wie sie mit großer Aufmerksamkeit auf jedes Wort dieses Briefes horcht. Ich sehe diese Gesichter mit Entzücken, welche niemals die entstellende Hand des Ehrgeizes oder des Missgeschicks empfanden. Doch so groß Euer Glück zu Hause auch sein mag, so bin ich doch gewiss, dass es noch erhöht werden wird, wenn Ihr erfahrt, dass ich mit meiner Lage vollkommen zufrieden und hier in jeder Hinsicht glücklich bin.

Unser Regiment hat Contreordre erhalten und wird das Königreich nicht verlassen. Der Oberst, der mich seinen Freund nennt, führt mich in alle Zirkel, wo er bekannt ist, und überall werde ich bei fortgesetzten

Besuchen mit erhöhter Achtung aufgenommen. Gestern Abend tanzte ich mit Lady G–, und könnte ich die Bewusste vergessen, so möchte ich bei ihr vielleicht glücklich sein. Doch es ist mein Los, mich immer anderer zu erinnern, während die meisten meiner abwesenden Freunde mich vergessen; und zu dieser Zahl muss ich auch dich rechnen, lieber Vater, denn lange habe ich vergebens auf das Vergnügen gewartet, einen Brief von Hause zu erhalten. Olivia und Sophie versprachen auch zu schreiben, doch sie scheinen mich vergessen zu haben. Sage ihnen, sie wären ein Paar nichtsnutzige Dinger, und ich wäre bitterböse auf sie. Doch ich weiß nicht, wie es zugeht, wenn ich auch ein wenig auf sie schelte, so gibt mein Herz doch gleich sanftem Gefühlen nach. Sage ihnen also, dass ich sie bei alle dem zärtlich liebe, und sei versichert, dass ich stets bleiben werde

Dein gehorsamer Sohn.«

»Wie großen Dank sind wir bei all unserm Elend dem Himmel schuldig«, rief ich, »dass wenigstens einer unserer Familie von dem frei ist, was wir leiden! Der Himmel schütze ihn und erhalte meinen Sohn so glücklich, damit er die Stütze seiner verwitweten Mutter sein möge und der Vater dieser beiden Knaben, die ich ihm als einziges Erbteil hinterlasse! Möge er ihre Unschuld von den Versuchungen der Armut zurückhalten und ihr Führer sein auf den Wegen der Ehre!« – Kaum hatte ich diese Worte ausgesprochen, als ich unten vor der Tür des Gefängnisses einen Tumult hörte. Bald hörte das Geräusch auf und Kettengerassel kam den Gang daher, der zu meinem Gemache führte. Der Gefangenwärter trat ein und führte einen Mann, ganz mit Blut bedeckt, verwundet und mit den schwersten Fesseln beladen. Ich sah den Unglücklichen mitleidig an, als er sich mir näherte, doch mit Entsetzen, als ich bemerkte, dass es mein Sohn sei. – »Mein Georg, mein Georg! Sehe ich dich so wieder? Verwundet! Gefesselt! Ist dies dein Glück! Kehrst du so zu mir zurück? O möchte dieser Anblick mein Herz brechen und ich sogleich sterben!«

»Wo ist deine Standhaftigkeit, Vater?« erwiderte mein Sohn mit fester Stimme; »ich muss den Tod erdulden, mein Leben ist verwirkt, und mag man es nehmen.«

Ich versuchte einige Augenblicke, meine Leidenschaft schweigend zu bekämpfen, doch war es mir, als sollte ich bei der Anstrengung sterben. – »O mein Sohn, mein Herz blutet. Dich so zu sehen und ich kann, ich kann dir nicht helfen. In dem Augenblicke, wo ich dich glücklich glaubte und für dein Wohl betete, sehe ich dich gefesselt und verwundet wieder. Und doch ist der Tod in der Jugend ein Glück. Ich aber bin alt, sehr alt, muss diesen Tag erleben und sehen, wie meine Kinder vor der Zeit ins Grab sinken, während ich trostlos und elend unter den Trümmern zurückbleibe! Möchten alle Flüche, die je eine Seele in die Hölle hinabzogen, auf den Mörder meiner Kinder fallen! Möchte er leben, um gleich mir zu sehen.« –

»Halt ein, Vater, oder ich erröte vor dir!« rief mein Sohn. »Wie kannst du so dein Alter und deinen heiligen Beruf vergessen, dir das Richteramt des Himmels anzumaßen und diese Flüche hinaufzusenden, welche bald wieder herniedersinken müssen, um dein graues Haupt zu vernichten! Nein, Vater, lass es vielmehr deine Aufgabe sein, mich auf den schmählichen Tod vorzubereiten, den ich bald erdulden muss, mich mit Hoffnung und Entschlossenheit zu waffnen, mir Mut einzuflößen, den bittern Kelch zu trinken, der mir bald wird gereicht werden.«

»Mein Sohn, du darfst nicht sterben! Ich bin gewiss. Du hast nichts begangen, um eine so schmähliche Strafe zu verdienen. Mein Georg kann nimmermehr eines Verbrechens schuldig sein, dessen sich seine Vorfahren schämen müssten.«

»Das meinige ist leider ein unverzeihliches«, erwiderte mein Sohn. »Als ich den Brief meiner Mutter erhielt, kam ich sogleich hierher, entschlossen, den Räuber unserer Ehre zu bestrafen, und schickte ihm eine Forderung, worauf er nicht in Person erschien, sondern vier von seinen Bedienten schickte, um sich meiner zu bemächtigen. Den ersten, der mich angriff, verwundete ich schwer, wie ich fürchte, doch die andern nahmen mich gefangen. Der Elende ist entschlossen, das Gesetz gegen mich in Anwendung zu bringen. Die Beweise sind nicht zu leugnen. Ich bin der Forderer, und da ich der angreifende Teil bin, so habe ich, wenn man nach der Strenge des Gesetzes verfährt, keine Gnade zu hoffen. Doch du hast mich oft zur Standhaftigkeit ermahnt, lieber Vater, lass mich dieselbe jetzt in deinem Beispiele finden.«

»Du sollst sie finden, mein Sohn«, erwiderte ich. »Ich stehe jetzt über der Welt und den Freuden, die sie gewähren kann. Von diesem Augenblicke an nehme ich alle Fesseln von meinem Herzen, die es an die Erde knüpften, und will uns beide auf die Ewigkeit vorbereiten. Ja, mein Sohn, ich will dir den Weg zeigen, und meine Seele soll die Deinige hinaufgeleiten. Ich halte mich jetzt überzeugt, dass du keine Begnadigung zu erwarten hast, und kann dich nur ermahnen, dieselbe vor dem größten Richterstuhle zu suchen, wo wir beide bald erscheinen werden. Doch will ich nicht karg sein mit meinen Ermahnungen, und alle unsere Mitgefangenen sollen daran Teil haben. Mein guter Kerkermeister erlauben Sie es ihnen, hier einzutreten, damit ich auch sie ermahnen kann.« – Bei diesen Worten versuchte ich, mich von meinem Strohlager zu erheben, doch fehlte mir die Kraft, und ich war genötigt, mich an die Wand zu lehnen. Die Gefangenen versammelten sich auf meinen Wunsch, denn sie hörten mir gern zu. Mein Sohn und meine Frau hielten mich aufrecht; dann sah ich mich um und bemerkte, dass niemand fehle, und redete sie folgendermaßen an.

29. Kapitel

Es wird bewiesen, wie die Vorsehung auf Erden Glück und Unglück gleich verteilt. Es liegt in der Natur der Freude und des Schmerzes, dass die Unglücklichen in jener Welt Ersatz für ihre Leiden finden müssen

Meine Freunde, meine Kinder und meine Leidensgefährten! Wenn ich über die Verteilung des Guten und Bösen auf Erden nachdenke, so finde ich, dass dem Menschen viele Freuden, aber noch mehr Leiden zugeteilt sind. Durchspähten wir auch die ganze Welt, so würden wir doch keinen Menschen so glücklich finden, dass ihm kein Wunsch mehr übrig bliebe. Täglich zeigen uns ja Tausende durch Selbstmord, dass ihnen keine Hoffnung geblieben. Daher scheint es, dass wir in diesem Leben nimmer ganz glücklich, wohl aber vollkommen elend werden können.

Warum muss der Mensch Schmerz empfinden? Warum ist unser Elend zur Hervorbringung allgemeiner Glückseligkeit notwendig? Da alle anderen Systeme durch die Übereinstimmung ihrer untergeordneten Teile vollkommen sind, warum bedurfte dieses große System zu seiner Vollkommenheit Teile, die nicht nur andern untergeordnet, sondern auch an sich mangelhaft sind? Das sind Fragen, die nie können beantwortet werden und deren Lösung uns wenig nützen würde. Es hat der

Vorsehung gefallen, unsere Neugierde über diesen Gegenstand nicht zu befriedigen und uns allein auf Trostgründe zu beschränken.

In dieser Lage hat der Mensch den freundlichen Beistand der Philosophie zu Hilfe gerufen, und der Himmel, wohl einsehend, dass dieselbe nicht imstande sei, ihn zu trösten, hat ihm die Hilfe der Religion gesendet. Die Trostgründe der Philosophie sind sehr einschmeichelnd und gefällig; doch täuschen sie oft. Sie sagt uns, das Leben enthalte viele Freuden, wenn wir sie nur gehörig genießen wollten. Freilich müssten wir dagegen manche unvermeidliche Übel ertragen; doch das Leben sei kurz, und sie gingen bald vorüber. So heben diese Trostgründe einander gegenseitig auf; denn wenn das Leben ein Wohnsitz des Vergnügens ist, so ist die Kürze desselben ein Unglück, und währt es lange, so verlängern sich unsere Leiden. So ist die Philosophie schwach; doch die Religion tröstet uns auf höhere Weise. Der Mensch lebt auf Erden, lehrt sie uns, um seinen Geist auszubilden und sich auf ein anderes Dasein vorzubereiten. Wenn der gute Mensch seine irdische Hülle verlässt und ein seliger Geist wird, so lernt er einsehen, dass er sich schon auf Erden einen Himmel voll Seligkeit geschaffen, während der Elende, der sich durch seine Laster verstümmelt und befleckt, mit Entsetzen von seinem Körper sich trennt und einsieht, dass er der Rache des Himmels vorgegriffen. An die Religion müssen wir uns daher in jeder Lage des Lebens wenden und bei ihr wahrhaften Trost suchen; denn wenn wir auch schon auf Erden glücklich find, so liegt doch Wonne in dem Gedanken, dass wir dieses Glück endlos machen können; und wenn wird elend find, so finden wir Trost in dem Gedanken, dass wir dort einen Ruheplatz finden. So verheißt die Religion dem Glücklichen Fortdauer seiner Wonne und dem Unglücklichen einen Übergang aus seinem Elend zum Glück.

Doch so gütig auch die Religion gegen alle Menschen ist, so verheißt sie den Unglücklichen noch einen besondern Lohn. Dieser soll nach dem Ausspruch der heiligen Schrift den Kranken, den Nackten, den Schwerbeladenen und den Gefangenen zuteil werden. Der Stifter unserer Religion erklärt sich überall für den Freund der Unglücklichen, und völlig ungleich den falschen Freunden dieser Welt schenkt er den von den Menschen Aufgegebenen seine Liebe. Menschen ohne Nachdenken haben dies Parteilichkeit oder einen Vorzug genannt, der sich auf kein Verdienst gründe. Doch sie bedachten nicht, dass es selbst nicht in der Macht des Himmels steht, das Geschenk ununterbrochener Glückseligkeit für den Glücklichen zu einer ebenso teuren Gabe zu machen, wie für den Elenden. Dem Erstem ist die Ewigkeit nur ein einfacher Segen, da sie ihm höchstens nur vermehrt, was er schon besitzt. Für den letztern ist sie aber ein doppelter Gewinn, denn sie vermindert nicht nur sein Leiden hier auf Erden, sondern belohnt ihn auch dort oben mit Himmelswonne.

Aber auch in anderer Hinsicht ist die Vorsehung gegen den Armen gütiger als gegen den Reichen, denn indem sie das Leben nach dem Tode wünschenswerter macht, so ebnet sie ihm den Übergang dorthin. Die Unglücklichen sind längst mit dem Kummer in jeder Gestalt vertraut geworden. Der Dulder legt sich ruhig hin, er hat keine Schätze zu bedauern, und nur wenige Bande fesseln ihn ans Leben. Er empfindet nur die natürliche Todesqual beim letzten Kampfe, und diese ist nicht größer, als die Leiden, unter denen er bereits geseufzt. Denn sobald der Schmerz einen gewissen Grad erreicht hat, macht die Natur für jede neue Wunde unempfindlich, die der Tod dem Herzen schlägt.

So hat die Vorsehung dem Unglücklichen in diesem Leben zwei Vorzüge vor dem Glücklichen gegeben – größere Glückseligkeit im Tode und im Himmel die Freudenfülle, die aus dem Kontraste mit den früheren Leiden entspringt. Dieser Vorzug ist kein geringer Gewinn und scheint eine der Freuden des armen Mannes in der Parabel gewesen zu sein; denn obgleich er schon im Himmel war und alle Wonne empfand, die derselbe gewähren konnte, so wird es doch noch als eine Erhöhung seines Glückes erwähnt, dass er einst Leiden erfahren und nun getröstet werde, dass er das Elend kennengelernt und jetzt empfinde, was Seligkeit sei.

So seht Ihr also, meine Freunde, dass die Religion gewährt, was die Philosophie nimmer gewähren kann. Sie zeigt uns die Unparteilichkeit des Himmels gegen die Unglücklichen und Glücklichen, so wie die gleichmäßige Verteilung aller menschlichen Genüsse. Sie verheißt dem Reichen wie dem Armen gleiche Seligkeit jenseits und auf Erden dieselbe Hoffnung auf ihren Besitz. Wenn aber die Reichen den Vorzug haben, dass sie die Freuden dieser Welt genießen, so bleibt den Armen der unendliche Trost, zu wissen, was es heißt, einst elend gewesen zu sein, wenn ihm die höchste Seligkeit jenseits zuteil wird; und wenn man auch diesen Vorzug unbedeutend nennen wollte, so ist er doch ewig und gleicht wegen seiner Dauer das zeitliche Glück aus, welches die Großen und Reichen in Fülle genossen.

Dies sind nun die Trostgründe, die der Unglückliche hat und durch die er sich über andere Menschen erhaben fühlt, hinter denen er in anderer Hinsicht zurücksteht. Wer das Elend der Armen kennenlernen will, muss es selber erfahren und ertragen. Die zeitlichen Vorteile, die damit verbunden sind, rühmend hervorheben zu wollen, hieße nur Dinge wiederholen, die niemand glaubt und niemand versuchen mag. Menschen, die die notwendigsten Lebensbedürfnisse besitzen, sind nicht arm; die aber, denen sie fehlen, sind elend. Ja, meine Freunde, wir müssen elend sein! Keine Bemühung einer aufgeregten Phantasie kann die Forderungen der Natur von sich weisen. Sie kann die feuchte Kerkerluft nicht in balsamische Düfte verwandeln, oder das ängstliche Klopfen eines brechenden Herzens besänftigen. Mag der Philosoph von seinem weichen Lager herab uns zurufen: das alles lasse sich überwinden! Ach, schon die Anstrengung, die es uns kostet, ist die größte Qual. Der Tod ist leicht, und jeder kann ihn ertragen; doch Martern sind schrecklich, und die kann niemand erdulden.

Daher, meine Freunde, müssen uns die Verheißungen einer himmlischen Seligkeit besonders teuer sein; denn wenn unser Lohn uns nur in diesem Leben zuteil werden sollte, so wären wir in der Tat die unglücklichsten Menschen. Wenn ich diese düstern Mauern betrachte, die uns einkerkern und schrecken sollen; wenn ich diese Dämmerung sehe, die nur das Grausen dieses Ortes erkennen lässt; diese Fesseln, von der Tyrannei geschmiedet und durch Verbrechen notwendig gemacht; wenn ich diese halb erloschenen Blicke betrachte, dieses Stöhnen vernehme – o meine Freunde! Welch ein Glück, wenn wir alles dies mit dem Himmel vertauschen werden! Wenn wir Räume durcheilen, die grenzenlos sind wie das Weltall – wenn wir uns sonnen in dem Glanze ewiger Seligkeit – endlose Jubelhymnen singen – und keinen Herrn zu fürchten haben, der uns droht oder verfolgt – und auf immer das Urbild der ewigen Güte vor Augen haben – wenn ich alles dies bedenke, so wird mir der Tod zu einem heitern Friedensboten. Wenn ich dies bedenke, wird mir sein schärfster Pfeil zu einer sichern Stütze. Wenn ich dies bedenke, welchen Wert hat dann noch das Leben für mich? Wenn ich dies bedenke, sollte ich da nicht alles irdische Glück verachten? Könige in ihren Palästen sollten nach diesem Vorzuge seufzen – und wie sollten wir es nicht, die wir so darniedergebeugt sind?

Und werden wir dieser Vorzüge teilhaftig werden? Ja gewiss, wenn wir eifrig darnach trachten. Auch ist es ein Trost für uns, dass wir manchen Versuchungen nicht ausgesetzt sind, die unsern Sieg erschweren würden. Lasset uns nur darnach trachten, dann wird er uns gewiss zuteil, und zwar – was noch ein Trost mehr ist – in kurzer Zeit. Blicken wir auf unser vergangenes Leben zurück, so erscheint es uns nur als eine kurze Spanne, und was wir auch von unserm fernern Leben denken mögen, so scheint es uns von noch kürzerer Dauer. Darum seid getrost! Bald sind wir am Ziele unserer Pilgerfahrt. Bald werden wir die schwere Bürde von uns werfen, die uns der Himmel auferlegt hat; und wenn auch der Tod, der einzige Freund des Unglücklichen, auf kurze Zeit den ermüdeten Wanderer täuscht und wie der Horizont vor ihm zu fliehen scheint, so kommt doch gewiss in Kurzem die Zeit, wo wir von Mühe und Arbeit ausruhen, wo die Großen der Erde uns nicht mehr mit Füßen treten können, wo wir freudig zurückdenken an unsere irdischen Leiden, wo wir uns von allen unsern Freunden umgeben sehen, oder von denen, die unserer Freundschaft würdig find, wo unsere Seligkeit unaussprechlich und unendlich sein wird.

30. Kapitel

Es zeigen sich glücklichere Aussichten. Lasst uns standhaft bleiben, so wird das Glück uns endlich wieder günstig sein

Als ich meine Rede geendet und die Zuhörer sich entfernt hatten, sagte der Kerkermeister, der einer der menschlichsten seines Standes war, ich möge es ihm verzeihen, wenn seine Pflicht ihn nötige, meinen Sohn in strengere Haft zu bringen. Es solle ihm indes erlaubt fein, mich jeden Morgen zu besuchen. Ich dankte ihm für seine Güte, drückte meinem Sohne die Hand, nahm Abschied von ihm und erinnerte ihn, des großen Augenblicks eingedenk zu sein, dem er entgegengehe.

Dann legte ich mich wieder nieder, und einer von meinen Kleinen saß lesend neben meinem Bette, als Herr Jenkinson eintrat und mir sagte, dass Nachricht von meiner Tochter da sei. Vor zwei Stunden habe sie jemand in Begleitung eines fremden Herrn gesehen, als sie in einem benachbarten Dorfe abgestiegen, um einige Erfrischungen einzunehmen. Dann wären sie wieder auf das Städtchen zu gefahren, wo wir uns befänden. Kaum hatte er diese Nachricht mitgeteilt, als auch der Kerkermeister eiligst und mit freudigem Gesicht eintrat und mir meldete, meine Tochter sei wiedergefunden. Gleich darauf kam Moses gelaufen und rief, seine Schwester Sophie sei unten und werde sogleich mit unserm alten Freunde Herrn Burchell heraufkommen.

Kaum hatte er diese Nachricht mitgeteilt, als auch meine geliebte Tochter eintrat und mit Blicken, die vor Freude strahlten, in meine Arme eilte. Ihre Mutter konnte vor Entzücken nur weinen und schweigen.

»Hier, lieber Vater«, rief das liebliche Mädchen, »hier ist der brave Mann, dem ich meine Rettung verdanke. Der Unerschrockenheit dieses Herrn bin ich mein Glück und mein Leben schuldig.« – Ein Kuss von Herrn Burchell, dessen Freude fast noch größer zu sein schien, als die ihrige, unterbrach hier, was sie noch weiter sagen wollte.

»Ach Herr Burchell«, rief ich, »Sie treffen uns in einer sehr elenden Wohnung. Unsere Lage hat sich sehr verändert, seit Sie uns zuletzt sahen. Sie waren stets unser Freund. Wir haben längst unsern Irrtum eingesehen und unsere Undankbarkeit gegen Sie bereut. Nach der unwürdigen Behandlung, die Sie von mir erfahren, schäme ich mich fast. Ihnen ins Gesicht zu sehen; doch hoffe ich, werden Sie mir verzeihen, da ich von einem niederträchtigen, schändlichen Buben getäuscht würde, der mich unter der Maske der Freundschaft ins Verderben stürzte.«

»Es ist unmöglich, Ihnen zu verzeihen«, erwiderte Herr Burchell, »da Sie meinen Unwillen niemals verdienten. Dass Sie sich täuschten, sah ich schon damals zum Teil ein, und da es nicht in meiner Macht stand, Sie von Ihrem Irrtum zu befreien, so konnte ich Sie nur bedauern.«

»Ich habe Ihre Gesinnung stets für edel gehalten«, erwiderte ich, »und sehe jetzt, dass ich mich darin nicht geirrt. Aber erzähle mir doch, mein Kind, wie du gerettet worden, und wer die Schurken waren, die dich entführten?«

»Lieber Vater«, sagte sie, »wer der Schändliche war, der mich entführte, weiß ich nicht. Auf dem Spaziergange mit meiner Mutter kam er hinter uns her und schleppte mich, ehe ich noch um Hilfe rufen konnte, in die Postkutsche, welche dann schnell weiter fuhr. Ich sah mehrere Leute auf der Landstraße, die ich um Hilfe bat, doch sie achteten nicht darauf. Inzwischen wendete der Bösewicht alle möglichen Kunstgriffe an, mich vom Schreien abzuhalten. Bald schmeichelte, bald drohte er nur, und schwur, wenn ich nur schweige, solle mir nichts zu Leide geschehen. Indessen hatte ich den Fenstervorhang zerrissen, den er zugezogen, und erblickte in einiger Entfernung unsern alten Freund Herrn Burchell, der mit seiner gewöhnlichen Schnelligkeit auf der Landstraße wanderte, den großen Stock in der Hand, womit wir ihn so oft zu necken pflegten. Als wir ihm so nahe gekommen, dass er mich hören konnte, rief ich ihn beim Namen und bat ihn, mir zu Hilfe zu kommen. Ich wiederholte mein Geschrei mehrmals, worauf er dem Postillon mit lauter Stimme befahl, stillzuhalten. Doch der Bursche nahm keine Notiz davon und fuhr noch schneller als vorhin. Jetzt glaubte ich, er würde uns schwerlich einholen können, doch wenige Augenblicke darauf sah ich, wie Herr Burchell neben dem Wagen herlief und dem Postillon einen Schlag versetzte, der ihn zu Boden warf. Jetzt standen die Pferde still, und mein Entführer sprang mit Drohungen und Flüchen aus dem Wagen. Er zog den Degen und rief Herrn Burchell, sich sogleich zu entfernen, wenn ihm sein Leben lieb sei. Herr Burchell drang aber auf ihn ein, schlug seinen Degen in Stücke und verfolgte ihn dann einige hundert Schritt, worauf jener entfloh. Ich war indes herausgesprungen, um meinem Retter beizustehen, der jetzt schon siegreich zu mir zurückkehrte. Der Postillon, der wieder zu sich gekommen war, wollte ebenfalls entfliehen; doch Herr Burchell befahl ihm, sogleich in das Städtchen zurückzufahren. Er sah ein, dass jeder Widerstand vergebens sei, und gehorchte sogleich, wenn, auch ungern, da seine Wunde mir wenigstens gefährlich zu sein schien. Er klagte beständig über heftige Schmerzen, als wir weiter fuhren, so dass Herrn Burchells Mitleid rege wurde und er ihn auf meine Bitte in einem Wirtshause, wo wir anhielten, gegen einen andern Fuhrmann vertauschte.«

»So sei mir denn willkommen, mein Kind«, rief ich, »und du, ihr wackerer Erretter, tausendmal willkommen! Obgleich unsere Bewirtung sehr ärmlich ist, so sind doch unsere Herzen zu Ihrem Empfange bereit. Und nun Herr Burchell, da Sie meine Tochter gerettet haben, so ist sie die Ihrige, wenn Sie sie für eine Belohnung halten. Wenn Sie sich zu einer Verbindung mit einer so armen Familie, wie die meinige, herablassen können, so nehmen Sie sie. Suchen Sie sich ihre Einwilligung zu verschaffen – ihr Herz haben Sie schon gewonnen, wie ich weiß – und Sie sollen auch die meinige haben. Ich muss Ihnen aber sagen, mein Herr, dass ich Ihnen keinen geringen Schatz gebe. Freilich ist sie ihrer Schönheit wegen gepriesen worden; doch das meine ich nicht – in ihrem Gemüte liegt der wahre Schatz, den ich Ihnen gebe.«

»Vermutlich aber sind Sie mit meinen Verhältnissen bekannt«, entgegnete Herr Burchell, »und wissen, dass ich nicht imstande bin, so für sie zu sorgen, wie sie es verdient?«

»Wenn Ihr gegenwärtiger Einwurf eine Weigerung sein soll, so stehe ich davon ab«, erwiderte ich; »doch ich kenne keinen Mann, der ihrer so würdig ist, wie Sie, und wenn ich ihr Tausende mitgeben könnte, und Tausende hielten um sie an, so sollte doch mein wackerer Burchell meine liebste Wahl sein.«

Sein Schweigen schien eine kränkende Weigerung zu sein, und ohne ein Wort auf meinen Antrag zu erwidern, fragte er, ob wir vielleicht Erfrischungen aus dem nächsten Wirtshause bekommen könnten? Als dies bejaht wurde, bestellte er ein so gutes Mittagsessen, als es nur in der kurzen Zeit könne bereitet werden. Er bestellte auch ein Dutzend Flaschen von dem besten Weine des Wirts, so wie auch einige Stärkungsmittel für mich, indem er lächelnd hinzusetzte, er wolle sich einmal etwas anstrengen, und obgleich im Gefängnis, sei er nie mehr zur Fröhlichkeit aufgelegt gewesen. Bald darauf trat der Aufwärter ein und traf Vorbereitungen zum Mittagsessen. Der Kerkermeister, welcher plötzlich außerordentlich dienstfertig geworden war, lieh uns einen Tisch; der Wein wurde gehörig aufgestellt und zwei sehr gut zubereitete Gerichte aufgetragen.

Meine Tochter hatte noch nichts von der traurigen Lage ihres Bruders gehört, und alle schienen abgeneigt, durch den Bericht davon ihre Freude zu stören. Doch es war vergebens, dass ich freudig zu erscheinen versuchte, die Lage meines unglücklichen Sohnes vernichtete alle Bemühungen, mich zu verstellen, so dass ich endlich genötigt war, durch die Erzählung seines Missgeschicks unsere Fröhlichkeit zu dämpfen und den Wunsch auszusprechen, es möge ihm erlaubt sein, unser Mahl zu teilen. Als meine Gäste sich von der Bestürzung erholt hatten, die meine Erzählung hervorbrachte, bat ich auch meinen Mitgefangenen, Herrn Jenkinson, zuzulassen, und der Kerkermeister gewährte meine Bitte mit ungewohnter Unterwürfigkeit. Sobald die Ketten meines Sohnes im Gange klirrten, eilte ihm seine Schwester ungeduldig entgegen, während Herr Burchell mich fragte, ob der Name meines Sohnes nicht Georg sei. Ich bejahte es und er schwieg. Als mein Sohn ins Zimmer trat, bemerkte ich, dass er Herrn Burchell mit einem Blick des

Erstaunens und der Verehrung ansah. – »Komm näher, mein Sohn«, rief ich; »obgleich wir sehr tief gefallen sind, hat uns doch die Vorsehung eine kleine Erholung von unserm Kummer gewährt. Deine Schwester ist uns wieder gegeben und hier ist ihr Retter. Diesem braven Manne verdanke ich es, dass ich noch eine Tochter habe. Reiche ihm die Hand der Freundschaft, mein Sohn – er verdient unsere wärmste Dankbarkeit.«

Mein Sohn schien durchaus nicht auf das zu achten, was ich sagte, und hielt sich noch immer in respektvoller Entfernung. »Mein lieber Bruder«, rief seine Schwester, »warum dankst du nicht meinem edlen Retter? Die Braven sollten immer einander lieben.«

Sein Schweigen und Erstaunen dauerte noch immer fort, bis unser Gast endlich sah, dass er erkannt sei, und indem er all seine angeborne Würde annahm, meinen Sohn näher treten hieß. Nie habe ich etwas so wahrhaft Majestätisches gesehen, wie die Miene, die er bei dieser Gelegenheit annahm. Der größte Gegenstand im Weltall, sagt ein gewisser Philosoph, ist ein guter Mensch, der gegen das Missgeschick ankämpft; doch gibt es einen noch größern: es ist der gute Mensch, welcher kommt, um das Unglück zu erleichtern. Nachdem er meinen Sohn eine Zeit lang mit vornehmer Miene angesehen, sagte er: »Schon wieder finde ich, unbesonnener Knabe, dass Sie desselben Verbrechens –« Hier wurde er durch einen Diener des Kerkermeisters unterbrochen, welcher ihm sagte, dass ein Mann von Stande, welcher mit mehreren Begleitern in das Städtchen gekommen sei, dem Herrn, der sich bei uns aufhalte, sein Kompliment sende und zu wissen wünsche, wann er ihm seine Auswartung machen dürfe? »Er mag warten, bis ich Zeit habe, seinen Besuch anzunehmen«, rief unser Gast, und wendete sich dann mit folgenden Worten zu meinem Sohne: »Ich finde Sie wieder desselben Verbrechens schuldig, weshalb Sie schon einmal meinen Tadel erfahren haben und wofür das Gesetz Ihnen jetzt die gerechte Strafe zu Teil werden lässt. Sie glauben vielleicht, dass die Verachtung Ihres eigenen Lebens Ihnen ein Recht gibt, einem andern das seinige zu rauben; doch wo liegt der Unterschied zwischen einem Duellanten, der ein wertloses Leben aufs Spiel setzt, und dem Mörder, der mit größerer Sicherheit handelt? Entschuldigt es den Betrug eines Spielers, wenn er angibt, nur Marken eingesetzt zu haben?«

»Ach, mein Herr!« rief ich. »Wer Sie auch sein mögen, haben Sie Mitleid mit einem armen irre geleiteten Geschöpfe; denn was er getan, geschah aus Gehorsam gegen eine getäuschte Mutter, die ihn in der Bitterkeit ihres Herzens bei ihrem mütterlichen Segen beschwur, ihre Sache zu rächen. Hier, mein Herr, ist der Brief, der dazu dienen wird. Sie von ihrer Unbesonnenheit zu überzeugen und seine Schuld zu mindern.«

Er nahm den Brief und las ihn eilig durch. – »Obgleich dies keine vollkommene Rechtfertigung ist«, sagte er, »so wird doch sein Vergehen dadurch so weit gemildert, dass ich ihm verzeihe. Ich sehe, mein Herr«, fuhr er fort, indem er freundlich die Hand meines Sohnes ergriff, »dass Sie sich wundern, mich hier zu sehen; doch ich habe oft Gefängnisse bei weit geringeren Veranlassungen besucht. Jetzt bin ich gekommen, einem würdigen Manne Recht zu verschaffen, für den ich stets die aufrichtigste Hochachtung empfunden. Lange Zeit habe ich unerkannt die Herzensgüte Ihres Vaters beobachtet. In seiner kleinen Wohnung habe ich eine Achtung genossen, die durch keine Schmeichelei befleckt wurde, und das Glück, welches an den Höfen der Fürsten nicht zu finden ist, boten mir die einfachen Freuden an seinem ländlichen Kamin. Mein Neffe weiß um meinen Vorsatz, hierher zu reisen, und wie ich höre, ist er ebenfalls hier angekommen. Ich würde ihm und Ihnen Unrecht tun, wollte ich ihn ungehört verurteilen. Wenn er gefehlt hat, so soll er dafür büßen; denn ohne Eitelkeit darf ich wohl sagen, dass sich noch niemand über Sir William Thornhills Ungerechtigkeit beklagt hat.«

Jetzt zeigte sich, dass der Mann, den wir so lange als einen harmlosen und unterhaltenden Gast bewirtet hatten, niemand anders sei, als der berühmte Sir William Thornhill, dessen Tugenden und Seltsamkeiten so allgemein bekannt waren. Der arme Herr Burchell war wirklich ein Mann von beträchtlichem Vermögen und großem Einfluss; ein Mann, dem die Richter ihren Beifall zu geben und den die Parteien mit Überzeugung anzuhören pflegten. Er war der Freund seines Vaterlandes, aber zugleich ein treuer Untertan seines Königs. Meine arme Frau, die sich ihrer frühern Dreistigkeit erinnerte, zitterte vor Angst, und Sophie, die ihn noch wenige Augenblicke zuvor als den Ihrigen betrachtet hatte, und sich jetzt durch eine ungeheure Kluft von ihm getrennt sah, welche die verschiedenen Glücksumstände zwischen ihn und sie gestellt, konnte ihre Tränen nicht verbergen.

»Ach, mein Herr!« rief meine Frau mit kläglicher Miene. »Können Sie mir je verzeihen? Wie geringschätzend habe ich Sie behandelt, als ich das letzte Mal die Ehre hatte. Sie in unserm Hause zu sehen! Und die Scherze, die ich mir so keck erlaubte – ach, mein Herr, ich fürchte, Sie können mir nie verzeihen.«

»Liebe gute Dame«, erwiderte er lächelnd, »trieben Sie Ihren Scherz mit mir, so blieb ich Ihnen die Antwort darauf nicht schuldig. Die ganze Gesellschaft mag beurteilen, ob mein Witz nicht ebenso gut war, als der Ihrige. In Wahrheit ich wüsste keinen, dem ich in diesem Augenblicke zürnen könnte, als dem Schurken, der meine liebe Kleine hier so erschreckt hat. Ich hatte nicht einmal so viel Zeit, den Burschen genau zu betrachten, um ihn in einem Steckbriefe beschreiben zu können. Sagen Sie mir, liebe Sophie, würden Sie ihn wohl wiedererkennen?«

»Das kann ich nicht bestimmt behaupten, mein Herr«, erwiderte sie. »So viel ich mich erinnere, hatte er eine tiefe Narbe über einer von seinen Augenbraunen.« – »Ich bitte um Verzeihung«, sagte Jenkinson, der dabei war, »sagen Sie mir doch gefälligst, ob der Kerl sein eigenes rotes Haar trug?« – »Ja, mich dünkt, so war es«, rief Sophie. – »Und haben Ew. Gnaden«, fuhr Jenkinson fort, indem er sich zu Sir William wandte, »wohl die Länge seiner Beine bemerkt?« – »Von ihrer Länge kann ich keine Rechenschaft geben«, sagte der Baronet; »doch von ihrer Schnelligkeit habe ich mich überzeugt, denn er entfloh sogar mir, was wohl nur wenigen Menschen in ganz England gelingen möchte.« – »Mit Ew. Gnaden Erlaubnis«, rief Jenkinson, »ich kenne meinen Mann. Er ist's sicher und kein anderer. Es gibt keinen bessern Läufer in ganz England, denn er hat Pinwire von Newcastle im Schnelllaufen übertroffen. Timotheus Baxter ist sein Name. Ich kenne ihn sehr genau und weiß den Ort, wo er sich in diesem Augenblick aufhält. Wollen Ew. Gnaden dem Kerkermeister befehlen, mir zwei Leute mit zu geben, so mache ich mich verbindlich, ihn spätestens in einer Stunde Ew. Gnaden vorzustellen.« – Hierauf wurde der Kerkermeister gerufen, der sogleich erschien. Sir William fragte ihn, ob er ihn kenne? – »Aufzuwarten, Ew. Gnaden!« antwortete der Kerkermeister; »ich kenne Sir William Thornhill sehr wohl, und wer irgendetwas von ihm gehört, wünscht mehr von ihm zu erfahren.« – »Gut«, sagte der Baron; »mein Gesuch besteht darin, dass Ihr diesem Manne mit zweien von Euren Leuten erlaubt, diesen Ort zu verlassen, um einige Aufträge für mich zu besorgen. Da ich Friedensrichter bin, nehme ich jede Verantwortlichkeit auf mich.« – »Ihr Versprechen ist hinreichend«, antwortete jener, »und wenn ich es nur eine Minute vorher weiß, können ihn Ew. Gnaden nach Belieben durch ganz England schicken.«

Mit Bewilligung des Kerkermeisters wurde Jenkinson vorausgeschickt, um Timotheus Baxter nachzuspüren, während wir uns an unserm jüngsten Sohne Wilhelm ergötzten, der eben eintrat und an Sir William hinaufkletterte, um ihn zu küssen. Seine Mutter wollte ihn von dieser Vertraulichkeit zurückhalten, doch der würdige Mann kam ihr zuvor und nahm den Knaben, so zerlumpt er war, auf den Schoß. »Ei, Wilhelm, du bausbäckiger Schelm!« rief er. »Kennst du deinen alten Freund Burchell noch? Und du, mein alter ehrlicher Richard, bist du auch hier? Ihr sollt sehen, dass ich Euch nicht vergessen habe.« Bei diesen Worten gab er jedem ein großes Stück Pfefferkuchen, welches die armen Jungen hastig verzehrten, da sie diesen Morgen nur ein sehr kärgliches Frühstück bekommen hatten.

Hierauf setzten wir uns zum Mittagsessen, welches beinahe kalt geworden war. Da mich mein Arm noch immer sehr schmerzte, so hatte mir Sir William schon vorher ein Rezept verschrieben, denn er hatte zu seinem Vergnügen Medizin studiert und ziemliche Fortschritte in dieser Wissenschaft gemacht. Als das verschriebene Mittel aus der Apotheke des Ortes geholt und mein Arm gehörig verbunden worden war, fühlte ich fast augenblickliche Linderung. Bei Tische wartete uns der Kerkermeister selber auf, der unserm Gaste alle mögliche Ehre erweisen wollte. Noch ehe wir unsere Mahlzeit beendet hatten, kam Nachricht von seinem Neffen. Er ließ ihn um Erlaubnis bitten, erscheinen zu dürfen, um seine Ehre und Unschuld rechtfertigen zu können. Der Baronet bewilligte sein Gesuch und befahl, Herrn Thornhill einzulassen.

31. Kapitel

Frühere Wohltaten werden jetzt mit unerwarteten Zinsen bezahlt

Herr Thornhill trat lächelnd ein, und ging auf seinen Oheim zu, um ihn zu umarmen; doch dieser wies ihn mit verächtlicher Miene zurück. »Keine Heuchelei, mein Herr!« rief der Baron mit strengem Blicke. »Der einzige Weg zu meinem Herzen ist die Bahn der Ehre; doch hier sehe ich nur Falschheit, Feigheit und Verfolgung miteinander verbunden. Wie kommt es, dass dieser arme Mann, den Sie, wie ich weiß, Ihren Freund genannt haben, so hart behandelt wird? Zum Lohn für seine Gastfreundschaft ist seine Tochter auf schändliche Weise verführt und er selber ins Gefängnis geworfen worden, weil er jene Schmach nicht geduldig ertragen wollte. Auch sein Sohn, dem Sie sich männlich entgegenzutreten scheueten –«

»Wie«, fiel sein Neffe ein, »kann mein Oheim mir das als Verbrechen anrechnen, was ich nur infolge seiner eigenen wiederholten Weisungen getan?«

»Ihr Vorwurf ist gerecht«, entgegnete Sir William; »in diesem Falle haben Sie recht und klug gehandelt, wenn auch nicht ganz so, wie sich Ihr Vater würde benommen haben. Mein Bruder war in der Tat ein Ehrenmann, aber Sie – doch in diesem Falle haben Sie völlig recht gehandelt, und ich muss Ihnen meinen wärmsten Beifall zollen.«

»Ich hoffe, auch mein übriges Benehmen wird keinen Tadel verdienen«, sagte der Neffe. »Ich erschien mit der Tochter dieses Herrn an einigen öffentlichen Vergnügungsorten, und was nur Leichtsinn war, belegte die Verleumdung mit einem härteren Namen und verbreitete das Gerücht, dass ich sie verführt habe. Später besuchte ich ihren Vater, um ihn über diese Sache gehörig aufzuklären und zu beruhigen. Doch ich wurde mit Schmähungen und Beleidigungen empfangen. Was übrigens seine Gefangenschaft betrifft, so können mein Sachwalt und mein Haushofmeister Ihnen darüber die beste Auskunft geben, denen ich die Geschäftsführung gänzlich übertragen. Wenn er Schulden gemacht und sie nicht bezahlen will oder kann, so ist es ihre Pflicht, auf diese Weise zu verfahren, und ich finde weder Härte noch Ungerechtigkeit in der Anwendung des Gesetzes.«

»Wenn sich die Sache verhält, wie Sie sie darstellen«, erwiderte Sir William, »so finde ich in Ihrem Verfahren nichts Unverzeihliches; großmütiger wäre es freilich gewesen, wenn Sie diesen Herrn nicht der tyrannischen Behandlung Ihrer Beamten unterworfen hätten; doch den Gesetzen nach lässt sich nichts dagegen einwenden.«

»Er wird nicht einen einzigen Punkt leugnen können«, erwiderte der Gutsherr. »Ich fordere ihn auf, es zu tun. Mehrere meiner Diener sind bereit, meine Aussagen zu bestätigen. Und so, mein Herr«, fuhr er fort, als ich schwieg, da ich ihm in der Tat nicht widersprechen konnte – »so ist also meine Unschuld erwiesen. Wenn mich auch Ihre Verwendung geneigt macht, diesem Herrn alle übrigen Beleidigungen zu verzechen, so hat doch sein Versuch, mich in Ihrer Achtung herabzusetzen, einen Unwillen bei mir erregt, den ich nicht überwinden kann. Überdies machte sein Sohn zu gleicher Zeit den ernstlichen Versuch, mir das Leben zu nehmen, was mich allerdings zu dem Entschlusse brachte, dem Rechte seinen Lauf zu lassen. Hier ist die Herausforderung, die er mir schickte, und ich will zwei Zeugen stellen, die es beschwören können. Einer von meinen Dienern ist gefährlich verwundet worden; und sollte mir auch mein Oheim davon abraten, was er gewiss nicht tun wird, so will ich doch ein warnendes Beispiel aufstellen, indem ich ihn für sein Vergehen büßen lasse.«

»Ungeheuer!« rief meine Frau. »Ist deine Rache noch nicht gesättigt? Soll mein armer Sohn auch deine Grausamkeit fühlen? Ich hoffe, der gute Sir William wird uns schützen, denn mein Sohn ist so unschuldig wie ein Kind. Ich bin fest überzeugt, dass er noch nie jemandem ein Leid zugefügt hat.«

»Madame«, erwiderte der biedere Mann, »Ihr Wunsch, ihn zu retten, ist nicht größer, als der meinige; leider aber liegt seine Schuld nur zu klar vor Augen, und wenn mein Neffe darauf besteht –«

Unsere Aufmerksamkeit wurde jetzt auf Jenkinson und die beiden Diener des Kerkermeisters gerichtet, die einen großen, sehr anständig gekleideten Mann hereinschleppten, der der Beschreibung dessen vollkommen entsprach, von dem meine Tochter war entführt worden.

»Hier«, rief Jenkinson, indem er ihn hereinzog, »hier haben wir ihn! Und wenn es je einen Galgenkandidaten für Tyburn gab, so ist dies einer.«

Als Herr Thornhill den Gefangenen und Jenkinson erblickte, der ihn hereinschleppte, schien er vor Schrecken zurückzubeben. Im Bewusstsein seiner Schuld wurde sein Gesicht blass, und er wollte sich entfernen; doch Jenkinson bemerkte seine Absicht, hielt ihn zurück und rief: »Wie, mein Herr, schämen Sie sich Ihrer beiden alten Bekannten Jenkinson und Baxter? Doch so vergessen alle großen Herren ihre Freunde; doch bin ich entschlossen. Sie nicht zu vergessen. Mit Ew. Gnaden Erlaubnis«, fuhr er zu Sir William gewendet fort, »unser Gefangener hat bereits alles eingestanden. Er ist derselbe Mann, von dem man vorgegeben, dass er gefährlich verwundet worden. Er erklärt, Herr Thornhill habe ihn zuerst zu diesem Unternehmen aufgefordert und ihm diese Kleider geborgt, um als Mann von Stande erscheinen zu können; auch habe er für eine Postkutsche gesorgt. Nach ihrem gemeinschaftlich entworfenen

Plane habe er die junge Dame an einen sichern Ort bringen und durch Drohungen schrecken sollen. Dann aber wollte Herr Thornhill wie durch Zufall zu ihrer Rettung erscheinen. Anfangs wollten sie zum Schein ein wenig miteinander fechten und dann sollte Baxter die Flucht ergreifen, wodurch sich Herrn Thornhill die beste Gelegenheit bot, sich unter der Maske eines Beschützers die Gunst der Dame zu erwerben.«

Sir William erinnerte sich, dass sein Neffe jene Kleider oft getragen, und der Gefangene bestätigte alles Übrige in einem ausführlichen Berichte, den er damit schloss, dass Herr Thornhill ihm oft erklärt habe, er sei zu gleicher Zeit in beide Schwestern verliebt.

»Gerechter Himmel!« rief Sir William. »Welche Natter habe ich in meinem Busen genährt! Wie redete er der Ausübung der Gerechtigkeit das Wort! Aber er soll sie empfinden! Nehmt ihn fest, Kerkermeister! – Aber halt! Ich fürchte, seine Verhaftung kann noch nicht auf gesetzmäßige Weise geschehen.«

Hierauf bat Herr Thornhill demütigst, man möge doch nicht zwei so verworfene Schurken als Zeugen gegen ihn gelten lassen, sondern vielmehr seine Diener verhören. »Deine Diener?« rief Sir William. »Elender! Nenne sie nicht mehr die Deinigen! – Doch lasst uns hören, was die Burschen sagen werden. Man rufe seinen Kellermeister.«

Als der Kellermeister hereingeführt wurde, bemerkte er bald an der Miene seines bisherigen Herrn, dass seine Macht jetzt zu Ende sei. »Sage mir«, rief Sir William sehr ernst, »hast du deinen Herrn und diesen Kerl hier, der seine Kleider trägt, jemals beieinander gesehen?« – »Jawohl, tausendmal, mit Ew. Gnaden Erlaubnis«, erwiderte der Kellermeister; »dieser Mensch musste ihm immer seine Mädchen verschaffen.« – »Wie?« fiel der jüngere Thornhill ein. »Dies sagst du mir gerade ins Gesicht?« – »Ja«, versetzte der Kellermeister, »das sage ich der ganzen Welt ins Gesicht. Ich muss Ihnen offen sagen, Herr Thornhill, dass Sie mir niemals gefielen und daher sage ich jetzt offen meine Meinung.« – »Nun sagt aber auch Sr. Gnaden«, rief Jenkinson, »was Ihr von mir wisst.« – »Ich wüsste gerade nicht viel Gutes von Ihnen zu sagen«, antwortete der Kellermeister. »In der Nacht, wo die Tochter dieses Herrn in unser Haus gebracht wurde, waren Sie auch dabei.« – »Ei, das ist ein vortrefflicher Zeuge, mein Herr, um Ihre Unschuld zu beweisen«, rief Sir William. »Du Schandfleck der Menschheit! Dich mit solchen Buben einzulassen! Aber du sagtest mir, Kellermeister«, fuhr er fort, »dass es dieser Mensch war, der meinem

Neffen die Tochter dieses alten Herrn zuführte?« – »Nein, mit Ew. Gnaden Erlaubnis«, entgegnete der Kellermeister, »er war es nicht, der die Dame holte. Der Herr hatte sich dieses Geschäft selber vorbehalten; doch brachte er den Priester, der sie zum Schein trauen musste.« – »Es ist nur zu wahr«, rief Jenkinson. »Ich kann nicht leugnen, dass ich mich zu diesem Geschäfte hergab, und muss es zu meiner Schande eingestehen.«

»Gerechter Himmel!« rief der Baronet; »jede neue Entdeckung seiner Schurkenstreiche beunruhigt mich immer mehr! Seine Schuld liegt jetzt klar vor Augen, und ich bin überzeugt, dass Grausamkeit, Feigheit und Rachsucht ihn zu dieser Verfolgung angetrieben! Kerkermeister! Lasst auf meine Verantwortung den jungen Offizier sogleich frei, der Euer Gefangener ist. Ich stehe für die Folgen ein und werde meinem Freunde dem Richter, der ihn verhaften ließ, die Sache schon gehörig auseinandersetzen. Aber wo ist denn das unglückliche Mädchen? Sie möge erscheinen und diesem elenden Menschen vor die Augen treten. Ich möchte wissen, durch welche List er sie verführt hat. Lasst sie doch kommen. Wo ist sie?«

»Ach, mein Herr«, erwiderte ich, »diese Frage verwundet mein Herz. Einst war ich glücklich im Besitze dieser Tochter; doch ihre Leiden –«

Eine neue Störung unterbrach mich in meiner Rede; denn niemand anders als Fräulein Arabella Wilmot trat ein, die am folgenden Tage mit Herrn Thornhill sollte getraut werden. Nichts glich ihrem Erstaunen, Sir William und seinen Neffen hier zu finden, denn ihre Ankunft war ganz zufällig. Sie war nämlich mit ihrem Vater durch dieses Städtchen gekommen, als sie mit ihm zu ihrer Tante Arnold reiste, weil diese darauf bestanden, dass die Hochzeit mit Herrn Thornhill in ihrem Hause solle gefeiert werden. In dem Wirtshause am andern Ende des Städtchens waren sie abgestiegen, um einige Erfrischungen zu sich zu nehmen. Dort sah Arabella aus dem Fenster einen von meinen Knaben auf der Straße spielen, ließ ihn sogleich durch einen Bedienten holen und erhielt so einige Nachricht von unserm Unglück, doch ohne zu erfahren, dass Thornhill die Veranlassung desselben sei. Die Vorstellungen ihres Vaters, dass es unschicklich für sie sei, uns im Gefängnisse zu besuchen, blieben fruchtlos. Der Knabe musste sie zu uns führen, wo sie uns auf so unangenehme Weise überraschte. Ich kann in meiner Erzählung nicht fortfahren, ohne eine Bemerkung über das zufällige Zusammentreffen zu machen, welches sich zwar täglich ereignet, aber selten Verwunderung erregt, wenn nicht eine außerordentliche Veranlassung dabei stattfindet. Welchem zufälligen Zusammentreffen verdanken wir nicht jeden Genuss und jede Bequemlichkeit des Lebens? Wie manche scheinbare Zufälligkeiten müssen sich nicht vereinigen, ehe wir Kleider oder Nahrung erhalten? Der Landmann muss zur Arbeit aufgelegt sein, der Regen muss fallen, der Wind die Segel des Schiffes blähen, wenn nicht vielen Menschen das Notwendigste fehlen soll.

Wir sahen einander noch immer schweigend an, während ich in den Blicken meiner liebenswürdigen Schülerin, wie ich die junge Dame zu nennen pflegte, abwechselnd Mitleid und Verwunderung bemerkte, wodurch ihre Reize nur noch erhöht wurden. »In der Tat, lieber Thornhill«, sagte sie zu dem Gutsherrn, von dem sie glaubte, dass er hier sei, um uns beizustehen, aber nicht, um uns zu unterdrücken – »ich nehme es Ihnen ein wenig übel, dass Sie ohne mich hierher gegangen sind und mir nicht das Geringste von der Lage einer Familie mitgeteilt haben, die uns beiden so wert ist. Sie wissen ja, dass ich ebenso gern etwas dazu beitragen würde, die Lage meines alten ehrwürdigen Lehrers zu erleichtern, den ich stets hochachten werde. Doch ich sehe wohl, gleich Ihrem Onkel finden Sie Vergnügen daran, im Verborgenen Gutes zu tun.«

»Er im Verborgenen Gutes tun!« rief Sir William, sie unterbrechend. »Nein, meine Liebe, seine Freuden sind so gemein, wie er selber. In ihm, mein Fräulein, sehen Sie einen so vollendeten Schurken, wie nur je einer die menschliche Natur geschändet – einen Elenden, der erst dieses armen Mannes Tochter verführt, dann der Unschuld ihrer Schwester nachgestellt, hierauf den Vater ins Gefängnis werfen und den ältesten Sohn in Ketten legen ließ, weil er den Mut hatte, dem schändlichen Verführer entgegenzutreten. Erlauben Sie mir, Ihnen Glück zu wünschen, dass Sie den Umarmungen eines solchen Ungeheuers entgangen sind.«

»Gütiger Himmel!« rief das liebenswürdige Mädchen. »Wie bin ich getäuscht worden! Herr Thornhill versicherte mir, der älteste Sohn dieses Herrn, Capitain Primrose, sei mit seiner jungen Frau nach Amerika gegangen.«

»Mein liebes Fräulein«, rief meine Frau, »er hat Ihnen nichts als Unwahrheiten gesagt. Mein Sohn Georg hat England nie verlassen und sich nicht verheiratet. Wenn Sie ihn auch verließen, so liebte er Sie immer noch zu sehr, um an irgendeine andere zu denken, und er hat gesagt, um Ihretwillen wolle er als Junggeselle sterben.« – Hierauf schilderte sie die treue Liebe ihres Sohnes, setzte seinen Zweikampf mit Herrn Thornhill ins gehörige Licht, redete dann von den Ausschweifungen des Gutsherrn, von seinen Scheinheiraten, und entwarf ein treues Bild von seiner Feigheit.

»Gütiger Himmel!« rief Fräulein Wilmot. »Wie nahe bin ich dem Rande des Verderbens gewesen, doch wie groß ist meine Freude, demselben entgangen zu sein! Zehntausend Lügen hat mir dieser Mensch vorgesagt. Endlich gelang es ihm, mich zu überreden, dass mein Versprechen, welches ich dem einzigen Manne gegeben, den ich achtete, nicht mehr bindend für mich sei, da er mir untreu geworden. Durch seine Lügen brachte er mich dahin, einen Mann zu verabscheuen, der gleich tapfer und edelmütig ist.«

Während dieser Zeit war mein Sohn aus seiner Haft befreit worden, da der Mann, den er sollte verwundet haben, sich als einen Betrüger ausgewiesen hatte. Herr Jenkinson hatte ihm als Kammerdiener gedient, sein Haar frisiert und ihm alles Nötige verschafft, um anständig erscheinen zu können. Als er nun in der Uniform seines Regiments eintrat, muss ich ohne Eitelkeit gestehen (denn darüber bin ich hinaus), dass ich nie einen schönern Mann in militärischer Tracht gesehen. Bei seinem Eintritt verbeugte er sich höflich, aber etwas zurückhaltend gegen Fräulein Wilmot; denn er wusste noch nicht, welche günstige Wirkung die Beredtsamkeit seiner Mutter hervorgebracht hatte. Doch vermochte die Etiquette nicht, die Sehnsucht der errötenden Geliebten zu unterdrücken, sich mit ihm auszusöhnen. Ihre Tränen und ihre Blicke verrieten die wahren Gefühle ihres Herzens. Sie bereute, ihrem frühern Versprechen nicht treu geblieben zu sein, und dass sie sich von einem Betrüger habe täuschen lassen. Mein Sohn erstaunte über ihre Herablassung, und wollte dieselbe anfangs nicht für aufrichtig halten. – »In der Tat, mein Fräulein«, rief er, »dies ist nur Täuschung, dies habe ich nicht verdient! Das heißt zu glücklich sein!« – »Nein, mein Herr«, erwiderte sie, »ich bin getäuscht, auf schändliche Weise getäuscht worden, sonst hätte mich nichts in der Welt bewegen sollen, mein Wort zu brechen. Sie kennen meine Freundschaft für Sie längst. Vergessen Sie, was ich getan habe, und wie ich Ihnen einst Treue gelobt, so erneuere ich mein Versprechen in diesem Augenblick. Halten Sie sich überzeugt, dass Ihre Arabella, wenn sie nicht die Ihrige werden kann, auch nie die Gattin eines andern wird.« – »Und keines andern Gattin sollen Sie werden«, rief Sir William, »wenn ich noch irgend Einfluss bei Ihrem Vater habe.«

Dieser Wink war für meinen Sohn Moses hinreichend, sogleich in den Gasthof zu eilen, wo sich der alte Herr befand, um ihn von dem Vorfalle Nachricht zu erteilen. Der Gutsherr sah jetzt ein, dass er gänzlich verloren sei und sich weder durch Schmeichelei noch durch Verstellung retten könne. Er hielt es deshalb fürs Klügste, seinen Feinden keck entgegenzutreten; und alle Scham verleugnend, zeigte er sich als ein frecher Schurke. »Ich sehe wohl«, sagte er, »dass ich hier keine Gerechtigkeit zu erwarten habe; doch bin ich entschlossen, sie mir zu verschaffen. So wissen Sie denn, mein Herr«, fuhr er fort, indem er sich zu Sir William wendete, »dass ich nicht mehr der arme Teufel bin, der von Ihrer Gnade lebt. Ich verachte diese Gnade. Keine Ränke können mir Fräulein Wilmots Vermögen vorentalten, welches – Dank sei es der Sparsamkeit ihres Vaters – sehr beträchtlich ist. Der Heiratskontrakt und eine Verschreibung auf ihr Vermögen sind unterzeichnet und in meinem Besitze. Ihr Vermögen war es, nicht ihre Person, was mich zu dieser Verbindung veranlasste; und da ich nun im Besitze des einen bin, mag die andere nehmen, wer da will.«

Dies war ein empfindlicher Schlag, und Sir William musste die Richtigkeit seiner Ansprüche um so mehr anerkennen, da er selber bei der Abfassung des Ehekontrakts behilflich gewesen. Als Fräulein Wilmot ihr Vermögen unwiederbringlich verloren sah, wendete sie sich an meinen Sohn und fragte, ob dieser Verlust ihren Wert in seinen Augen verringere? »Obgleich ich mein Vermögen verloren habe«, sagte sie, »so habe ich wenigstens noch meine Hand zu verschenken.«

»Und das, mein Fräulein«, rief ihr Geliebter, »war in der Tat alles, was Sie je zu geben hatten; wenigstens alles, was ich der Mühe wert hielt anzunehmen. Nun, meine Arabella, beteure ich bei allem, was mir heilig ist, dass der Verlust Ihres Vermögens in diesem Augenblicke nur meine Freude erhöht, indem ich mein geliebtes Mädchen jetzt von meiner Aufrichtigkeit überzeugen kann.« Herr Wilmot, der jetzt eintrat, schien nicht wenig erfreut, dass seine Tochter einer so großen Gefahr entgangen sei, und zeigte sich sogleich bereit, die Verbindung wieder aufzulösen. Als er aber hörte, dass ihr Vermögen, welches Herrn Thornhill verschrieben war, nicht wieder herausgegeben werde, war seine Bestürzung sehr groß. Er sah jetzt, dass all sein Geld einen Mann bereichere, der selber kein Vermögen besitze. Er konnte es ertragen, zu hören, dass er ein Schurke sei; doch kränkte es ihn bitter, dass sein Vermögen dem seiner Tochter nicht gleich gewesen. Er saß einige Minuten da, mit den bittersten Gedanken beschäftigt, bis Sir William sich bemühte, ihn zu beruhigen. »Ich muss gestehen, mein Herr«, sagte dieser, »dass Ihre gegenwärtige Bekümmernis mir nicht ganz unlieb ist. Ihre unmäßige Habsucht hat jetzt ihre gerechte Strafe empfangen. Wenn auch die junge Dame nicht mehr reich ist, so besitzt sie doch noch genug zum guten Auskommen. Hier sehen Sie einen jungen Soldaten vor sich, welcher bereit ist, sie auch ohne Vermögen zu heiraten. Sie haben einander lange geliebt, und wegen der Freundschaft, die ich für seinen Vater hege, soll es ihm an Beförderung nicht fehlen. So geben Sie denn Ihren Ehrgeiz auf und gewähren das Glück, welches Ihr Wort zu verleihen vermag.«

»Sir William«, versetzte der alte Herr, »seien Sie überzeugt, dass ich nie ihrer Neigung Zwang antat; und auch jetzt will ich es nicht tun. Wenn sie diesen jungen Herrn noch liebt, so nehme sie ihn von ganzem Herzen. Dem Himmel sei Dank, es ist noch etwas Vermögen übrig, und Ihr Versprechen tut auch etwas. Nur muss mein alter Freund hier (er meinte mich) mir versprechen, meiner Tochter sechs tausend Pfund auszusetzen, wenn er wieder zu seinem Vermögen gelangen sollte, dann bin ich bereit, sie noch diesen Abend miteinander zu verbinden.«

Da es jetzt nur von mir abhing, das junge Paar glücklich zu machen, war ich sehr bereit, das gewünschte Versprechen zu geben, welches bei meinen geringen Erwartungen keine große Gunst war. Jetzt hatten wir die Freude, zu sehen, wie sie einander voll Entzücken umarmten. »Nach all meinem Missgeschick so belohnt zu werden!« rief Georg. »Gewiss, dies ist mehr, als ich je hoffen konnte. Nach einer Zwischenzeit des Kummers alle meine Wünsche gekrönt zu sehen!« – »Ja, lieber Georg«, erwiderte seine Braut, »jetzt möge der Elende mein Vermögen nehmen; da du ohne dasselbe glücklich bist, so bin ich es auch. O welchen Tausch habe ich gemacht! Statt des niederträchtigsten Menschen ist mir der teuerste, der beste zuteil geworden. Er möge sich unseres Vermögens erfreuen, jetzt kann ich auch in Dürftigkeit glücklich sein.« – »Und ich verspreche Ihnen«, erwiderte der Squire mit boshaftem Lächeln, »dass mich das, was Sie verachten, sehr glücklich machen wird.« – »Halt, halt, mein Herr«, rief Jenkinson, »ich habe noch zwei Worte zu dem Handel zu sagen. Was das Vermögen der Dame betrifft, mein Herr, so sollen Sie auch keinen einzigen Stüber davon in die Hände bekommen. Sagen mir doch Ew. Gnaden gefälligst«, fuhr er zu Sir William gewendet fort, »kann der Gutsherr das Vermögen dieser Dame bekommen, wenn er bereits an eine andere verheiratet ist?« – »Wie können Sie eine so einfältige Frage tun?« versetzte der Baronet; »ohne Zweifel kann er es nicht.« – »Das tut mir leid«, rief Jenkinson, »denn da dieser Herr und ich alte Jagdgenossen sind, so hege ich große Freundschaft für ihn. Doch muss ich erklären, so sehr ich ihn auch liebe, dass sein Ehekontrakt einen Tabakstopfer wert ist, denn er ist bereits mit einer andern Dame verheiratet.« – »Du lügst wie ein Schurke«, erwiderte der Gutsherr, der dies für eine große Beleidigung nahm, »ich wurde nie mit irgendeinem Frauenzimmer gesetzmäßig getraut.« – »Doch, doch«, entgegnete der andere, »mit Ew. Gnaden Erlaubnis war dies doch der Fall, und ich hoffe, Sie werden den Freundschaftsdienst Ihres ehrlichen Jenkinson gewiss anerkennen, wenn er Ihnen eine Frau bringt. Wenn die Gesellschaft ihre Neugierde einige Minuten zügeln will, so soll sie sogleich erscheinen.« – So redend ging er mit seiner gewöhnlichen Schnelligkeit fort, und keiner von uns war imstande, sich einen Begriff davon zu machen, was seine Absicht sei. »Ja, lasst ihn nur gehen«, rief der Gutsherr; »was ich sonst auch mag getan haben, in dieser Hinsicht kann ich ihm Trotz bieten. Ich bin jetzt zu alt, um mich durch Hoffnungen schrecken zu lassen.«

»Es soll mich doch wundern«, sagte der Baronet, »was der Kerl wohl beabsichtigt. Wahrscheinlich wird es ein schlechter Witz sein.« – »Es kann auch vielleicht Ernst dabei zum Grunde liegen«, entgegnete ich. »Denn wenn ich die verschiedenen Pläne bedenke, die dieser Herr entworfen, um die Unschuld zu verführen, so kann es vielleicht einer, die listiger war als die Übrigen, gelungen sein, ihn zu überlisten. Wenn wir bedenken, wie viele er ins Verderben gestürzt – wie viele Eltern jetzt die Schmach und Schande bejammern, die er über ihre Familien gebracht – so darf man sich nicht wundern, wenn eine unter diesen – O Wunder! Sehe ich meine verlorene Tochter? Halte ich sie in meinen Armen? Sie ist's! Mein Leben! Mein Glück! Ich hielt dich für verloren, meine Olivia, und halte dich in meinen Armen, und zu meiner Freude lebst du noch!« – Das höchste Entzücken des feurigsten Liebhabers kann nicht größer sein, als das meine beim Wiedersehen meines Kindes, welches an seiner Hand hereintrat und in sprachloser Freude an meine Brust sank. – »Und bist du mir wiedergegeben, mein Liebling«, rief ich, »um der Trost meines Alters zu sein?« – »Das ist sie«, rief Jenkinson. »Schätzen Sie sie hoch, denn sie ist Ihre rechtschaffene Tochter und eine so unbescholtene Frau, wie nur irgendeine hier gegenwärtig ist, sie möge nun sein, wer sie wolle. Und was Sie betrifft«, sagte er zu dem Gutsherrn, »so wahr Sie dastehen, ist diese junge Dame Ihre gesetzlich angetraute Gemahlin. Dass meine Aussage wahr ist, wird dieser Erlaubnisschein zur Trauung beweisen, infolge dessen Sie verheiratet wurden.« – Mit diesen Worten übergab er den Erlaubnisschein dem Baronet, der ihn las und in jeder Hinsicht für gültig erkannte. – »Ich sehe, meine Herren«, fuhr er fort, »dass Sie über alles dies erstaunt sind, doch wenige Worte werden die ganze Sache erklären. Dieser berühmte Gutsbesitzer, für den ich die größte Freundschaft hege (doch das bleibt unter uns), bediente sich meiner oft in allerlei kleinen Geschäften. Unter andern erhielt ich auch den Auftrag, ihm einen falschen Erlaubnisschein und einen falschen Geistlichen zu verschaffen, um diese junge Dame zu täuschen. Ich meinte es aber gut mit ihm und holte einen echten Erlaubnisschein und einen wirklichen Geistlichen, so dass beide so unzertrennlich verbunden wurden, wie es nur durch Priesterhand geschehen kann. Vielleicht glauben Sie, dass ich dies aus Edelmut getan? Nein, zu meiner Schande muss ich bekennen, dass es nur meine Absicht war, den Erlaubnisschein zu behalten und dann den Gutsherrn wissen zu lassen, dass ich denselben nach Belieben gegen ihn anwenden könne, wenn ich mich gerade in Geldverlegenheit befände.«

Ein lauter Ausbruch der Freude erfüllte das ganze Zimmer. Unser Jubel drang selbst bis zu dem Versammlungssaal der Gefangenen, welche frohlockend einstimmten und

Die Ketten schüttelten in wilder Harmonie.

Freude strahlte auf jedem Gesicht, und selbst Olivias Wangen schienen sich wieder zu röten. Der Ehre, dem Glücke, den Freunden so plötzlich wieder zurückgegeben zu sein, war hinlänglich, um ihrem hinwelkenden Körper mit der früheren Gesundheit auch ihre Heiterkeit wiederzugeben. Vielleicht aber war unter allen keiner, der eine aufrichtigere Freude empfand, als ich. Noch immer hielt ich die geliebte Tochter in meinen Armen und fragte mein Herz, ob dies Entzücken kein Blendwerk sei. »Wie konnten Sie«, rief ich Jenkinson zu, »wie konnten Sie mein Elend durch die Nachricht von ihrem Tode noch vergrößern? Doch nichts mehr davon; meine Freude, sie wiederzufinden, belohnt mich hinlänglich für jede Qual, die ich empfunden.«

»Ihre Frage ist leicht beantwortet«, sagte Jenkinson. »Ich hielt es für das einzige wirksame Mittel, Sie aus dem Gefängnis zu befreien, wenn Sie dem Gutsherrn nachgäben und Ihre Einwilligung zu seiner Heirat mit der andern jungen Dame erteilten. Doch Sie hatten gelobt, dies nicht bei Lebzeiten Ihrer Tochter zu tun, und so blieb mir kein anderer Ausweg übrig, als Sie durch die Nachricht von ihrem Tode zu täuschen. Ich beredete Ihre Gattin, mir bei dieser Täuschung beizustehen, und erst jetzt fanden wir Gelegenheit, Sie zu enttäuschen.«

In der ganzen Gesellschaft waren nur zwei Gesichter, die nicht vor Freude glüheten. Thornhill hatte seine Zuversicht gänzlich verloren. Er sah jetzt den Abgrund der Schande und des Mangels vor Augen und bebte zurück, sich in denselben zu stürzen. Daher warf er sich seinem Oheim zu Füßen und bat im kläglichsten Tone um Erbarmen. Sir William wollte ihn von sich stoßen, doch auf meine Bitte ließ er ihn aufstehen und rief ihm nach einigem Bedenken zu: »Deine Laster, deine Verbrechen und dein Undank verdienen keine Nachsicht; doch du sollst nicht gänzlich verlassen sein. Du sollst haben, was zu deinen Lebensbedürfnissen hinreicht, aber nicht so viel, um deine Torheiten befriedigen zu können. Diese junge Dame, deine Gattin, soll in den Besitz eines Drittels deines bisherigen Vermögens gesetzt werden, und von ihrer Güte allein hast du künftig einen außerordentlichen Zuschuss zu erwarten.« – Thornhill wollte eben seinen Dank für diese Güte in einer zierlichen Rede aussprechen, als der Baronet ihn daran verhinderte und ihm riet, seine Niederträchtigkeit, die er schon so klar an den Tag gelegt, nicht noch zu vergrößern. Zugleich befahl er ihm, sich zu entfernen und sich unter seinen bisherigen Dienern einen nach seinem Belieben auszuwählen, da es ihm nicht erlaubt sein solle, mehr zu halten.

Als Thornhill uns verlassen hatte, näherte sich Sir William Thornhill seiner jetzigen Nichte mit freundlichem Lächeln und wünschte ihr Glück. Fräulein Wilmot und ihr Vater folgten seinem Beispiel. Auch meine Frau küsste ihre Tochter mit großer Zärtlichkeit, da diese, wie sie sich ausdrückte, jetzt eine ehrbare Frau geworden. Sophie und Moses folgten dann, und auch unser Wohltäter Jenkinson bat, ihm diese Ehre zu vergönnen. Unsere Freude schien kaum vermehrt werden zu können. Sir William, dessen größtes Vergnügen darin bestand, Gutes zu tun, schaute mit einem Blicke umher, so heiter wie die Sonne, und sah

Freude in aller Augen glänzen. Nur meine Tochter Sophie schien aus irgendeiner Ursache, die wir nicht ergründen konnten, nicht ganz zufrieden zu sein.

»Jetzt glaube ich«, rief er lächelnd, »dass die ganze Gesellschaft, mit Ausnahme von einer oder zwei Personen, vollkommen glücklich ist. Ich habe nur noch eine Handlung der Gerechtigkeit auszuüben. Sie werden einsehen, mein Herr«, sagte er zu mir, »dass wir beide dem Herrn Jenkinson vielen Dank schuldig sind und es daher nicht mehr als billig ist, dass wir ihn gemeinschaftlich belohnen. Fräulein Sophie wird ihn gewiss sehr glücklich machen, und von mir soll er fünfhundert Pfund als ihre Mitgift erhalten; davon können sie ganz bequem leben. Nun, Fräulein Sophie, was sagen Sie zu der Partie? Wollen Sie ihn nehmen?«

Meine arme Tochter fiel bei diesem schändlichen Vorschlage fast ohnmächtig in die Arme ihrer Mutter. »Ihn nehmen?« rief sie. »Nein, nein, nimmermehr!« – »Wie«, sagte Sir William, »Sie wollen Herrn Jenkinson, Ihren Wohltäter, nicht nehmen, den hübschen jungen Mann mit fünfhundert Pfund und guten Aussichten?« – »Ich bitte Sie, mein Herr«, versetzte sie, kaum fähig, zu sprechen, »stehen Sie davon ab und machen Sie mich nicht so elend!« – »Hat man je solchen Eigensinn erlebt?« rief er wieder. »Einen Mann auszuschlagen, dem die Familie so großen Dank schuldig ist! Der Ihre Schwester gerettet und fünfhundert Pfund besitzt! Ihn wollen Sie nicht nehmen?« – »Nein, mein Herr, nimmermehr!« erwiderte sie heftig; »lieber wollte ich sterben!« – »Nun, wenn das der Fall ist«, rief er, »wenn Sie ihn denn durchaus nicht haben wollen, so muss ich Sie wohl selbst nehmen.« – Bei diesen Worten drückte er sie zärtlich an seine Brust. »Innig geliebtes Mädchen«, rief er, »wie konntest du glauben, dass dein treuer Burchell dich täuschen oder Sir William Thornhill jemals aufhören würde, eine Geliebte anzubeten, die ihn nur um seiner selbst willen liebt? Seit Jahren habe ich ein Mädchen gesucht, das, unbekannt mit meinem Vermögen, nur meinen Wert als Mann schätzte. Nachdem ich vergebens selbst unter den Geistesarmen und Hässlichen gesucht, wie groß muss mein Entzücken sein, über so himmlische Schönheit und Tugend den Sieg davon getragen zu haben!« Dann sagte er zu Jenkinson: »Da ich mich von dieser jungen Dame nicht gut trennen kann, weil sie sich nun einmal in mein Gesicht verliebt, so kann ich Sie nicht anders entschädigen, als dass ich Ihnen ihre Mitgift abtrete, und Sie können sich daher morgen von meinem Haushofmeister fünfhundert Pfund auszahlen lassen.« Auf diese Weise mussten wir alle unsere Glückwünsche erneuern, und Lady Thornhill musste sich demselben Zeremoniell unterwerfen, wie es früher bei ihrer Schwester der Fall gewesen. Jetzt kam Sir Williams Kammerdiener und meldete, dass die Equipagen vor der Tür hielten, um uns nach dem Gasthofe zu bringen, wo alles zu unserm Empfange bereit sei. Meine Frau und ich führten den Zug an und verließen die düstere Wohnung des Elends. Der edle Baronet ließ vierzig Pfund unter die Gefangenen verteilen, und Herr Wilmot, durch sein Beispiel aufgemuntert, gab die Hälfte dieser Summe dazu. Unten wurden wir von den Bewohnern des Städtchens mit allgemeinem Jubel empfangen, und ich erblickte einige von meinen Beichtkindern unter der Menge, welchen ich freundlich die Hand drückte. Sie begleiteten uns nach dem Gasthofe, wo wir ein kostbares Mahl bereitet fanden und wo derbere Speisen unter das zusammenströmende Volk verteilt wurden. Durch den Wechsel von Freude und Schmerz waren meine Lebensgeister so gänzlich erschöpft, dass ich nach dem Abendessen um die Erlaubnis bat, mich zur Ruhe begeben zu dürfen. Als ich die Gesellschaft in ihrer Freude verließ und mich allein sah, ergoss ich meine Dankgefühle in Gebete zu dem Geber der Freuden und des Kummers, und schlief dann ungestört bis zum Morgen.

32. Kapitel

Schluss

Als ich am nächsten Morgen erwachte, sah ich meinen ältesten Sohn an meinem Bette sitzen, welcher gekommen war, um meine Freude durch einen neuen Glückswechsel zu erhöhen. Nachdem er mir die Verschreibung zurückgegeben, die ich am Tage vorher ausgestellt hatte, sagte er mir, dass der Kaufmann, welcher in London falliert, in Amsterdam verhaftet worden sei und sich mehr bares Geld in seinem Besitze gefunden, als er seinen Gläubigern schuldig sei. Ich freute mich fast ebenso sehr über den Edelmut meines Sohnes, als über dies unerwartete Glück; doch hegte ich noch einiges Bedenken, ob ich sein Anerbieten billigerweise annehmen könne. Als ich noch darüber nachdachte, trat Sir William herein, dem ich meine Zweifel mitteilte. Er war der Meinung, dass ich dieses Anerbieten um so unbedenklicher annehmen könne, da mein Sohn bereits infolge seiner Heirat ein beträchtliches Vermögen besitze. Er kam indes eigentlich in der Absicht, um mir mitzuteilen, dass er schon gestern Abend die Erlaubnisscheine zur Trauung gefordert habe und sie stündlich erwarte. Er hoffe daher, dass ich mich nicht weigern werde, noch diesen Morgen alle glücklich zu machen. Während dieses Gesprächs trat ein Diener mit der Nachricht ein, dass der Bote zurückgekehrt sei, und da ich mich unterdessen angekleidet hatte, ging ich hinunter und fand die ganze Gesellschaft in so froher Stimmung, wie Wohlstand und Gemütsruhe sie nur zu geben vermag. Doch missfiel mir ihr Gelächter in einem Augenblick, wo sie sich auf eine feierliche Handlung vorbereiten sollten. Ich machte sie auf das ernste und anständige Benehmen aufmerksam, welches man bei einer so wichtigen Veranlassung annehmen müsse, und um sie darauf vorzubereiten, las ich ihnen zwei Homilien vor und eine von mir selbst verfasste Casualpredigt. Doch sie blieben noch immer ausgelassen und waren nicht zu zügeln. Selbst auf dem Wege nach der Kirche setzten sie allen Ernst so gänzlich beiseite, dass ich mich oft versucht fand, mich unwillig nach ihnen umzusehen. In der Kirche entstand eine neue Verlegenheit, die nicht leicht zu beseitigen schien. Man stritt darüber, welches Paar zuerst solle getraut werden. Meines Sohnes Braut bestand darauf, die künftige Lady Thornhill müsse den Anfang machen, doch diese lehnte es ebenso hartnäckig ab, indem sie versicherte, sie werde sich um keinen Preis eine solche Unhöflichkeit zu Schulden kommen lassen. Beide Parteien führten diesen Streit mit gleicher Hartnäckigkeit und gleicher Höflichkeit. Ich musste unterdessen mit aufgeschlagenem Buche dastehen. Endlich wurde mir der Streit so lästig, dass ich es zuschlug und ausrief: »Ich sehe wohl, keiner von Euch hat Lust zum Heiraten, und daher halte ich es für das Beste, wir gehen wieder nach Hause, denn ich werde hier heute doch wohl nichts zu tun haben.« – Dies brachte sie sogleich zur Vernunft. Der Baronet und seine Braut wurden zuerst getraut, und dann mein Sohn mit seiner liebenswürdigen Gefährtin.

Schon am Morgen hatte ich meinem ehrlichen Nachbar Flamborough und seinen Töchtern eine Kutsche geschickt, und als wir in den Gasthof zurückkehrten, kamen eben die beiden Fräulein Flamborough an. Herr Jenkinson reichte der ältesten den Arm, und mein Sohn Moses führte die zweite. Seitdem habe ich bemerkt, dass ihm das Mädchen sehr gefällt, und meine Einwilligung und mein Segen sollen ihm nicht fehlen, wenn er sie verlangt. Kaum waren wir in den Gasthof zurückgekehrt, als viele meiner Pfarrkinder, die von meinem Glücke gehört, sich einfanden, um mir zu gratulieren. Unter diesen befanden sich auch die, welche mich einst mit Gewalt aus den Händen der Gerichtsdiener befreien wollten und damals harte Vorwürfe von mir erhielten. Ich erzählte dies meinem Schwiegersohne Sir William, und er ging hinaus und machte ihnen Vorwürfe über ihr Benehmen. Als er aber sah, dass sein strenger Tadel sie sehr betrübte, schenkte er jedem eine halbe Guinee, um seine Gesundheit zu trinken und sich wieder zu erheitern.

Bald darauf wurden wir zu einem stattlichen Hochzeitsmahle gerufen, welches der Koch des Gutsherrn Thornhill zubereitet hatte. Hinsichtlich dieses Herrn muss ich noch bemerken, dass er sich gegenwärtig als Gesellschafter bei einem Verwandten aufhält, wo er ziemlich wohl gelitten ist und er sich nur in dem Falle, wo die Tafel schon besetzt ist, gefallen lassen muss, an einem Nebentische zu speisen; denn man macht nicht viel Umstände mit ihm. Seine Zeit wendet er ziemlich gut an; sucht seinen Vetter zu erheitern, der etwas schwermütig ist. Und lernt überdies das Waldhorn blasen. Meine älteste Tochter denkt indes noch immer mit Betrübnis an ihn; auch sagte sie mir sogar – was ich aber sehr geheim halte, – wenn er sich bessere, sei sie nicht abgeneigt, sich wieder mit ihm auszusöhnen.

Doch wieder zur Sache; denn ich bin kein Freund von Abschweifungen. Als wir uns zu Tische setzen wollten, schien es, als sollte das frühere Komplimentieren wieder beginnen. Es entstand die Frage, ob meine älteste Tochter als längst verheiratete Frau nicht über den beiden jungen Bräuten sitzen müsse? Doch mein Sohn Georg machte diesem Streit durch den Vorschlag ein Ende, dass die Gesellschaft ohne Unterschied des Ranges ihre Plätze einnehmen sollten, und zwar jeder Herr bei seiner Dame. Dies wurde von allen gebilligt, nur nicht von meiner Frau, die etwas unzufrieden zu sein schien, da sie erwartet hatte, oben an zu sitzen, und der Gesellschaft von allen Gerichten vorzulegen. Dessenungeachtet ist es unmöglich, unsere frohe Laune zu schildern. Ich weiß nicht, ob wir jetzt mehr Witz besaßen, als gewöhnlich; aber so viel weiß ich, dass wir mehr als gewöhnlich lachten, was am Ende auf Eins hinauskommt. Eines Scherzes erinnere ich mich noch besonders. Als der alte Herr Wilmot auf die Gesundheit meines Sohnes Moses anstoßen wollte, der eben nach einer andern Richtung hinsah, antwortete dieser: »Ich danke Ihnen, mein Fräulein!« Hierauf winkte der alte Herr der übrigen Gesellschaft zu und machte die Bemerkung, Moses denke wohl an seine Geliebte. Über diesen Spaß lachten die beiden Fräulein Flamborough so sehr, dass ich fast glaubte, sie würden sterben.

Sobald das Mittagsmahl geendet war, sprach ich den Wunsch aus, dass nach meiner Gewohnheit der Tisch möge weggenommen werden, um meine ganze Familie einmal wieder um ein freundliches Kaminfeuer versammelt zu sehen. Meine beiden Kleinen saßen auf meinen Knien und die Übrigen bei ihren Bräuten. Nun hatte ich diesseits des Grabes nichts mehr zu wünschen. Alle meine Leiden waren vorüber und meine Wonne unaussprechlich. Nur der Wunsch bleibt mir noch, dass meine Dankbarkeit im Glück noch größer sein möge, als meine frühere Ergebung im Unglück.

CPSIA information can be obtained
at www.ICGtesting.com
Printed in the USA
BVHW040833071119
563170BV00012B/217/P